U0894776

谁在流年听笙箫

阿锦 著

Fleeting Time

天津出版传媒集团
天津人民出版社

图书在版编目（CIP）数据

谁在流年听笙箫 / 阿锦著 . -- 天津 : 天津人民出版社 , 2017.5

ISBN 978-7-201-11318-0

Ⅰ . ①谁… Ⅱ . ①阿… Ⅲ . ①长篇小说 - 中国 - 当代 Ⅳ . ① I247.5

中国版本图书馆 CIP 数据核字 (2017) 第 033649 号

谁在流年听笙箫

SHEI ZAI LIU NIAN TING SHENG XIAO

阿锦 著

出　　版　天津人民出版社
出 版 人　黄　沛
地　　址　天津市和平区西康路 35 号康岳大厦
邮政编码　300051
邮购电话　（022）23332469
网　　址　http://www.tjrmcbs.com
电子信箱　tjrmcbs@123.com

责任编辑　章　赪
封面设计　杨　一

制版印刷　北京慧美印刷有限公司
经　　销　新华书店
开　　本　787 × 1092 毫米　1/16
印　　张　15
字　　数　130 千字
版次印次　2017 年 5 月第 1 版　2017 年 5 月第 1 次印刷
定　　价　36.80 元

目录

第一章　最熟悉的陌生人

第二章　莫负当初我

第三章　孑然不独活

第四章　终于等到你

目录

序

结束亦是开始

一片血红蔓延开来，她似乎又看到了那个风声鹤唳的夜晚。

她奔跑在黑暗的巷道里，身后是恶魔的追赶。

一声凄厉叫喊，冲破自己的耳膜。是谁？是她自己的？

“31号，31号……”迷迷糊糊中，有人一直发出这个声音。

梁乔笙缓缓睁开眼睛，入眼处一片黑暗，手一动，便有铁链的声音咣咣作响。

啊，原来刚才是在做梦。

“31号。”有人在门外又叫了一声。

梁乔笙从床上下来，一步一步走向门口，有铁链拖地的声响，在这寂静的空间里刺耳无比。

“在。”

“磨磨蹭蹭干什么呢，快点，有人探监。”门外的人不耐烦地开口，半拖半拽地将她带出了门。

阳光倾泻而来，照在她的身上，条纹的衣衫与长裤，简短的头发与白色的拖鞋。

还有手上那显眼至极的镣铐，以及脚上同样的桎梏。

她是梁乔笙，但是她现在有另外一个称呼，Y市监狱的，31号。重刑犯。

坐在探监室里，神色一片漠然，身旁有人正在低低哭诉着她的想念，隔着玻璃另一侧的人也跟着哭诉。

这是亲人啊！

只有最亲爱的人才会在你陷入囹圄的时候毫不计较地来看你。

可是她，并没有。

一片阴影笼罩，她缓缓抬眼，一瞬间，瞳孔骤然紧缩。

她想过无数人的名字，但是却没有想过是他来看她。

荣久箫。嘴唇轻启，无声轻念这个名字。

这个名字在午夜梦回时总是萦绕在她的心间，是她的劫，她的难，她的地狱。

但是曾经，也是她的喜，她的忧，她的天堂。

荣久箫拿起电话，示意她也拿起，他的狭长凤眸依然墨黑如玉，不见一丝情绪。

梁乔笙轻轻吁了口气，拿起电话。

“你，还好吗？”他问。

久违的声音，让她几欲忍不住心中的悲怆，眼眸酸涩无比，却没有一点泪意。

她神色漠然地紧紧盯着玻璃外的那俊美容颜，谁也无法知道她内心的翻涌与奔腾。

“荣久箫，一切如你所愿，我进了监狱，你也如愿以偿坐稳了董事长的位置。”

荣久箫听着她的话语，握着电话的手微微抽紧，骨节泛白。

她以为他会很高兴，可是并没有。相反，他的心痛得连呼吸都得小心。

“梁乔笙，我……”

“荣久箫，离婚协议书在书房的抽屉里，我已经签字了，祝你和顾西贝幸福。”梁乔笙打断他的话。

荣久箫沉着脸，眼眸里有着说不清道不明的情绪。

“梁乔笙，若是你没有对爸爸做什么，多好。”

梁乔笙几欲想大笑出声，眉宇间一丝讥讽划过，轻声开口：“有的人不仅眼瞎，心也瞎。”

她说罢便径自挂断电话，毫不留恋地转身离去。

一步一步，铁链的声音在这寂静的空间里清晰地回响。

梁乔笙的手放在小腹处，这里有着她与他的血脉，那一夜，她本想给他一个惊喜，没想到是他先一步给了她惊。

唇角微勾，眼眸里划过一丝坚毅。荣久箫，很好，你永远不知道你放弃了什么。

梁乔笙躺在床铺上，曾经明亮剔透的眼眸此刻满是疲累。

她以为她再次见到他会痛哭，会怒喊，会嘶吼。

现在，却什么都没有。

灵魂如同被抽走，一点声音都发不出，手指轻轻动一动，那胸腔的心脏处就会扯得生疼。

累，绝不爱。

入眼，满目的白，如同曾经的她，白纸无色，现今却是满目疮痍。

以真心换真心，这是一个讽刺的笑话。

她的真心，却让她带着她的孩子被禁锢在高墙之内。

“叹一声情若胭脂花，谢了春红，郎心似铁太匆匆。”隔壁有个疯女人在唱着咿咿呀呀的京剧。

“郎心似铁太匆匆。”梁乔笙轻声跟着低喃，脑海里划过的却是以往种种景象。

两年前，她高高在上，HKK 最大的股东，董事会拥有一票否决权的人。

梁乔笙看着昏暗的天花板，回忆被无限拉长……

第一章

最熟悉的陌生人

记忆拾伤

一辆标准型商务车缓缓行驶在Y市的公路上，七座空间，舒适一流。这是梁乔笙最喜欢的座驾，不会奢华到极点，却让人很舒适。

一指撑着颀侧，梁乔笙眼眸微阖，为了更好地接手HKK的事务，她已经很久没有好好睡过觉了。

司机小高从后视镜里看到梁乔笙小憩的姿态，伸手扭开电台，缠绵的小提琴声萦绕在整个空间里。

助理陆决然给了小高一个赞许的眼神，不错，倒是体贴老板。

小提琴声如泣如诉，让人只觉百转千回不改柔肠初衷，忽然在一个转折处戛然而止，梁乔笙微微皱了皱眉。

“插播一则特大消息，HKK董事长荣向南昨日已病故，遗嘱里将己身所持有的股份全数给了自己的养女梁乔笙。外界都在猜测，此次荣董事长的病故并不简单，甚至有传闻是引狼入室最终害人害己。”

小高被这则突如其来的新闻吓了一跳，连忙关掉电台，小心翼翼地看着镜子里梁乔笙的神态。

梁乔笙睁开眼，眼眸亮如星辰，剔透美丽。

“怎么回事？不是压下爸爸去世的消息了吗？怎么会突然曝出来？”红唇轻启，眉头微蹙，理了理衣衫领口，声音里带着冷意。

陆决然也是满脸严肃，打了几个电话后，才有些怒意地开口。

“是她主动曝出来的。”

梁乔笙一声冷哼溢出唇角：“真是等不及了，算了，不管她。”

陆决然点点头，手指在平板电脑上连点。

“梁董，您接下来的行程是这样安排的。下午与市长先生见面洽谈那块地皮，晚上则是与李董吃饭，明日要在HKK召开董事会，后天……”

陆决然的话语忽然顿住了，有些微微地犹豫。

“后天怎么了？”梁乔笙眼眸轻挑，瞟了陆决然一眼。

陆决然轻咳了两声：“后天去接机，荣少回来了。”

荣少，荣久箫，荣向南的亲生儿子。

荣向南的遗嘱里白纸黑字写得清清楚楚，若是荣久箫想要继承HKK，前提条件便是要与梁乔笙结婚。

精致的高跟鞋踏出车门，手工定制的西装贴身无比，将完美的身材尽数勾勒，异样的美丽。

梁乔笙看向机场宽大的玻璃门，眼眸里划过一丝迷惘。

陆决然将手上的大衣披上梁乔笙的肩膀，轻声叮嘱：“梁董，荣少说了是在八点钟到达。”

“嗯。”一声轻应，梁乔笙抬腿走进机场大厅。

机场里迎来送往的人无数，广播里不时播报着最新的消息。时钟上的分针秒针轻轻转动，八点，九点，十点。

就在她坐了两个小时后，出口处终于出现了她要等的人。

颀长的身材，灰色的大衣，脸庞的线条完美无比，如同一件绝佳的雕刻品。

眼眸深邃，剑眉暗藏厉色，鼻梁高挺，俊美得犹如一幅传世的画作。

所有人的目光几乎都被他吸引住了，气质慑人，一个眼神都能让人不能自已。荣久箫就是这样，天生的发光体。没有任何言语能仔细阐述出他的吸引力。

梁乔笙静静地看着他，心脏微微加速跳动，表面却是不动声色。

有多少年没见过了，他似乎没什么变化，只是从一个青涩男孩长成了成熟男人。

可她呢？她似乎也没变，又似乎变了。

缓缓起身，信步上前，四目相对。

荣久箫的眼眸微微眯起，他看着眼前这张精致若花的容颜，握着行李箱的手微微收紧。

“梁乔笙。”声音带着些许的喑哑，有着说不出的磁性。

他似是在确定她的身份，又似是在喊着她的名字。明明是普普通通的两个字，由他喊来，却带了别样的吸引力。

“欢迎回国。”梁乔笙想过千言万语，但是在这样的时刻，她似乎只能说这四个字。

荣久箫定定地看着她，面无表情，眼眸里有着让人看不懂的情绪在翻滚。

梁乔笙正想接过他的行李箱，忽有一阵娇俏的女声传来。

“久箫，你走那么快干吗，等等我啊！”

大波浪的卷发，火辣的超短裙带着异国他乡的奔放，染着五颜六色指甲的手搭在了荣久箫的肩膀上，亲昵的姿态让人会心一笑。

“久箫，你走那么快做什么，人家腿都要跑断了。”顾西贝嘟着唇不满地说道。

明明是抱怨的话语却带着让人酥麻的撒娇语调。

梁乔笙的手一顿，脊背挺直如同一根紧绷的弦。

她怎么忘了，顾西贝是跟荣久箫一起去的美国，既然荣久箫回来了，顾西贝自然也是要跟着回来。

半天得不到回应的顾西贝，有些疑惑地看着荣久箫，然后再顺着他的视线看到了梁乔笙的脸上。

娇俏的脸蛋有片刻的僵硬，半晌后又是扯出一抹灿烂的笑意，却带着微微的讥讽。

“哟，杀人凶手，警察叔叔怎么还没有把你抓起来？”

梁乔笙唇微抿，只感觉自己心里的热度一寸一寸冷了下去。

顾西贝一直和荣久箫在一起，顾西贝的想法在某种意义上就是荣久箫的想法。

原来，他也是这样看她的吗？

荣久箫忽然抬手搂住顾西贝，在顾西贝诧异的眼神中，露出一个惑人的笑容：“顾西贝，我的女朋友。”

陆决然紧绷着一张脸坐在驾驶位上，眼角看向副驾驶上沉默的梁乔笙。

谁能告诉他，到底发生了什么事情？为什么荣久箫会搂着一个妖艳的女人在后面卿卿我我，而正牌的未婚妻还很淡定地视而不见？

后视镜里，顾西贝在荣久箫的身上蹭过去蹭过来，吴侬软语中带着诱人的娇媚。

陆决然皱了皱眉头，这是要干什么？荣久箫这是不要继承权了吗？

“久箫，我要去吃海鲜，快带我去啦，我好多年都没吃到过 Y 市正宗的海鲜大餐了。”顾西贝嘟着嘴在荣久箫的耳朵旁轻咬。

荣久箫抬手看一眼时间，正好到午餐点。“去这里最好的海鲜酒楼。”

陆决然下意识侧头地看了一眼梁乔笙：“梁董……”

荣久箫看着陆决然的动作，音调陡然变得冷厉，猛然打断陆决然的声音，“怎么？我去哪里都需要梁董的同意吗？”

他将“梁董”两个字狠狠地咬在嘴里，似乎是要将之嚼碎撕烂。

直到这一刻，梁乔笙才是听出了他的情绪——隐隐的恨意。

梁乔笙缓缓闭上眼眸，暗自吸了一口气。无妨，她早就料到会有这样的结果。

轻声开口，平稳的音调，没有丝毫的情绪外露，“陆决然是我的特助，无须听从你的吩咐。”

“你的特助？”顾西贝笑得灿烂，明眸皓齿看似邻家女子一般毫无心机，言语间却是暗含阴冷，“梁乔笙啊，HKK 都是我们家久箫的。这位陆先生是 HKK 的员工，自然也是久箫的咯！”顾西贝唇角勾起，颇有些志得意满地攀着荣久箫的肩膀。

她见不惯梁乔笙很久了，从小到大就是这副冷漠又自大的样子，好像不屑任何人似的，明明就是个什么都没有的孤女，跩什么跩。

“久箫啊，你说我说得对吗？”她转头在荣久箫的耳旁轻吹一口气，双手揽着他的脖颈，亲密无间。

荣久箫忽然笑了，凤眸潋滟，五官霎时间美得倾城。“西贝说得对。”

梁乔笙纹丝不动，看着车前方的景色。

有人说过，若是眼眸疼痛得想要掉泪，那就紧紧凝视着一个点，不要移开，久了，泪水也就憋回去了。

道路两旁的梧桐树纷纷在视线里后退，天边的落日晕黄，带着暖人的光线。

不过是片刻的时间，梁乔笙觉得似乎用了几个世纪的勇气。

抿了抿唇，手指轻轻敲打在膝盖上。“我想告诉你们的是，陆决然并不是 HKK 的员工，他和我签订的是私人合同。而且，刚刚在机场为了接你们浪费了我两个小时。只是，在这两个小时里，至少有五张订单与 HKK 失之交臂，损失至少千万。”

顿了顿，梁乔笙缓缓转头，静静地看着荣久箫与顾西贝。

她的眼眸是纯净的咖啡色，晶莹剔透得如同上好的玛瑙，仿佛能映照出世间所有的污浊。

她的眸光似是在与荣久箫对视，又似是不经意地溜过他的脸庞。轻描淡写间，是她独有的冷漠。“我的时间，你们损失不起。”

“想去哪里是你们的自由。”梁乔笙提起包，打开车门。

“陆决然，下车。”带着命令式的语调，陆决然也跟着下了车。

两人一前一后地走在路旁，留下那一辆车，与车中的两个人。

车外落日余晖，将她的背影拉得冗长，隐隐有了几分寂寥。车内，荣久箫那张俊美的脸却是铁青无比。

从小到大，她似乎总是有理的那一个。可是这一次，他是绝对不能再让她了。

油门声轰响，车子从梁乔笙的身旁呼啸而过，撩起她的衣衫猎猎作响。

荣久箫从车窗前的镜子里看到她那缭乱的飞扬的发丝，还有她抬手抚平发丝的姿态，然后越来越远，越来越远。直到再也看不清她的身影，与她冷漠的脸庞。

“久箫，去吃海鲜吗？”顾西贝兴奋地开口。真好，终于不用看到梁乔笙了，她可以和荣久箫过二人世界了。

荣久箫眉眼不抬，不甚在意地轻笑：“西贝，你不会以为我随口说说你是我女朋友，你就真成了我女朋友？”

顾西贝唇角的笑意微滞，略有些不自然地开口：“那你刚才……”为什么还要在梁乔笙的面前如此说呢？

“刚才是特殊情况，特殊情况特殊对待，知道吗？西贝妹妹。”荣久箫唇角勾起一丝笑意，声音带着悦耳的音调。

他见不得梁乔笙如此冷漠，对待他如同陌生人一般。欢迎回国？呵，见面居然是这样一句话。

当年，也不知道是因为谁才被老头子流放出国的。不知道是不是因果报应，现今又因为她，而从国外回来。

经年流转再相逢，没有热切的拥抱，没有温暖的笑容，她对他又树立起了防备的高墙。

她还欠他一个解释，他等了多年。没有一通电话，没有一纸信件，夜夜与冰冷黑暗相对。等了许久，却等到了老头子死亡的消息。

“久箫，你……你不会是还喜欢梁乔笙吧！”顾西贝抿着唇，小心翼翼地问道。

当年荣久箫和梁乔笙的事情，她多少知道一点，当年她与荣久箫青梅竹马，却因为梁乔笙的到来而改变了这一切。她恨啊，从他们上学、毕业、出国一直恨了这么久。梁乔笙这个名字就如同种在她心上的刺，一经撩拨就会痛得她愤恨愈加。

荣久箫的沉默似是点燃了顾西贝的怒火，她眼眸一瞪，浑身气得发抖，声音陡然拔高：“荣久箫，你可别忘了伯母是怎么说的，你可别忘了伯父是怎么死的。梁乔笙是个蛇蝎心肠的女人，你可别被她给诱惑了。”

荣久箫的眼眸暗沉得如同深渊，似乎有什么东西在那深渊里熄灭了。

薄唇勾笑，低沉的音调：“说什么呢，我怎么还会喜欢她？在美国的时候我就跟你说过，梁乔笙之于我，已经是过去式了。过去的荣久箫会喜欢她，现在的荣久箫可不会。因为……”声音微顿，眉梢聚拢，带着阴冷，“现在的我和她，是敌人。”

梁乔笙沿着公路一直走，梧桐树叶沙沙作响，风过耳，吹得长发肆意缭乱。莫名觉得有些冷，拢住衣衫，自己抱紧自己。这是仅有的温度。

陆决然跟在身后，看着前方这纤细的背影，眼眸中不经意有了一抹喟叹。她的脖颈白皙却带着柔弱的弧度，肩膀明明如此瘦小，却扛了许多不为人知的苦楚。他认识她许久，却从未感受过像现在这样可以称之为痛苦的情绪。

“梁董……”

“叫我名字吧！”梁乔笙打断他的话，“没有别人在，叫我名字吧！”

如今人人都叫她梁董，听在她的耳里却带着尖锐的讽刺。

“好，乔笙。”陆决然唇角带着温和的笑意，“我叫人来接吧。”

“不用，我想走走。”梁乔笙微微摇头。

陆决然的声音带着温和：“你刚刚不是说你的时间损失不起吗？”

梁乔笙转头看向陆决然：“反正都已经损失了，不差这一时半会儿了。”

陆决然眉目间都是温文尔雅的意味，伸手接过她手上的包：“我来拿吧，想走多久我陪你。”

梁乔笙停下脚步，眸中有些微微的迷惘神色：“陆决然，我们认识多久了？”

“七年。”陆决然轻声回答。

原来已经七年了啊！他离开七年了，如今又回来了。

“你知道吗？我认识你的那一天，荣久箫也才刚刚离开。”梁乔笙看向天边的落日，眼神悠远而绵长，似乎想起了很遥远的过往。

陆决然微微点头：“怪不得你那时候哭得那么惨，很爱他？”

梁乔笙一声嗤笑：“那会儿能懂什么爱，不过是青春式离别罢了。”看似不在意的话语，但是那舌尖的苦涩只有自己知道。如同一杯烈酒，入喉的割裂感，只有自己感受得一清二楚。

陆决然是个很好的倾听者，他知道什么时候说话能让她舒服，也知道什么时候沉默让她不尴尬。他看着梁乔笙精致的侧脸，恍惚迷离。

他记得那一天。

他倒在血泊里，身体动弹不得，仿佛随时都会死去，纵使昏迷，什么声音都变成了纷乱的音符，可是却有一个哭泣的声音始终萦绕在耳旁。

那样悲伤，那样无助。

当时他想，他快死了都没哭得这么伤心，到底是谁比他这个将死之人还伤心。女孩的眼泪与救赎，成了他心中珍藏永久的绝美风景。

“爸爸的葬礼是在什么时候？”梁乔笙微微跺了跺因为站立过久而有些酸麻的脚。

“五天后。”陆决然翻看着行程安排。

“婚礼呢？”梁乔笙继续问道。

“十天后。”陆决然眼底一抹暗光，“要不要换个时间，婚礼和葬礼的时间安排得太紧了，不吉利。”

梁乔笙不在意地摆了摆手：“你什么时候信这个了！有什么吉不吉利的，老天爷佑我就会一直佑我，若它不庇佑，那我再怎么躲都是枉然。”

命中自有注定，逃不脱也挣不开。

心上的刺，拔掉不仅疼还留下豁口

葬礼如期举行。

深秋的天空是阴沉的色调，飘着些许毛毛细雨，放眼望去皆是一片黑色，墓地里都是肃穆且沉痛的气氛。

荣久箫从车上下来的时候，一眼就看到了站在瑟瑟雨幕中一身黑衣的梁乔笙。她的脸色显得有些苍白。未施粉黛的脸上，一点血色也没有。荣久箫甚至一眼就能够看出，她昨晚没有休息好，她的眼睑还带着些许的青色。

“久箫，怎么还不走？”顾西贝显然早就看到了荣久箫盯着梁乔笙目光深邃的模样，但是在这里却不好发作，只能在一旁催促着。

荣久箫应了一声，显得有些冷傲而沉默。然后，他迈开步子，一言不发地朝着梁乔笙所在的位置走过去。

荣久箫的目光落在墓碑的照片上。上面的男人面孔依然透着陌生又熟悉的感觉，即便是透过照片，他依然能够回想起他看向自己的眼神，这是他的父亲。

可是曾经鲜活的生命消失了。

荣久箫盯着照片很久，然后，他一寸一寸地收回了视线，将目光重新转移到了梁乔笙的身上。

“梁乔笙。”荣久箫行完了他该有的礼，走到梁乔笙的身边，目光冰冷。他用只有他们两个人能听到的音量，低声地说了一句：“你如今站在这里，以什么身份，用什么资格？”

梁乔笙在听到这问题的瞬间，心里咯噔一下。她的脸色迅速变得青白一片，眸光闪了闪，却也只是绷紧了唇角，一个字也没有说。梁乔笙从荣久箫的口吻里早已经听出来了，他隐忍在话中的厌恶和冰冷。只是，一夜无法安然入睡的她，如今也只能勉强地稳住自己的身体，坚持着别轻易倒下去，在心里苦涩地轻笑。

其实，有什么关系呢，不是早在他到这里的那一刻起，就明白他心里是怎么想了吗？如今，不过只是听到罢了。梁乔笙的脸色变了变之后，很快就恢复了自然。

来祭奠的宾客，都是生意上往来的伙伴，还有一些老相识。他们见荣久箫和梁乔笙并排站在一起，对前来祭奠的宾客鞠躬还礼，不禁窃窃私语两人看上去郎才女貌的般配。

说这话的人不在少数。加之再过几天就是梁乔笙和荣久箫结婚的日子，大家自然对这好事心知肚明。只不过，话听在顾西贝的耳中，就又变了一种味道。她咬牙看着梁乔笙，恨不得目光在她身上刺出几个洞来。如果没有梁乔笙，荣久箫如今身边的那个位置明明应该是她的才对。只是，这样的场合，注定她不能把心里的不满发泄出来。

雨势稍微小了一些，之后渐渐停了。

梁乔笙让人收了伞，朝着车子走过去。她凌晨四点就起来了，一直没吃东西，如今隐隐的胃痛正在缓慢地折磨着她的神经。甚至眼前开始冒金星，连头都是晕的。

不过，幸好她还找得到方向。在停得密密麻麻的车中，找到了她的车。打开了车门，摸出一瓶水，喝了几口之后，梁乔笙才觉得舒服了一些。

梁乔笙看了看时间，葬礼还有两个小时才会结束。但是在那之前，她不知道自己已经在疼得抽搐的胃，是不是能让她坚持到那个时候。

再喝了几口水缓解，梁乔笙这才舒了口气，把水瓶丢进车里，关了车门往回走。只是，没走几步，就撞上了一个人。梁乔笙身体一晃，险些没站稳，急忙扶住了身旁的车，才努力停住了自己的身体。她呼出半口气，刚想说句对不起，可抬头，看到面前站着的人，那句话就卡在了喉咙里。

“啧，你这人怎么回事？”顾西贝揉着自己被撞得酸痛的肩膀，“走路不长眼睛的呀？”

梁乔笙强忍着因为眩晕而带来的生理性反胃，一手按着抽搐的胃，一手扶着车，然后，冷着眸子，动了动她薄翘的唇：“是你故意往我身上撞的吧。”

不是疑问，而是肯定。

顾西贝瞪圆了眼睛看她：“梁乔笙，你哪只眼睛看到我是故意撞你的！自我感觉不要太好，难道你以为你是什么金山银山，别人看到就想撞上去吗？”顾西贝从以前开始，对梁乔笙说话就一贯刻薄。

梁乔笙的性子在别人看来，是有些凉薄。许多事情懒得开口去说，但这不代表她是软柿子，任人欺负。

“我虽不是什么金银山，但你也不是什么英美钞，同样做不到人见人爱的。”梁乔笙脸色苍白地说，可谓是云淡风轻，连表情都没变一变。

顾西贝咬牙切齿：“梁乔笙，你不用得意得太早，就算嫁给久箫也没用，他根本就不喜欢你！”然后，她的脸上露出了一抹得意的神色，“而且，你别忘了，我才是久箫的女朋友！”

梁乔笙看了她一眼，神色淡淡地说：“再过几天，我就是他的妻子。”

顾西贝一口的牙齿几乎要被她狠狠地咬碎。如果换一个场合，她一定会不依不饶。但是，今天这种肃穆的场合里，她明白，如果她大闹，荣久箫肯定不会再搭理她。

顾西贝不傻。她喜欢荣久箫，自然不想让荣久箫讨厌她。反正，既然荣久箫说了，他跟梁乔笙现在是敌人，在顾西贝眼里，就相当于得到了一个变相的保证。所以，顾西贝深吸一口气，决定忍下。她狠狠地瞪了梁乔笙一眼，然后嗤笑一声，说：“算你厉害，梁乔笙，你就尽管得意地笑吧，我看你能笑到什么时候。咱们走着瞧！”

梁乔笙看着顾西贝跺脚离开，原本清冷的眸底，显出一抹复杂，转瞬就消失不见。

只不过，在梁乔笙放松了扶着车的手臂时，胃部的抽痛，还有席卷而来的眩晕，再一次让她的腿脚发软。梁乔笙忍不住抬起手按住太阳穴，将脸埋在阴影里苦笑。这狼狈的一瞬间，她居然还在想，幸好没有被荣久箫看见。

真是自作孽不可活。

她深吸一口气，微微地吐出。只想等着眩晕的感觉再次抽离时，尽快离开。只是，下一刻她就被人扶住了手臂。

梁乔笙的呼吸一滞，她有那么一瞬间的隐隐期待。

“乔笙，你怎么了？”陆决然有些清冷带着磁性的声音在耳边传来。

由远及近的感觉，似乎在开口的一瞬间，戳破了梁乔笙隐忍的期待构造起来的幻境。她逐渐放松了刚刚有些僵硬起来的身体，慢慢睁开了眼睛，回头看向陆决然：“没什么，有点头晕。”

陆决然拍了拍她的背：“照顾好自己，再过五天就是婚礼，难道你想这样去结婚吗？你见过几个像你这样脸色苍白的新娘子。”

梁乔笙因为陆决然的话，神情一顿。然后，她轻轻地叹了口气，叹声道：“婚礼啊……”

她看了眼不远处的荣久箫，轻声道：“陆决然，他既然回来了，我最近就不去 HKK 了，有什么事情，你打电话给我吧。”

陆决然眉目一凛，却终究没有说些什么。

这个女子，始终在以自己的方式守护着自己所爱的人。

婚礼终究是来了。

直到梁乔笙把婚纱穿在身上的那一刻，她才恍然如梦地反应过来，她居然真的就要嫁给荣久箫了。婚纱的摆尾很长，要一边一个花童分别帮她拎起；白色朦胧的头纱罩在挽起的漂亮的发上，微微掩住了她精致的面容。

梁乔笙曾想过很多种将会嫁给荣久箫的情景，可没有一种是今天这样。就连她自己，也说不清楚，如今的感觉究竟是喜悦，还是悲伤。抑或是，什么都没有。

举行婚礼的时间一到，她就被带入了教堂。梁乔笙站在红毯的这头，看着站在那里安静等待的荣久箫，发现他的脸上什么情绪都没有，空荡荡的一片。

原本还像梦境一样的场景，突然变得现实起来。梁乔笙明白，这现实苦涩又酸楚，苍白又无力。结婚典乐奏起的那一刻，梁乔笙手里捧着漂亮的花束，迈着精准的步子，朝着荣久箫走过去。

一切完美得都像是一场演练。

梁乔笙明白，在教堂这个神圣又肃穆的地方，他们就这样演练一场毫不掩盖的虚假。在耳边响起的誓词和询问，像是从老旧的电视机里发出来的声音。

“我愿意。”梁乔笙觉得，就连她自己的回答，都已经是剧本所准备好的一部分，麻木了她的心。只是，荣久箫在回答之前，特意转过头来，眸光微凉又带着万分沉重的重量，看了一眼梁乔笙，直看得梁乔笙的目光闪动了一瞬时，才低沉应道：“我愿意。”

牧师的声音依然在继续，但梁乔笙和荣久箫却保持在刚刚的对视之中。在外人看来，那是郎情妾意的深情痴望。可是梁乔笙却明白，这是一场无声的较量。

谁也没有先收回目光。

荣久箫转过头时，恰好看到第一排坐着观礼的母亲。然后，他的眸中闪过一丝暗沉的不悦，却转瞬即逝。

梁乔笙虽然一直没说话，却从始至终注意着荣久箫的神情动作。此时见他的情绪有些许的波动，顺着他的目光看了一眼，就看到了林曼姿唇角勾起的嘲讽的笑容。看到那轻蔑又幸灾乐祸的笑容，梁乔笙只是心下顿了一下，连神情都没变，就把头转了回来。

“既然在场诸位没有人反对这场婚礼，那么，我宣布，两位从今天起正式结为夫妻。现在新郎可以亲吻您的新娘了。”牧师带着笑意宣布。

梁乔笙心里冷笑一声，面上却没有任何的表示。只是，转过身去的时候，看着荣久箫越来越靠近的脸，她还是有那么一刻的晃神和怔愣。

宾客们热烈的掌声，还有不断地起哄要他们亲密亲吻的声音，像是炸了锅一样，回响在这个礼堂里。梁乔笙有片刻的恍然。但是，荣久箫却一个侧脸，在靠过来的时候，避开了她的唇，嘴唇轻擦过梁乔笙的脸颊。

可惜，那却不是一个吻。

他的唇并没有因为擦过脸颊而停顿，而是落在了梁乔笙的耳畔。然后，在一片几乎是嗡隆的掌声中，梁乔笙听到了荣久箫略带着寒意的嗓音，“梁乔笙，这只是开始。你欠我们荣家的，我会让你桩桩件件都还回来。”

然后，瞬间，梁乔笙的心就跌入了谷底。如十二月的寒冬一样，冰封万里。

下面宾客们叫好的欢呼和祝福，仿佛成了最大的讽刺。可最讽刺的，是她却还要勾起唇，去接受、感谢那些祝福。

可是，正如荣久箫说的，这，却还只是开始。

此去经年，背对而行

这是一座犹如城堡般雄伟壮观的建筑物，蔚蓝色的天空下，它静静散发着肃穆的光辉，给人一种庄严的逼迫感。犹如城墙般又高又厚的围城内，一辆加长林肯缓缓驶进，守候在那里的用人远远看到，急忙通知家里的其他人出来迎接。

宽敞的前院里，汽车在花圃旁停下，管家走上前去打开车门；气质华贵的男子走出，稳稳立在车旁。他身形颀长，冷峻的脸上，轮廓如刀削般分明，两道英气的剑眉直入耳鬓，眼眸深邃，还隐隐透着冰凉的气息。

“恭贺少爷新婚！”用人对着男子弯腰贺道。

荣久箫眉头紧锁，面孔冷峻，看不出半点新婚的喜悦之情。他曾经想过无数次他与她的结婚典礼，可是这样的结婚，却实在不是他想要的。

一纸遗嘱下的婚约。他本不欲履行，可是母亲却撕心裂肺地一定要让他从她手里拿回继承权，以死相逼。他无奈，也无办法。

梁乔笙坐在车里，透过车窗打量着外面。在多年以前，她根本就没想过有朝一日会将自己如此这般出嫁。眼神移转，望着车外站着的男子，她也没有想过自己的生命中会出现这样一个人。

他气质如华，一举止一投足，都透着高贵冷冽的气息，曾经他是她的白月光，可是现在这白月光却让她连看一眼都觉得眼睛生疼。眼眸微垂，拖着名贵婚纱的超大裙尾，镶满钻石的高跟鞋稳稳踏在大理石地面上，她小心翼翼地走出。刚才在婚礼现场发生的一切还历历在目，现在每挪动一步她都似光着脚踩在玻璃碴儿上，痛感直达心扉。

“少夫人新婚快乐！”见到身着洁白婚纱的女人从车里出来，用人们急忙弯腰道贺，语毕，一个个睁大双眼望着她。白皙的肌肤，晶莹剔透的眼眸，那水光潋滟，仿若会说话。粉嫩的双唇，鼻梁高挺，光是这张脸就精致无比。

梁乔笙看着那些用人，眼眸微垂。少夫人吗？此去经年，她倒是真成了他的妻。侧脸望了一眼身边的男人，见他没有半点表示，微微抿唇，便将脊背挺直，守着最后一点骄傲，任由那些用人将自己上下打量。

“带少夫人回房间！”薄唇开启，荣久箫冷冷一声说完，绕到车厢的另外一侧，打开车门坐了进去。

婚礼已经结束，他该回公司接手一切事务。

荣久箫一动步，两个用人立即走上前来拖起曳在地面上的拖尾。梁乔笙侧脸一望，看见汽车从身边倒开，一个调头便驶出大门。“呼……”她暗自松口气，压抑的心立刻获得放松，随着用人的步伐，她朝室内走去。

她看不到的地方，车内的荣久箫却一直盯着后视镜。明媚阳光的照耀中，她大片露出的背部肌肤，白滑细嫩，焕发着如玉光泽，那妙曼的身体曲线，隐隐透着妖娆灼人的气息。

如同罂粟，让他一沾上瘾。好不容易戒掉，可是却又想继续沾染。不，或许他从来都没有戒掉过，一直中了毒。中了一个名为梁乔笙的女子的惑人之毒。

后视镜内的那一抹白色身影终于消失在他的眼眸深处，隐隐有分失落感。荣久箫坐在车上，脑海里回放刚刚在酒宴上发生的一幕，不由得渐渐拢起了眉头，脸上满是冷峻之色。

“少爷，秘书说几个大股东将会议推迟到了明天下午三点。”司机望着后视镜里面那张冷峻的脸，突然说道。

浓密的眉头蹙得更紧了，荣久箫望着他的后背：“现在才说，你不觉得太晚了么？”

“对不起少爷。”他急忙陪着不是。

“回家！”同样是冷冷的一声响起，司机急忙调转车头，他不解少爷的用意，却也不敢再问什么。

“少夫人，这就是您和少爷的卧房！”用人将梁乔笙带到二楼的一间房门外，温声对她说道。

梁乔笙打量着这扇黑色的大门，那厚重的门板，让她心里感觉到莫名的压抑。手撑着门，唇角微微勾起一丝苦涩的笑意。她对这里的环境既熟悉又陌生。

乔笙，你以后会后悔吗？后悔这样嫁给他？依稀记得婚礼前夕，陆决然如此问她。她沉默半晌，看着镜子里那被脂粉勾勒的靓丽容颜，一瞬间恍惚。“不后悔。”她这样轻声又肯定地回答陆决然。

“少夫人，您先休息，有事请吩咐！”用人的声音打断了梁乔笙的思绪。

她点了点头，看着他们离开，她转开门锁走了进去。

脱去一切繁赘，她冲了个澡，洗去脸上那精致的新娘妆，心里一时间不知道是喜是悲。

新婚夜，她就独守空房。真是讽刺。

他，肯定是去陪顾西贝了吧！明明早就知道结果的事情，为何现在又来计较呢？梁乔笙有些喟叹。果真女人是感性动物，想到与真的遇到，这是两种概念。

或许是昨晚太晚睡今天又太累的缘故，不消片刻，她躺在这舒适的床上便有了睡意，眼皮越来越重，她忘却了一切，渐渐睡了过去。

荣久箫推门而入，光线有些暗的房间里，他一眼看到地板上歪倒的白色高跟鞋。那双凤眸深处光芒微闪，兜兜转转这么多年，她依旧成了他的妻，他亦是她的夫。从今往后，他的房间会有她的痕迹，衣柜里会摆满她的衣服，浴室里会摆两把牙刷。想一想，心里便有些许的柔软，这真是一种奇特的感觉。

可是……

荣久箫忽然想到了什么，唇畔那丝隐隐的笑意消失不见。这条路又能走多久？他想将她捂在心口捧在手上，可是奈何她现在却是他的“杀父仇人”。多么讽刺啊！

缓缓地，他移开眼神朝卧房的里面望去。只见床上的女人一袭粉纱薄裙，眼眸阖上间，少见的纤细与脆弱，脸颊微微陷在那柔软的床铺里，若隐若现，惊人地美丽。

荣久箫呼吸一滞，他不曾想到会见到这样一幕。

七年前，他便对她有着无法抑制的冲动，如今时过境迁，他以为内心已经将那欲望一点一点地抹平；可是现在他发现，根本不可能，那浓烈的感觉，瞬间从脚底直达心脏。

他无法抗拒。

只觉体内有一股燥热升腾而起，隐忍灼灼燃烧的欲望。他缓缓走近，看到那黑色的发丝如丝缎般肆意堆绕在细长的脖颈上，裸露在外的肌肤无处不光洁柔滑，更是如婴儿般细嫩，而那张精致面庞上，浓密卷翘的睫毛像扇子一样覆盖，挺巧的鼻头下，粉嫩的双唇微微嘟起，焕发着诱人的光泽。那肩膀下方若隐若现的锁骨，宛如蝴蝶一般，振翅欲飞，性感撩人。

再也隐忍不住，一把扯掉领带，他俯身贴下。他吻上她，埋头……一阵狂躁的气息。入手处那柔软的感觉令他一阵酥麻，全身立即如电流般流过一样，战栗的感觉迅速席卷了全身。

“唔！”梁乔笙被突如其来的压迫惊醒，口中呓语发出抗拒的声音。她睁开眼看到荣久箫紧贴的脸，一瞬间便睡意全无。有些微微怔愣，那近在咫尺的容颜，紧密相贴，呼吸可闻，彼此缠绕。

荣久箫抬头，看着梁乔笙那双晶莹剔透的眼睛，如此澄澈无垢，似乎岁月的久远根本没有影响那清澈一分一毫。

“乔笙。”他轻念，带着压抑与痛苦，“乔笙，梁乔笙。”他在她的耳边，一声比一声急。

耳旁微微的酥麻，这样亲昵而又久违的声音，让梁乔笙的眼眶有些微红、发酸，几欲落泪。或许是夜色太美好，或许是月光太皎洁。缓缓地，她抬手轻轻拢住他的颈项。

无声又小心翼翼地邀请。胸腔中的心脏几乎跳了出来！彼此偎贴间，带着只有自己知道的忐忑与不安。

察觉到梁乔笙回应的动作，荣久箫身体一僵，紧紧盯着她的眼睛，似乎要从那双眼眸中看到她的心底去。

猛然，覆上唇。热烈得如同彼此缠绕的藤蔓。他想，他们肯定是带刺的藤蔓，彼此拥抱间，在获得温暖的同时，亦是将彼此刺得鲜血淋漓。

夜风从窗隙溜进，印花的窗帘微微飘动，男人抚过女子的发，长发散在那绣着玫瑰的嫣红床上，如同泼了墨一般，美得令人窒息。梁乔笙闭上眼，不顾一切地准备享受这夜时，卧室的门被急剧地叩响了。

荣久箫夹杂着怒气撇开脸朝门外吼了一句：“滚开！”任何一个人在这个时候被打扰，心情都不会愉快。

那急躁而暴怒的一声惊得梁乔笙一个胆战，她能感觉到自己的心脏都在急速跳动。

荣久箫冷峻的脸上，眉头紧紧蹙在一起，他转过脸来，开始把刚才褪掉的外套重新穿在身上。

梁乔笙看着他的一举一动，直到看他拿起电脑旁边的一本文件夹，砰的一声合门离开。深深地叹了一口气，说不清楚心里是失落还是庆幸。

“咚！咚！咚！”门口又传来敲门声。

梁乔笙皱眉，问道：“谁呀！”

“少夫人，是我。”用人答道。

她整理好衣衫，赤脚走过去开门：“有什么事吗？”

“楼下有您的电话，是夫人打来的！”

夫人？林曼姿吗？荣久箫的母亲，她名义上的养母。哼，这么迫不及待了吗？婚礼才举办，就要来催着一切了。

“少爷走了没有？”

“走了！”

“你带我下去吧！”随手关好房间的门，梁乔笙随着用人走下楼梯。

“喂！”电话接起，她说道。

“我的车在附近，你出来一下！”

梁乔笙红唇勾起："妈，现在已经晚了，有什么事情，明日再说。"

说罢她正准备挂掉电话，电话那头的声音陡然尖利起来："梁乔笙，你不想要梁默的命了吗？我告诉你，梁默的主治医生是我的人。"

梁乔笙握着听筒的手，陡然抽紧。"妈，你最好不要轻举妄动。"她一字一顿带着冷意对着那头说道，然后放下电话。

"少夫人，您这是要出去吗？"门口的保安看到正准备出门的梁乔笙，对她问道。

看着他望向自己的奇怪眼神，梁乔笙心底一阵凉意。是啊，谁家的新婚夜像她这样，丈夫前脚离开，妻子也要出门，真是说出去都让人笑话。

"对，我出去一下。"说罢，她从门口走出去，走到围墙尽头，看到一辆黑色宾利停在对面的路边。一辆车从面前飞奔而过，她快速穿过马路，走到那辆车前，车门敞开，她径直坐了进去。

"叫我出来做什么？"车门关好，她对着一旁的女人问道。

林曼姿妆容艳丽，一派雍容华贵："你以为我想叫你出来，这么晚了，我也懒得进去，免得让人笑话。说吧，多久将股份转给我儿子？"

梁乔笙眼眸微微眯起："不好意思，爸爸的遗嘱里清楚地说明了，结婚转三分之一的股份，怀孕再转三分之一，直到孩子出生，所有的股份才会给荣久箫。"

林曼姿冷哼一声，转头瞪视梁乔笙，道："也不知道你给向南灌了什么迷魂汤，要把 HKK 的董事股份交给你这个外来的小贱蹄子。"

梁乔笙面色不改："你口中的小贱蹄子现在是您的儿媳妇。若我是小贱蹄子，那您是什么？"

"你……"林曼姿恨不得将她的身上给瞪出一个窟窿。

"牙尖嘴利，儿媳妇？你做梦，看你能做我儿媳妇多久，我听人说，久箫根本就没在屋里，怎么？新婚夜，连你自己丈夫都留不住吗？"

林曼姿冷嘲热讽着，抒发着心里的怨气。作为荣向南的妻子，他去世后她居然什么都没有得到，真是气愤。

梁乔笙听着林曼姿的话语，微微垂眸，随即拉开车门，站到车外。

“妈，若您想要说这些话，那我已经听到了，天色已晚，路上注意安全。”说罢，便关上车门，头也不回地离开。

林曼姿被那车门响声震得一愣，随即，咬着牙看着她的背影，一阵怒骂：“真是不要脸，凭什么握着该属于我的东西，不过是个来历不明的外人，不感恩戴德也就罢了，还鸠占鹊巢。”

得不到的永远在骚动

HKK 办公室里，荣久箫还在电脑前忙着公务，窗外夜色已经很浓，他全然没有注意到。

秘书走进来，将一杯咖啡放在桌边，那一声轻轻的碰磕声，荣久箫才将眼神从电脑屏幕上移开。已经是夜里两点了，时间过得太快，他都没有发觉。喝了一口咖啡，对秘书说：“帮我准备车！”

卧室的房门打开，荣久箫走进去，灯光亮起，看到穿着长衣长裤躺在床边睡熟的女子，他才猛地记起已经结婚的事实。交接后的事务太多，让他几乎已经忘了这回事。

刺眼的灯光将梁乔笙惊醒，揉着蒙眬的睡眼，她看到房中高高立着的男人时立即睡意全无。

“你回来了！”她站起身来说道。

荣久箫冷冷应了一声，走到衣柜前背对着她开始解领口的领带。

梁乔笙对着他的背影默默看了一会儿，问道：“你现在是要洗澡吗？”

荣久箫伸手触碰衣柜的感应开关，柜门缓缓移开，他将领带丢进去，转身望了梁乔笙一眼：“是！”说完开始脱衣服。

精壮的胸肌随着纽扣解开一下露出来，梁乔笙急忙避开眼神，快速走到洗浴室去放洗澡水。

荣久箫赤裸着上身走进浴室，他的满脸冷峻和壮硕的身姿，都让梁乔笙感到一阵心慌。“水放好了，你用，我出去了！”说完，在他的目光盯视中，她闪身从他身旁走出去。

浴室的门从里面被关上，梁乔笙听到流水声传出，她站在卧室的中央，不安地赤着脚来回走动。

浴室里面，水声还在继续，梁乔笙拿起一本杂志靠在床上胡乱翻着。似乎，她根本无法找到怎么和他相处的方法。况且……还有顾西贝。

“咔！”浴室门被打开，荣久箫裹着浴巾从里面走出来。

梁乔笙双手捧着杂志，余光悄悄打量着他。只见他打开更衣室的门，满眼的白衬衫安静地挂满衣柜；清一色的定制西装，整齐划一，如同待选的士兵。

荣久箫看着衣柜，忽然发觉没有女装，眉头一皱，想要问什么，却终究是没有问出口。

一套笔挺的黑色西装被扔在床上，接着他又在里面挑领带。

放下杂志，梁乔笙轻声问道：“你这是要出去吗？”

话音刚落，荣久箫看了眼衣柜，冷声道：“我去哪里还要跟你报备吗？”荣久箫紧锁的眉目中，尽是不愉。

梁乔笙一愣，这么多天，他是第一次用这样嫌恶的口气跟她说话。第一天还如此缱绻缠绵，今日就已变脸。

重新拿起杂志，索性不再多问。就这样井水不犯河水，更好。

看到荣久箫开始解身上的浴巾，她将书移高一把盖住眼睛。不知过了多久，梁乔笙听到关门的声音，才放下手。房间里已经没有了男人的身影，而荣久箫刚刚用过的浴巾还丢在床边。眼里的光芒越来越沉，沉到了心底深处。

“少爷，现在开车去哪里？”司机坐在驾驶座回头问荣久箫。

“酒店！”荣久箫愤愤地说。

“叮铃铃……”床头的闹钟在清晨七点准时响起，梁乔笙不耐烦地伸手一把将它关掉。昨夜发呆了许久，直至拂晓才入了睡梦。

没过多久，房门被人叩响。

她从被子里爬出来，蓬松着头发走下去开门。

“少夫人，少爷请你下楼用餐！”用人说。

“少爷！他在哪里？”深夜不是出门了么？

“楼下餐厅！”用人答道。

“我知道了，马上就来！”说罢她关上房门，一番洗漱。

“少夫人早安！”见梁乔笙从楼梯处下来，用人打招呼。

荣久箫抬头望了一眼，只见她穿着一件宽松的衬衣，下身套着一条紧身的牛仔裤，身材看起来高挑又匀称。头发随意披散在腰间，那张脸精致靓丽，一双眼睛清澈透亮，让人着迷，只是眉额间似乎有着淡淡的忧色。昨晚没睡好吗？

她很美，他一直都知道。从少时起，他就知道，她有多美。总是冷静地看着一切，浑身有着一丝散漫的妖娆之气。

“早安！”梁乔笙坐下，朝旁边的荣久箫轻声说道。

“妈那边让我们今天过去一趟，吃完早餐你跟我一起去！”荣久箫忍住心中的悸动丢下这句话，拿起旁边的餐巾擦了擦嘴角，便起身离开。

梁乔笙望着他的背影，眼眸一沉。林曼姿又是要干什么？真是不到黄河不死心，荣向南已经给了她足够多的东西，为何还要如此贪心呢？

HKK 的股份，人人都以为她梁乔笙有心握住，可是有谁知道，她根本就没有这个野心与兴趣。她只想等到梁默病好后，一起去旅居世界各地，离开这些烦扰。

拿着老爷子给的股份，都是被逼的。因为，必须得有她守护着。直到他彻底掌控。

坐在车上，荣久箫低头看了一眼时间，一阵嘈杂的手机铃声响起，眉头一皱，他的眼里满是冷冽的气息。

梁乔笙微微蹙眉："你有事情要忙，那就让我下车，我刚好还有事，妈那里你就代为说一声抱歉吧！下次我再过去。"梁乔笙抑制着心里的情绪，平静地对荣久箫说。

"停车！"荣久箫吩咐司机。

汽车在路边停下，梁乔笙打开车门下车。看到汽车驶远了，她招手在路边拦下一辆的士。

修长的手指捏着文件，荣久箫静静地看着面前的纸张，却是陷入了沉思。似乎，梁乔笙有什么事情瞒着他，这是一种直觉。到底事情是不是外界传言的那样，爸爸的死是否真的跟她有关？若是无关还好，那么他一定会好好护着她。

若是有关……

荣久箫紧紧捏住文件夹的边缘，丝丝皱褶。梁乔笙，千万不要让我失望。他在心里默念，带着隐隐的祈求。

咖啡厅里，梁乔笙与陆决然相对而坐。

"公司最近怎么样？"梁乔笙开口问道。

陆决然看到她眼中的疲累，皱了眉："先不说公司，感觉你怎么休假比在公司还累？”

梁乔笙默然不语，拿起勺子轻轻搅拌咖啡：“我想再休息一段时间。”

陆决然握着杯子的手微微一顿，这个关键时刻，若是梁乔笙一直不出现在公司，相当于在昭告世人，她会对 HKK 放权，以后 HKK 就是荣久箫的天下。

“你这样子会……”陆决然欲言又止，这样会把苦心经营的威望毁于一旦的。

梁乔笙苦笑。“我知道。”她顿了顿，“可是这又有什么关系呢？况且，HKK 本来就是荣久箫的。”她所做的一切，不过就是想把 HKK 完完全全地交到他手上而已。

陆决然放下咖啡：“我觉得你还是将事情的真相告诉荣少的好。”

梁乔笙听闻陆决然的话，唇紧抿，眼眸微垂间，睫毛有些微微颤动。半晌后，才是摇摇头，有着一丝坚决。

“不行。”她抬起头，紧紧盯着陆决然，“你也要向我保证，不可对他说。”

陆决然神情严肃：“可是纸终究是包不住火的，早晚有一天他会知道。”

“那就尽我最大的可能将这团火包住。”梁乔笙打断他的话，声音带着冷凝与执拗。

陆决然看着眼前的女子，没有大衣包裹的她，如此纤细瘦弱。褪去了在商场上的面具，她也不过一个普通女子。

“你就不怕终有一日被这秘密之火给反噬灼伤吗？”他想问这句话，可是看着她眼里的倔强与傲色，终究没有问出来。

认识她那么久，何曾又见过她后退一步呢？“好，两周，最多两周的时间。我会在公司把你的事情处理好，不会与荣少正面冲突。”

梁乔笙微笑：“谢谢你，决然。”

与陆决然的谈话，让她几日来沉重的心情得到片刻的缓解。他们聊了很多过往，笑语不断间让那些回忆更加清晰。同陆决然分别后，梁乔笙的心情也开阔了许多，行走间脚步轻快，唇角的笑意些许溢出。

“小姐，您好，能请您留步吗？”蓦然有人拦住她的去路，梁乔笙疑惑地看着对方。简约的衬衫，言语间温文尔雅，双目如星，让人生不出拒绝的心思。这是个儒雅的男人。

“能让我为您画上一幅画吗？”他说着，指了指摆在一旁的画架。

原来是街头画家，梁乔笙看着他，欣然点头。

湖畔长椅，清雅素净的女子，小提琴手在一旁奏着G大调，行人走过扔下一枚硬币，发出叮咚的脆响。

儒雅的画家，一笔一画勾勒出夕阳下恬淡的女孩，一切如此诗意。画家在白纸上落下了最后一笔，落款是“陆。”

眼见画完，梁乔笙微微欠身，裙裾摇曳，带着落日的最后一抹光，向荣宅走去。

G大调也停了下来，演奏的人将小提琴收到琴盒里，走到画家身旁站定。

“时间到了吗？”儒雅的画家轻声问道。

背着琴盒的男人点头：“老爷的时间定在七点钟。”

画家看着笔下长裙摇曳的女孩，眼里盈满了温柔的光，低声轻喃：“阿笙，我回来了。”

有人在一旁递上西装，一辆车缓缓停在身旁，奢华内敛，男人取下那幅画上了车，命运开始交错前行。

梁乔笙回到荣宅，眼见天色尚早，因疲累便想小憩一会儿。

汗珠细细密密从额间渗出，梦魇紧紧缠绕。她发出破碎的应答声，只能无力地看着那人的背影奔跑渐远。手指颤动，想要抓住那个远行的背影，后来……就再也没有后来了。猛然睁开眼，一室的黑暗中，只有疏影横窗，唇角勾起，一丝带着涩意的笑从月光倾泻处流露。有多久没做这样的梦了？果真是一个人太久了吗？

梁乔笙打开台灯，光线晕黄，衬得她眉眼越发清雅。伸手拿起杯子喝水，却发现是空的，柔和的光线照在玻璃杯上，折射出碎钻一般的光芒，映着她的手指——长美好，骨节分明。无声苦笑，撑着身子下床，缓步走到客厅。

夜幕降临，保安将大门打开。梁乔笙眼眸微动，是他回来了。

荣久箫走上木制阶梯。梁乔笙站在阶梯转角处，静静地看着他。他不疾不徐，随后，与她擦身而过。

眼眸里未曾映下任何景象，灯光从他身侧穿透，梁乔笙只看到那浅浅逆光处，不带一丝感情的眉眼，沉沉如冰。她唇角微微勾起一丝笑意，讥讽的，不知是嘲笑自己还是嘲笑他人。看那消失的背影处，她知道，他是去了书房。

手握紧，提步拾阶而上，走到书房外，轻轻叩门。

“进来。”荣久箫带着磁性的声音应答。

梁乔笙站在书桌不远处，嘴唇抿了抿：“关于股份问题，等到股东大会的时候，我会阐述清楚。”

书桌前的人头也未抬，只有钢笔划过纸张沙沙的声响。

梁乔笙忍住心中被无视的酸楚，继续说道：“你放心，HKK 是你的，股份也会全部转让给你。”

沙沙声瞬间消失，钢笔顿住。握笔的手指白净修长，如同羊脂白玉。放下钢笔，荣久箫抬起头。

他薄唇扯出一丝笑，眼里划过讽刺：“梁乔笙，我知道遗嘱里的内容，怎么？你以为我真的会让你怀上我荣家的孩子，让你挟天子以令诸侯吗？”

“不是的。”梁乔笙有些讶然，未曾想到他会有如此说法。

荣久箫冷笑，伸手从脚下拿起一个皮质箱子，随即甩向梁乔笙。皮箱在半空便被力道甩开，无数纸币倾洒而下，悠悠扬扬落到了梁乔笙的身上。

“你不就是想要钱吗？这里那么多钱，给你，全都给你。”荣久箫的声音冷厉无比，眉宇冷硬如常。咚的一声闷响，皮箱砸到了她的脚边，那一声落地的闷响，让梁乔笙不自禁地蹙起了眉头。

“荣久箫！”梁乔笙双手握拳，清丽的眼眸中有了怒气。她想和他好好谈，为何他总是把气氛搞得剑拔弩张。

“我很忙，请你出去。”荣久箫再次低下头看文件。

梁乔笙深深吸了口气，转身便离开。

待她走后，荣久箫扔掉钢笔，眼里有着懊悔。明明已经下定决心，不会再对她产生任何动摇，可是看到她那么难过的面容，他的心却不可抑制地产生一阵钝痛。

不，不能这样。荣久箫，你要记住，你父亲的死和她有关，还有七年前的背叛。你不能对她产生任何怜惜，那都是假象。他反复对自己做着这样的心理建设。

“晚上不用准备我的晚餐。”荣久箫随口道。

“少夫人的要准备吗？”

荣久箫瞥用人一眼：“自己去问！”随即便大步走出大门。

汽车沿着荣家别墅外的围墙一路开着，荣久箫将从家里电脑上拷贝下来的文件夹打开。

“少爷！”司机望着前方缓慢走着的背影说道，“少夫人在前面，要不要停车？”

荣久箫抬头，前面走着的高挑背影，是她没错。他眉头一蹙："不用！"低头重新看电脑。

黑色的车辆从梁乔笙身旁疾驰而过，带起的风将她的发丝吹得凌乱。她顺了一把头发站在路边，看着汽车渐渐驶远，抿了抿唇，走到路口拦下一辆的士。"师傅，去贝尔街！"

锈迹斑驳的钥匙插入齿孔，破旧的房门打开，淡淡的茶花香味迎面袭来。梁乔笙一眼望去，窗台上的茶花已经灼灼盛开，熟悉的房间里，前两天放在桌上的泡面盒子还在，那把旧吉他依旧歪歪地倚在墙角。

这才是她家，一个让她不觉得压抑而疲累，不必处处小心翼翼如履薄冰的地方。在没有遇到荣向南以前，她一直住在这里，即使在HKK里坐了高位，她也依旧住在这里。

怕是很少有人会想到，HKK的董事长会住在这么一个破旧的地方。她走进去，拿起那把吉他，轻轻拨过，清脆的声响传出，她将它拿进卧室，从衣柜里拿出一套衣服，随意往身上一套，再从墙上的挂钩处取下一顶帽子，套在头上就出门了。

晚上七点的中心贸易街，周围可见的商场内，人流攒动，一片繁华景象。

贸易街的中心广场上，有放着音乐跳舞的街舞青年，有经营着各种美食的商贩，十分热闹。梁乔笙靠在一个角落的地方，欢快地拨动着她手中的琴弦，动听入情的歌声从她口中传出，吸引了一批年轻人。

贸易街的高级卖场里，荣久箫身后跟着几位卖场主管和经理级的人物，他一路穿梭在各个品牌专柜前，所到之处，无不惹得一群少女对他驻足张望。

荣久箫不屑一顾，眉宇间尽显冷冽的神情。

"这一季度营业额最高的是哪家商场？"他一路走着，冷冷地问身后的人。

“是我们西边的卖场！”陆决然不卑不亢地说道。

“带我过去！”

“好！”一行人走出卖场的大门，往西边卖场疾走过去。

“谢谢！谢谢各位！”

有些熟悉的声音传来，荣久箫疾走的脚步突然停下，缓缓转身朝身后望去。

“谢谢大家，我再给你们唱一首……”

荣久箫眉头紧蹙，那个女孩子分明就是他新娶进门的妻子梁乔笙！

一帽子的零钞放在身边，梁乔笙重新执起吉他，优美而性感的歌声一经她口中传出，立即赢得一片热烈的掌声。看到大家热情的反应，梁乔笙双眼含笑，更加动情地为众人演唱。

她的眼睛微眯，透亮的瞳孔在昏暗的灯光下像墨色的宝石，焕发着迷人的光彩，一条紧身的牛仔裤配上细肩带的黑色 T 恤，瘦高的身子和着节奏随意扭动着，看起来迷人而洒脱。

“荣总，怎么了？”其中一个男人问道。

梁乔笙！荣久箫在心里暗暗念道，冷眼一转，大步往前走开。若是被公司里的其他人看到，堂堂 HKK 决策董事在这里卖唱，那像什么话？真是太任性妄为了，居然凭着一己喜好，在这大庭广众之下卖唱，让他荣家的脸面往哪里搁？

沉浸在自己世界里的梁乔笙根本没有注意到荣久箫一行人，这是她自己的减压方式。以前每每觉得撑不下去时，就跑到这里来，这里没有人认识她，没有人说她闲话，没有那么多尔虞我诈。只有微笑和善意。

荣久箫回到家的时候，已经是晚上 11 点了。客厅里，一个用人在整理纱帘。

“少夫人今天什么时候回来的？”他冷声问道。

“大概是 9 点回来的。”用人答道。

荣久箫朝楼上瞥了一眼。“别告诉少夫人我问她的事！”说完上楼去。

梁乔笙听到门锁转动的声音，心里一惊，急忙将手里的日记本合上。

“你回来啦！”梁乔笙从座位上起身，面带微笑，让人打从心底觉得温暖。

荣久箫一言不发，只是静静地站着，淡漠的眼神将她不动声色地上下打量了一遍，眼前的她又换回了早上那套衣服。

“你吃过了吗？”梁乔笙被那眼神盯得浑身不自在，轻声开口，想要打破这略微尴尬的气氛。

“吃过了！”简短的回答后，荣久箫不再看她，径直走到衣柜前换衣服。

“我去给你放洗澡水！”日记本放回抽屉里，梁乔笙走到沐浴室。

听到放水的声音传出，荣久箫转身朝玻璃门敞开的浴室望去，梁乔笙的身影隐隐绰绰，模糊的轮廓让他有些心潮起伏。

梁乔笙走出来，神色平静，仿若今日什么事情都没有发生过，那一张面具完美无瑕。荣久箫心里一阵烦躁：她不是应该质问他，或者朝他发火吗？为何这么不在意？还是说，他其实在她心里是可有可无的所以才不在意？这么想着，心里更气闷，大踏步地摔门而出，只留下有些愣然的梁乔笙。

微微皱眉，唇角溢出一丝苦笑：“就这么讨厌我吗？”

夜，黑得有些深沉，一如荣久箫的眼眸。

荣久箫站在落地窗前，一丝凉风撩起纱帘，猎猎作响。一杯清澈透亮的红酒送至口边，深抿一口，冷峻的面孔上，眉头紧紧蹙在一起。梁乔笙！他再次默念这个名字，狭长的凤眸微眯，一抹冷气摄人的寒光闪跃。

另一侧的次卧房，一盏偏灯还亮着，看着那深长的楼梯，梁乔笙叹了一口气，然后轻轻走过去。

她叩门，推开，看到窗边站立的颀长背影。“久箫！”她轻声开口。

那背影带着一股寒冽的气息，让她脚下的步伐像是生了根一样，无法向前迈进。

紧皱的眉头慢慢散开来，荣久箫转身，眼里的寒光依然不减：“进来！”

房门合上，梁乔笙走过去站在卧室中央。

“梁乔笙！”薄唇轻启，带着一丝红酒的香气。

清澈的眼底闪过一丝不安，梁乔笙望着他，他脸上有着愤怒之气，一场蓄势后的爆发要来了，她感觉得到。

“啊！”她的手被荣久箫粗鲁地抓起，惊慌中她发出害怕的呼声。

冷冽的眸光落在那只手上，荣久箫紧蹙眉头。手指修长白皙，骨节清晰分明，但是，却是一只触感粗糙的手，指肚上，些许茧长在上面。

“你干什么？”梁乔笙被他奇怪的举动弄得很不安，她用力想要抽回手，却敌不过他手上的力度。

“你变了！变得很奇怪。”望着那清澈的双眼，荣久箫眼神中带有几分探究的神色。

“我哪里变了？又哪里奇怪了？”她的眼神不安地在他胸前游移。是不是他知道什么了？

“你在街头唱歌？！”他本不想说，但是眼下她的行为让他不得不说。

堂堂 HKK 董事，她的做法实在有失身份，这个就算了，这些日子不去公司每天也不在家里待着到处跑，今天还告诉他说不能回来了。她在搞什么？当他这里是酒店？累了就回来睡觉？

“是！”轻哼一声，她抬起头迎上他，“我是在街头唱歌！那是我喜欢做的事，谁规定我不可以有这样的爱好！”原来他在跟踪她。真是让她心寒。

眼前，那双眼里的寒冽气息渐渐微弱下来，怒火之气渐渐熄灭。荣久箫望着梁乔笙，她委屈皱起的眉头，让他为自己刚才的行为有些自责。

“弄痛你了？”看着手腕处的触目红印，他问道。

“没事了。”梁乔笙抽回手，推说着躲开他的满目柔情。

望着眼前的她，荣久箫的身体渐渐涌起一股火热的冲动。结婚已经有一些时日了，总是有各种各样的原因，他都没有碰过她。

他不想吓到她，亦不想让她为难，至于其他更深层次的原因，他逼迫着自己不准去想。好不容易，他才能再次有机会看着她，甚至抱着她。

“你先休息吧！”如同往常一样，分房而眠。

次日一早。

荣久箫只身从真皮转椅上起身，缓缓走到落地窗前，双手插进西裤的口袋，他望着窗外鳞次栉比的楼群，陷入了沉思。

这些天梁乔笙并没有去公司，亦没有任何动作，似乎将一切都摊开来给他。这是干什么？是示好？还是说她已经很有自信，自信他根本无法掌控公司。忽而想到清晨时，看到她匆匆出门的身影，眼里一阵冷凝。

“少爷！”用人见到荣久箫，弯腰叫道。

淡漠的眼神将整个客厅扫视一遍。“帮我倒杯水上来！”说完，他大步走上楼梯。

用人端着水杯走上来。“少夫人在家吗？”他淡淡一声问。

“早餐过后就出门了。”用人如实答道。

用人将水放卧室的桌子上，转身出来。

“她每天都会出去？”

“好像是！只有晚上的时候才回来。”用人答道。

空气里，弥漫着一股淡淡的清香，卧室的中央，他静静站立，一眼看到一件睡衣凌乱地躺在毯子外面，卧室里的其他地方都干干净净。这个家里，她似乎除了生活必需品外，没有其他东西。

她根本就没有把这里当作家。

晚上八点，中心贸易街。

荣久箫将车停到离广场最近的地方，双手环胸，靠在座椅上，淡漠的眼神直直望着上次梁乔笙所在的地方。

十几分钟过后，正当他准备驱车离开，一个熟悉的身影在前方路口处出现。她长发飘飞，身形高挑，一举一动之中透着洒脱的气息。

荣久箫的眼神追随着她，只见她站在上次的地方将吉他取下，细长的手指开始熟练地拨动琴弦。

渐渐有路人在她面前驻足，车身启动，荣久箫将她的身影一路抛在车后。他发现自己越来越不了解梁乔笙了，这么多年，他与她之间的沟壑根本无法填补了，反而还越来越大。

梁乔笙深夜回荣宅，匆忙上楼，无意中撞上站在昏暗处的人。身体有些站立不稳，一只强劲有力的手及时扶住。

熟悉的气息扑面而来，让她的惊呼生生堵在了喉咙里。腰间那宽大的手掌带着滚烫的热度，几乎将她灼伤。

荣久箫皱了皱眉，看着眼前的梁乔笙。有这么弱吗？只不过稍微碰了一下就要倒了。

“谢谢！”梁乔笙垂眸开口。

荣久箫听着她这声谢谢，手掌猛然离开那温软的腰身。

“这么晚了还在这里晃悠什么？难不成想伺机上我的床吗？”调整了一下有些恍神的思绪，荣久箫冷声开口。不知道为什么，只要看到这张素净淡然的脸，他就想出声讽刺她。

梁乔笙听着荣久箫的话，并不出声反驳。面对不喜欢你的人，如何解释都是错误的。最好的办法，就是沉默。她低头便想回自己的卧室，还未移开脚步，便听荣久箫一声厉喝。

“站住。”

荣久箫看着一脸波澜不惊的梁乔笙，不禁有些气闷，眉头越皱越紧，心里的烦躁越来越浓。她的眉眼在晕黄的灯光下显得越发温暖，浑身透着一股清雅的味道。他不自觉地伸手，钳住她那精巧的下巴。

“梁乔笙，以‘婊子’的身份进我荣家门，现在又来装清高吗？”荣久箫的话语毫不留情，眼眸锐利地盯着她，似要看进她的心底去。

言语是这世上最无形的利剑，不知不觉就会将一个人逼近死路。梁乔笙盯着荣久箫，一字一顿道：“你要搞清楚，是爸爸的遗嘱里要你娶我，而不是我要嫁给你。”

荣久箫气息一冷，有些怒意充斥在眼里，仿若一头张牙舞爪的困兽，即将就要冲出牢笼，将眼前这女子撕裂成碎片。

“很好，作为荣太太，我想你应该陪我出席明日的拍卖会，而不是成天抛头露面地在外面闲逛。”说罢，便扔下梁乔笙。

梁乔笙只觉怒气上涌，莫名又有些委屈。

我不喜欢这世界，我只喜欢你

梁乔笙化了妆，淡雅得体的妆容，微微卷起的发丝，再穿上那条裙衫，果真是如同一尾美人鱼。

拿着请柬进了拍卖会场，请柬上的位置是贵宾席。一眼望去几乎都是熟人，林曼姿、荣久箫，还有他身边的顾西贝。而她的位置则在荣久箫的另一边。

身体微微僵住，这算什么？变相羞辱吗？脚步一顿，就想掉头而走，还未有所行动就被一只手钳住。

“坐这里。”荣久箫不由分说地将梁乔笙拉到了位置上。

拍卖会具体拍卖了些什么梁乔笙都不知晓，她脊背僵硬地挺立，嘴唇轻抿。一旁的荣久箫旁若无人地与顾西贝调笑，让她第一次体会到如坐针毡的感觉。

“这乃是皇室王妃曾经戴过的一块表，只此一件，请大家踊跃参与。”拍卖师的声音响起。

顾西贝看着展览台上那蓝色底盘的手表，抿唇一笑，眼如弯月：“久箫，这块表可真漂亮，我瞧着那颜色跟乔笙这衣服挺配的，要不拍下来送给她可好？”

荣久箫饶有兴趣地看了眼神色冷淡的梁乔笙，轻声浅笑：“好！我也觉得挺配。”

梁乔笙的脸刹那有些惨白，那瞬间握紧的手，骨节凸起，指甲深陷掌心，丝丝血痕。

表，婊。

梁乔笙有些僵硬地转头，对上荣久箫那双似笑非笑的幽黑眼眸。完美的轮廓，无懈可击的容颜，俊美得宛如神祇，却让她只觉有恶魔的气息。

她想，他肯定是知道顾西贝的意思。非但不阻止，还要火上浇油。这个男人已同从前大相径庭。

以往有那俊美男孩，不论在学校或生活中，哪怕遍体鳞伤都要护她周全，不舍得她受一丝一毫的委屈。

以往种种，云烟飘散。现在缕缕，如刀割针扎。记忆可以变更，但是心底的感觉呢？也会变吗？那浸入骨血里的爱与念，怎么就轻易消融了去？

现在的他，冰冷无情，甚至还恶劣无比。想要张口说些什么，但却发觉一切都是如此苍白，只有那苦果自咽，悲伤己吞。

“怎么？莫不是嫌弃这皇室的表？”荣久箫一指支着颅侧，与她说话间，嘴唇微弯，一个凉薄的弧度。

顾西贝连声接过荣久箫的话，明眸潋滟：“哪能啊，我看梁乔笙她啊是高兴得说不出话来了。”

一旁的林曼姿瞧见这和谐的模样，笑声附和：“乔笙，还不谢谢久箫，如此珍品，是你的福气。”

林曼姿这话倒将事情给定了下来，容不得梁乔笙有一丝拒绝。

“是，妈妈。”依旧低眉顺眼。

转头间，唇角勾起一个标准的微笑弧度，梨涡浅浅，眉眼雅淡：“谢谢。”

如此光风霁月，倒让顾西贝有种吃了闭门羹的错觉，一口气堵在胸口，吐不出也咽不下。

荣久箫一丝无声冷笑，倒真是个脸皮厚的，羞辱无论是明里暗里，她都欣然接受，不做一丝反驳。

深蓝色底盘的表被荣久箫亲自戴在梁乔笙的手腕，如同那古代的黥刑，刺上匪徒之字，终生洗不去烙印。

“倒还真配你，西贝眼光不错。”一句话，不知是褒是贬，梁乔笙只当听不到，并不回答。

拍卖会结束后，便是非卖品的展示，跟着众人踏进极富艺术气息的大厅，不时有人向她投来各色眼光。

微微蹙眉，她并没有这么出名，怎么回事？非重要场合，大多数时候都是陆决然代她出面，因此她的面貌倒不为多数人熟悉。大厅里水晶灯闪烁着钻石光泽，墙壁上挂满了各大家的画作，壁灯映射着那些绝世的画，更显朦胧神秘。

“是她吗？画的是她吗？”

“真的好像，是巧合吧！”

“哪有这么巧的事情……”

即使这议论声音再小，一旦议论的人多，总有几句能钻进耳朵。梁乔笙眼底有了疑惑之色，到底在谈论什么？怎么让她有些迷糊呢？

“久箫，快来看。”顾西贝朝着一幅画作走去，言语间都是吃惊，望向梁乔笙的神色有些莫名。

梁乔笙脚步一顿，也跟着匆匆上前。一幅暖色调的画，裙衫摇曳的女孩，清雅的眉眼，安静的神态，背后树梢轻晃，阳光细碎满肩。让人看到这幅画，便觉心里有了一方净土——《少女的祈祷》。

梁乔笙浑身一震，画里的人分明就是她。那日不忍拂了那位街头画家的美意，临时做了模特，没想到居然会摆在这里。更让她悸动的是那画的名字，祈祷吗？大成画家能看到模特的灵魂，那画家一眼就看到她的灵魂了吗？她的灵魂正在祈祷，祈祷着一切能如她所思所愿。

梁乔笙站在画前，如同是在照镜子，顿时引起了众人的注意。有人甚至拿出了手机想要拍下这样一幅景象。

荣久箫眉头一皱，心底只觉有团火焰升腾。什么时候他的人未经过同意都能被挂出来称斤卖两取悦众人了？

他眼眸上挑，倨傲出声：“让你们负责人立马将这幅画撤了。”

他这句话说得毫无道理可言，让一旁的顾西贝有些不悦，直视梁乔笙的眼神夹杂了利剑。

负责人点头直言这不能撤，因为这是他们少东家的画。这时，一个人脚步缓缓，唇角微笑，眼里温润光泽，灯光给他的脸庞都镀上了一层暖晕。若说荣久箫是冰，那么他必定是那带着温度的水，汩汩而流间就能轻易将人俘获。

“陆远乔。”男子伸出手，手掌线条优美，笑容完美。

荣久箫亦是伸手，两手相握，似有闪电奔雷相撞，顷刻间又消散了开去，让众人只觉一阵冷厉气息飘过。

陆远乔再看向梁乔笙，忽然弯腰执起她的右手，一个吻轻轻落于手背，如飞鸟掠过湖面，搅皱一池平静。“又见面了，我美丽的缪斯。”

梁乔笙微愣，原来是他，那湖畔的画家。

陆远乔握手即放，便不再多言，转身离开时也依着荣久箫的要求撤下了那幅画。

众人还在小声议论梁乔笙的画像，然而顾西贝朝一个女孩使眼色，那女孩便款款朝梁乔笙走近，擦身而过间，梁乔笙只觉腰身一紧。

刺啦一声，细小却又清晰的声音响在耳畔，还未回神，身穿的长裙从背后直直裂开。

梁乔笙再淡定此时也无法坦然了。线缝忽然崩掉，从脖颈后方直直裂开，她惊呼一声便抱着裙子蹲下。唯恐一动，这裙子就彻底离开了身体。抱臂间，那光裸的背部绽放着如玉的光华，莹莹肌肤，倒真应了“温泉水滑洗凝脂”。

纵使蹲下，那背部依旧大敞开来。不知谁先起头，居然有人用手机开始拍照。

梁乔笙贝齿咬唇，血痕隐现。手臂紧紧抱着自己，浑身僵硬得发冷。此时此刻，此情此景，没有一个人来给她援手，没有人。众人观望间，都是带着幸灾乐祸的味道，同情者有之，却也只是眼含同情可怜之意。

梁乔笙蹲在那里，第一次感到心底发冷。这些人，怎可如此凉薄？怎可如此不顾别人的心情？怎可如此践踏别人的尊严？但是，真正让她感到凉意透顶的并不是这些陌生人，而是站在不远处的荣久箫。

她知道，他就在她的身后。尝试着动一下，可是才轻轻一动，那裂帛撕裂的声音清晰地响在耳间。不能动，一动，整件裙子都会掉下来。

荣久箫看着如同小兽一般紧紧保护着自己的梁乔笙，心里蓦然一阵抽动，脚步不自觉移动。

“久箫，我们去看那边的画。”顾西贝眼角瞟向他的动作，巧笑倩兮间挽过荣久箫朝着另一侧走去。

荣久箫眼眸微闪，顿了顿，便随顾西贝走开。算了，跟侍应说一声，让他拿件衣服过来就是。

梁乔笙听着顾西贝的声音，心底的希望一寸一寸灭了下去。唇角溢出一丝苦笑，真蠢，方才竟然还有所期待，到底在期待什么呢？期待那人如同王子一般来救一个落难的公主吗？可惜，他不是王子，她也不是公主。

正在无措间，忽有温暖覆盖在身上，有人用衣衫轻轻将她包裹，手臂一揽，便将她抱起。梁乔笙眼底划过一丝喜意，抬眼，笑意灿烂若云霞，却在看到来人时，生生顿住。眼眸里水色沉沉，温润如玉，怀抱里似乎带着清新的薄荷香气。

陆远乔，去而复返的男人，以王子的姿态救了她这样一个落难的女子。

顾西贝眼睁睁地看着陆远乔将梁乔笙抱走，嘴唇紧抿，神色有些不甘。

荣久箫盯着陆远乔的背影，眼里的幽深亦是越发浓重了，周身的气息瞬间沉了下来，眉宇间隐隐有了冷意。

两个人的身影消失在大厅，众人又开始窃窃私语，纷纷猜测两人的关系。一个人给另一个人画像，本是很寻常的动作，但放在所谓少东家的身上，那就不寻常了。

大厅里众说纷纭，而那主角却是浑然不知。

此刻的陆远乔抱着梁乔笙到了一个房间，放下她，轻声开口：“等几分钟便好，我让侍应给你送套衣服过来。”

梁乔笙捏着身上还有些温度的西装外套，眉眼垂下，有些局促不安。“谢谢你。”

陆远乔拿玻璃杯倒水，水声细密，他轻笑回答：“不用谢，你是我的缪斯，能帮到你是我的荣幸。”说着将水杯递给梁乔笙，“喝点水吧！”

他的声音是低沉的男中音，听在人的耳里舒服至极，会让人不自觉地撇开心防。

梁乔笙握着水杯，方才紧绷的身体缓缓放松下来。陆远乔朝她微笑地点了点头，便开门离开，留给她一个独自静谧的空间。

侍应很快送来了衣服，梁乔笙换好后便没有再见到陆远乔。她摇头想，不过萍水相逢，他都不放在心上自己又何必拘泥呢？招了车便自己回荣家。

相隔不过半小时，荣久箫也回了家，一眼便看到被随意放在沙发上的口袋，鬼使神差般拿出长裙，灯光下，裙衫耀眼，他的眼底有了一丝冷厉之色。

拿起手机拨号码：“我订的裙子经过了几个人的手，挨个把这几日的行踪报给我。”

挂掉电话后，转头再看放在沙发上的长裙，又想到今日颤抖的娇小身躯，心里点点波澜起伏。

“荣总，您订的那条裙子我们查过了，从店里出来之后便直接封存空运到了您家里，期间也只有机场的工作人员触碰过，并没有什么特别的人。”

“顾西贝呢？”

“嗯？她？不会的，她根本就没接触到那条裙子。”

“哦？是吗？”手指轻轻敲击阶梯扶手，眼里一丝兴味闪过，真有趣，难不成裙子自己会脱线缝吗？

“将那品牌的并购计划做出来，最迟一周，我要收下那个品牌。”

“啊？什……什么？为什么？”还未等那头说完，便将电话挂断。

他的人，什么时候轮得到别人来欺负？梁乔笙是他的，爱也好，憎也罢。始终都是他的。

梁乔笙静静地坐在床上，想着今日的事情，有些郁卒。她看着荣久箫进门，然后径自走到浴室。

“帮我把睡衣拿进来！”荣久箫忽然冷着声音说道。

不是一直用浴巾的吗？梁乔笙打开衣柜取出睡衣。

玻璃门外，她一番踌躇，最后伸手叩了叩门：“我要进来吗？”

没有回答。不知是他没有听到，还是不想重复第二遍。她慢慢转动门锁，看到荣久箫站在洗漱台前，手里拿着剃须刀朝她瞥了一眼。让她赧然的画面没有出现，顿时心里松一口气。

“我放这里了。”她转身准备出去。

“浴缸里面放水！”荣久箫冷声道。

他看着梁乔笙一一照做的样子，心里却并没有优越的感觉。他看得出，她做这一切并不是出自本意，某种程度上来说，她只是在服从。他不明白，她为什么要这样，明明不愿却还要接受。他想知道，她能接受的底线到底在哪里。

“水放好了，还有什么要做的吗？”荣久箫迟迟不再吩咐，梁乔笙忍不住问道。

他望着镜子中的梁乔笙。“你和我一起洗！”话一出口，明显看到她脸上诧异的表情。

“我已经洗过了！”梁乔笙眉头微蹙，平静地对他说，强忍住心底的怒意。他怎么能白日里对顾西贝呵护备至，现在又理所当然地要求她做这些亲密之事？

转过身，荣久箫冷峻的面孔猛地对着她。“那就帮我洗！”他的眼里，有着冷冽的气息，如同一只猎豹，蓄势待发。

梁乔笙下意识地往后退，身体紧紧贴着墙壁，那冰凉刺激着她的背部神经，激得她打了一个冷战。冷冽的眼底闪过一丝戏谑的笑意，细长的手指轻挑，白色的衬衣渐渐敞开，几块精壮的肌肉暴露出来。灼人的雄性气息紧紧逼迫她的眼球。梁乔笙将脸侧过去，晶莹剔透的眼眸里一阵惶急。

荣久箫紧紧盯着如此反应的梁乔笙，他并没有想要怎么样，她的反应却惹怒了他。

“出去！”他冷声低吼。

话音刚落，梁乔笙打开门冲了出去。卧室的梳妆台上，她无力地坐下，握拳的手狠狠地抵在胸口，深深地喘息。

荣久箫穿着睡衣走出来。他一眼瞥过，直接走到电脑前打开坐下。没有完全擦干的头发上，水珠徐徐滚落，落在他睡衣的光滑面料上，立即浸湿开来。

梁乔笙从柜子里拿出电吹风，走近他：“我帮你把头发吹干。”

荣久箫不语，他的视线只落在面前的电脑屏幕上。

梁乔笙小心翼翼地拨动着他茂密的黑色短发，暖暖的气息包围了她，她闻到他身上散发出来的男性气息，那是一种好闻的气息，似薄荷般舒爽，对她而言陌生又熟悉。

嗡嗡的噪音停止，他的头发已经恢复了干爽，一根根叠在一起，在灯光下泛着流光。梁乔笙无声地望了他一会儿，随手翻出一本书无心地看着。

“你要是累了就睡！”

磁性低沉的声音响起，梁乔笙的手指停在刚刚翻过的那一页上。她望着他问：“你不睡吗？”

“我把工作做完了再睡。”荣久箫淡淡一声说。

“嗯！”梁乔笙轻声应道，将书放回，起身走到床边，合着被子躺下。

侧身，她望着他，听着键盘偶尔发出的快速敲击声，她渐渐有了睡意，眼皮越来越重，到最后，荣久箫的背影在她眼里成了一个幻影，她睡了过去。

最后一份文件处理完，已是夜里两点钟，电脑合上，荣久箫站起转身，看到床上睡着的梁乔笙。床那么大，瘦弱的身躯却紧紧贴在边缘上。

她睡熟了，黑色的长发凌乱地散在肩上，那张精致的面孔被遮住了一半，长翘的睫毛像两把扇子一样附在眼睑之上，偶尔颤动间，隐隐脆弱流露，美丽无比。她细长的手臂垂下，只差一点就挨到了地面。

他轻声走近，将她的胳膊放回床上。一个翻身，她低低呢喃一声，继续沉浸在熟睡之中。明明在防备着他，却也睡得如此香甜！荣久箫冷冽的眼底，升起一抹淡淡的柔意。

荣久箫回到客房，他还没有那个自信心能够安然无恙地拥着她睡一晚上。他亦是不想一切再度失去控制。他好不容易能够再一次看着她，一切得慢慢来，以前是他主动靠近她，这一次，要换过来。

这一次，他要她，自己走到他的怀抱里。

纵使母亲再如何在他耳边说，说父亲的死跟她有莫大关系，但是只有他知道，就算她变得如何坏，如何心机深沉，他依旧无法放开。倘若父亲的死真的跟她有关系，那么……他就囚禁她，一辈子。

第二章 莫负当初我

人生若只如初见

“叮铃铃……”梁乔笙心里一个激灵，触电般从床上坐起，一把掀开被子。看到身上的衣服还在，她大吁一口气，这才发现房间里的另一个人已经不在了。

他昨晚是睡在她旁边的吗？怎么她一点都不知道……心里想着一堆问题，洗漱完下楼。

“早安！”她走到荣久箫身边轻声道。

“早！”

一声简单的问候，让梁乔笙准备坐下的姿势顿时僵住。荣久箫瞥她一眼，她才回过神来似的慢慢坐下。似乎荣久箫今日的心情很不错。

餐厅里，一时安静如斯，除了餐具碰撞的声响外，再无其他。

荣久箫擦拭嘴角：“吃好了赶紧上来！”说罢，起身离开。

梁乔笙暗暗思忖，她快速吃完，擦拭一番，走出餐厅。

“你叫我快点上来，有什么事吗？”看着正在穿外套的荣久箫，梁乔笙站在门后问道。

“晚上跟我去爷爷家里吃饭，他老人家一向最喜欢你了。”荣久箫一边说着一边拿起领带。

“爷爷吗？”梁乔笙有些怔忪，荣老爷子以往确实喜欢她，可自从接手 HKK 事务后，就再没去看过他了。她唯恐看到以往疼爱她的人露出与旁人一样厌恶而又痛恨的表情。

“怎么？不想去？”荣久箫打领带的手停顿了。

梁乔笙摇头，很自然地上前为他打领带。看她打领带的动作和神情，荣久箫的心不自觉触动一下。他垂眸看她，眉眼清雅，红唇如花。

打好领带，梁乔笙后退一步：“晚上我在家里等你吧，到时候一起去，我也很久没看到爷爷奶奶了。”

芬芳气息远离，荣久箫说不清楚心里是失落还是其他。“好。”

荣家大厅，水晶吊灯散发着明亮的光芒，两个用人忙着一天的清理工作，汽车的声音传来，他们停下手中的工作，直着身子朝门口望去。

“少爷！”荣久箫进门，众人异口同声叫道。

他今天回来得比以往都早，这真是难得一见。他望向二楼：“少夫人回来了吗？”

“还没有。”一个用人回答道。

荣久箫眉头微皱，修长的腿线迈开，沉默的背影消失在楼梯尽头。

梁乔笙回来的时候，荣久箫已经坐在客厅里了。她没想到他回来得这么早，看到他的那一刻，她有些惊愣。

“回来了？”荣久箫先问。

“对！”梁乔笙应道。

“吃过晚饭没有？”望着站在门口的梁乔笙，荣久箫从沙发上起身。颀长的腰身在灯光的照耀下，穿着黑色西装的他越发显得挺拔。缓缓地，他朝梁乔笙走近。

梁乔笙听着荣久箫的问话，抿了抿唇，轻声开口道：“不是说要去爷爷那里吗？”

荣久箫眼神微敛，语气尖锐而刻薄：“真难为你还记得。”说完，便朝门外走去，与梁乔笙擦肩而过。

从探望爷爷之后的一段时日，他们之间维系着不冷不热的微妙关系。梁乔笙想，人如果没有期待，也就不会有任何失望；他于她最深的伤害不是背叛和喜欢，而是极致深爱后的逐渐冷漠。

梁乔笙漫步在街头，途经一个婚纱店。停下脚步，看向橱窗里精美的婚纱，层层繁复的白纱，那是女孩最钟爱的嫁时衣。

回想自己那场因一份遗嘱促成的婚姻，不免有些可笑。忽然咔嚓一声作响，梁乔笙转头，只见有人拿着相机正在对她拍照，她皱眉想迅速离开。然则，从街道角落处又跑出几个人。

“梁小姐，你刚刚的表情在思念什么人吗？是陆太子吗？”“梁小姐，你能说说你是怎么结识梁太子的吗？”……一个又一个的问题应接不暇，镁光灯频频闪烁。

“我不认识什么陆太子，请你们让开。”梁乔笙奋力想突破层层包围，却无奈势单力薄。

正在焦灼间，有人大力将她拽出了泥淖并有力地揽过她的肩膀。

“你们是在问我们的关系吗？我们认识很久了，是好朋友。”陆远乔眼眸温柔，笑语间都带着尔雅公子的味道。

偏生他又带着一股淡漠疏离的气息，让记者一时间都没有再问话。

待记者们走后，陆远乔放开梁乔笙，手指理了理她有些凌乱的衣衫：“抱歉，真是给你添麻烦了。”

“没有。”梁乔笙摇了摇头，有些不自在地往后退了一小步。她不习惯如此亲密的举动，为她整理裙衫的动作，连自己的母亲都未做过。一时间，有些踌躇不安。

“作为赔偿，我请你吃饭好吗？”陆远乔笑着开口，一笑间半边阴霾半边雨的天色都云散雨消。

莫名地，梁乔笙听到自己点头应了一声好。

等坐在一间音乐流转的餐厅里，她才有些后悔。怎么无端答应了人家的邀请，真是太不理性了。

侍者礼貌地躬身向她推荐新的菜品，凝神细听间，陆远乔轻声开口：“不用推荐鹅肝，她不喜欢。”

梁乔笙微微一愣：“你怎么知道我不喜欢吃鹅肝？”

萨克斯悠扬，有的人眉眼轻轻微扬。少女的白裙摇曳，站于高台之上，手指修长，闭目间拉着小提琴悦耳的旋律。

陆远乔的眼眸温润如三月暖光，忽而轻笑：“有一次宴会远远看到过你，你当时对侍者送上的鹅肝皱眉头，所以我猜测你应该不喜欢。”

“是吗？”梁乔笙轻声问道，但是眼底却有了微微的讶异。

她已经有很久不曾公开出现在酒宴上了，前两年曾跟随荣向南参加过不少名流聚会，不过通常她都会将自己的存在感缩到最小。没想到，居然有人还能注意到她，还注意到这么小的细节。

“不用在意，我的观察力比较敏锐，只要偶尔看过就会记得。”陆远乔的话语轻缓，微笑间将气氛调节得恰到好处。

只是见过几次面，他却能让你觉得，你们仿佛已经认识了一辈子。这让梁乔笙在温暖之余还有些讶然，甚至有些警惕。她是甲壳类的女子，从来都将自己的心封闭得极好。这应该是所有孤儿院孩子的通病，不会轻易相信人，一旦相信，就是永生。

她坚信，这世上没有无缘无故的爱，亦没有无缘无故的恨。没有一个人会对另一个人无条件地好。陆远乔三番两次救助自己，从某种意义上已经让她警醒了。

她轻声开口，平缓的语调，带着某种固执：“陆先生，这顿我请。你三番两次帮助我，就当是我的谢礼，可好？”

陆远乔并没有任何讶异的情绪，他看着梁乔笙，眉宇间一丝笑意绽开：“我以为我们并没有这么生分，你非要称呼我为陆先生吗？陆远乔，叫我陆远乔。”

梁乔笙片刻地沉默，她不知道该如何回答，直觉告诉她，与这类人相交并不是很好的事情，相反而言还意味着，麻烦。

陆远乔见她并不开口，手指轻轻敲击着桌面，眉梢微微一挑："或者乔笙你想叫我阿乔？"

冷不丁的一句话让梁乔笙有些愕然。阿乔？他们并没有熟到如此地步吧！她看着陆远乔的脸庞，这是个极温文尔雅的男人，却依旧有着上位者的霸道，只不过他的霸道并不似荣久箫那般摄人心魄，而是优雅的霸道。

"陆远乔。"抿了抿唇，梁乔笙轻声开口。

陆远乔听着他的名字从她的口中吐出时，眼眸一下子变得深沉了，连唇角的笑意都变得意味深长。"若你不习惯，我还有个英文名字，Jone。"

有些时候，一句话，一个字，甚至一个熟悉的表情就能勾起人心底那些埋藏深处的往事。你以为你忘却了，其实没有，它们只是被自己藏起来了。犹如困兽，一旦释放，凶猛得连自己都无法阻止。

Jone，这个名字就是梁乔笙心底的困兽。因为荣久箫的英文名字就是 Jone，他曾说，这个名字译制过来叫作乔恩，和她一样带有一个乔字，这样他们两个人的名字都一样了。

梁乔笙愣了几秒钟，闭了闭眼，让自己出口的声线尽量平稳："陆远乔就好，Jone 总觉得别扭。"

陆远乔点头，并不再接这个话题。小提琴的演奏渐入尾声，两人的一顿饭也吃得异常愉快。

梁乔笙发现陆远乔是个异常会调节气氛的人，他总是有很多的话题，从来不会让气氛冷场。一旦发觉你对这个话题没兴趣，就会立马转换成另一个，而且毫不生硬突兀。

他让人生不起厌恶的心思，笑语晏晏间堪称最完美的贵公子。这让她总有种不真实的感觉。尽量忽略心底的这种不真实感，她拿出钱包正准备刷卡付账。

陆远乔这时却开口："乔笙，你总是把别人的帮助换算成餐饭吗？"

"不是。"梁乔笙随即答道。只是单纯地不想欠他罢了。

"要论帮助，我反而还带给了你麻烦，那些记者……"

"记者都是捕风捉影的，不是吗？"没等陆远乔说完，梁乔笙就打断他的话。

陆远乔怔愣，看着梁乔笙那坚毅的表情，冷清得无法让人亵渎。

"你说得对，是假的。"他微微一笑，便再不言语。

"那么，今天的一次再算上画展那次，我帮助了你两次，那乔笙你是不是该请我两次？"陆远乔眉眼温和，言语带着俏皮。

梁乔笙眼里有些疑惑，但又觉得似乎在理："好，我再请你一次。"

陆远乔听到她的话，手执起酒杯："那为我们下一次的再相聚，干杯。"

微挑眉梢，红酒在透明的杯子里微微晃动，猩红中带着丝丝妖冶的味道。梁乔笙也拿起了酒杯，轻轻碰响，手指的弧度美好，白皙无比。

"梁乔笙？"一声讶异从不远处响起。

梁乔笙有些不耐，不是冤家不聚头吗？杨玛丽等几个女孩子正站在不远处惊讶地看着她……

因为陆远乔背对着她们，她们也没有意识到是陆家公子。

杨玛丽素来不喜欢梁乔笙，她是顾西贝的好姐妹，她一直认为梁乔笙只不过是被荣家收养的穷丫头，明明是个低贱人却总是装作清高的模样。她几步上前，尖着声音："你有钱来这里吃饭？又是用荣家的钱吧！要脸吗？怎么会有你们这样的人，真是有什么样的妈就养什么样的女儿。要不是厚着脸皮赖在荣家，使了手段嫁给荣少爷，你哪旦有资格坐在这里吃饭？"

世界上最憋屈的事情莫过于你在那里激动无比地谩骂，可当事人却冷静如常，如同自己忽然从一个正义的对象变成小丑一般。杨玛丽就是如此。

她发觉她的一番话语让梁乔笙的神情丁点未变，眼底没有憎恶亦没有激动，仿佛完全没有听见一般。反观自己，因为声音过于尖利，让周遭的人频频侧目。这种高档餐厅若是大声喧哗确实有些惹人厌，且还让自己成了不入流的人。

面色铁青之余，一时间一口气吐不出又咽不下。杨玛丽轻哼一声，压低声音开口："前段日子才坐上荣太太的宝座，怎么？这才过了多久，就另择新目标了。"杨玛丽根本没去瞧陆远乔的模样，全部的注意力都集中在了梁乔笙的脸上。

梁乔笙乍一听"荣太太"这个字眼，唇角微动，眼底一丝讽刺掠过。

杨玛丽正想继续开口，陆远乔却是随意地挥了挥手。有侍者上前，躬身弯腰，恭谨无比。

"将她赶出去，以后概不接待没有素质的客人。"说出的话明明是带着冷意的命令，但那眼眸里却依旧是温润的水光。

这个男人将温和与霸道糅合成了一种优雅，与生俱来，毫无矛盾。于无形之间就能让人不自觉地听从与臣服，且心甘情愿。

杨玛丽愣了半晌，直到侍者做了一个请的姿态，才回过神来。"凭什么，你凭什么将我赶出去，这又不是你家的。"她平生都没有过这种经历，何以经得起这种羞辱，况且身后还有自己的女伴，那些人指不定已经在心里笑话自己了。

陆远乔抬起头，微微浅笑："有件事你说对了，这家餐厅正是我的。"

杨玛丽看向陆远乔，她对这张脸的记忆太深刻了。拍卖会那一日本想让梁乔笙跌倒难堪一下，没想到老天爷都帮她，这男人就如白马之姿一般，救了孤立无援的梁乔笙。

没想到，梁乔笙居然跟他在一起吃饭。陆氏财阀的唯一继承者，陆远乔。

这里的动静引起了有心人的注意，来这里的人大多数非富即贵，乍见杨氏千金居然被侍者赶出去，一时间有些疑惑，随即都抱着看热闹的心态关注。

杨玛丽自然也知晓周遭的变化，咬着唇，全身绷直："梁乔笙你行啊你，没想到还真傍到一座大靠山。陆太子我告诉你，这女人今天爬上了你的床，明天肯定也会爬上别人的床，你可不要被她这张装纯的脸给骗……"

"唰——"一声轻响，梁乔笙放下酒杯，直视着杨玛丽："说完了吗？"

她不反击不代表她不会，她只是懒得理会而已。她的忍让从来都只是给荣久箫的，其他人，根本没有资格。

红酒泼了杨玛丽一脸，也顺利地让她闭嘴，酒水从额前的发上滴落，连带着精心的妆容都有些花了。整个人从美丽的千金被当头泼成了狼狈的落汤鸡，眼睛一眨，酒水从睫毛滴落，鼻尖都是酒气。

"啊……你竟敢泼我？"回过神来的杨玛丽一阵尖叫，眼里满是愤怒的光芒，整个人都变得狰狞起来。

梁乔笙定定地看着她。不敢？她凭什么笃定自己不敢？她忍耐的从来就是一个叫荣久箫的男人，连带着与他关系亲密的顾西贝而已。

这世上从来都是自己给出别人伤害自己的权利。她不喜注目，自当该退就退，争强好胜不是她的性格。可是，人的忍耐也是有限度的。杨玛丽无休止的谩骂使她忍无可忍。

梁乔笙从来都不软弱。她只是想让自己的生活安稳一些罢了。

"梁乔笙，你这个贱人，你……"杨玛丽气得浑身发抖。

陆远乔示意侍者，侍者立即将骂骂咧咧的杨玛丽给拉出门。

一场闹剧看似降下了帷幕，但是大家都忘了，戏剧里总会有一个东西，叫作高潮。

“玛丽，这是怎么回事？”一声惊呼，声音带着不可置信。

梁乔笙眼眸看向不远处，眉头皱了起来，脸颊也不由自主地绷紧。顾西贝挽着荣久箫亲密地进了门，刚好遇上狼狈不已的杨玛丽。

陆远乔看梁乔笙此时的模样，眼眸里那温润的光泽已消失不见，取而代之的是一片让人心悸的冰冷。手指轻轻敲击着桌面，这是他惯有的姿态。

“玛丽，你怎么了？怎么会变成这样？”顾西贝挽着荣久箫，惊讶不已。

“都是那个……贱人，我不过就是说了她两句……”抽噎着将事情说了大概，却将辱骂梁乔笙的事实给掩盖了下去，倒将自己的受害变得无辜不已。

杨玛丽是顾西贝的闺蜜，她一眼看向杨玛丽指的方向，直直撞入了那双冷清至极的眼眸，心无端地一跳。她知晓杨玛丽的性子，自然也知道事情肯定不如她说的那么无辜。可是，人心都是偏着长的。

几步上前，看到梁乔笙对面坐着的陆远乔，眼里闪过一丝鄙夷，鄙夷梁乔笙的手段。

陆氏财阀的庞大，纵使是顾家也要礼让三分，这是父亲叮嘱的。

向着陆远乔微微欠身，一个端庄的淑女之礼，随后唇角微微弯起，一个完美的笑容：“陆太子，我想您对我的朋友可能有些误会。”

陆远乔将目光从梁乔笙的脸上移开，亦是笑得优雅：“哦？误会？”

“是的，我朋友只是急于为我出头而已，毕竟我为顾家的长女，有些事情必须要忍耐。”顾西贝一番话说得温和，却也别有深意。

陆远乔看着她，眼角却瞟向径自沉默的梁乔笙。她依旧是紧绷而僵硬的姿态。眼底微微一沉，自从荣久箫出现后，她就是这副模样了。

即使杨玛丽如此谩骂她，她都是淡然的，纵然泼了酒也依旧是冷然的姿态。可就在方才，她却变了。

收起敲击的手，眉眼间依旧是那和煦暖阳，陆远乔轻声开口："请问小姐，你是谁？你的朋友又是谁？"

一番毫不留情的问话让顾西贝的笑容僵直在了嘴角。这是无视吗？陆远乔的笑容亦是完美的，让人看不透他真正的想法。

即使有些尴尬，顾西贝依旧是笑着开口："我是顾豪的长女，顾西贝。我朋友就是方才您赶出去的那位西区杨家的千金，杨玛丽。"

"嗯。"陆远乔淡淡地点头，像是想起了什么似的，眉梢一挑，"原来是西区杨家的千金啊，我还以为是哪家呢？素闻杨家夫人是个泼辣性子，没想到她女儿也是不遑多让。"

一番听起来彬彬有礼的话却让顾西贝的脸色彻底灰青，一时间让她有些不知该如何开口。现在若还不清楚陆远乔的语意，那她就是傻子了。

转头看梁乔笙，可真有本事，居然能让陆太子为她说话。眼眸微闪，一丝冷笑溢出唇角……顾西贝又看一眼不远处的荣久箫，确定他并无不愉快的神色后，唇角勾起一丝得意的笑容："梁乔笙，我昨晚去看了伯母，伯母说你既然都挂着荣家少夫人的名分了，就不要在外面抛头露面了，免得让旁人笑话。"

梁乔笙听顾西贝如此一说，脸色微白，放在腿上的手一点一点抽紧……

荣久箫走过来一把揽过顾西贝的肩膀，声音带着惯有的冷意："不是想尝尝这里的菜色？快去点！我待会还有事。"

顾西贝咬了咬唇，不甘地瞪了梁乔笙一眼，这才跟着荣久箫离开。一切又安静了下来，气氛变得奇异、沉默。

梁乔笙看着陆远乔依旧是那副温文尔雅的模样，没来由地心里一阵烦躁。如同本该是完美呈现出彼此的陌生人，突然间，有一个人的伤口毫无保留地朝另一个人摊开。

尴尬，愧色，恼怒……一时间五味杂陈。

“不好意思，让你见笑了。”有些无力地扯开一个笑颜，手掌微微握拳。想要逃离，逃离这一切，必须马上离开。

时光不曾让我遇见你

她心里有些焦灼，有些苦痛，都直观地显示在了她那绷得笔直的身体上。她必须得承认，自己根本无法坦然面对荣久箫与其他女人亲昵，尤其是与顾西贝。

她仓皇起身，椅子与地板摩擦出一声刺耳的声响，惹得众人侧目，顾西贝也循声望来。

梁乔笙此时已无法顾及这些，微微欠身，言语也是带着急惶之色：“我还有事，就先走了。”说完，便不顾一切地离开位置，推开门匆匆走远。

陆远乔沉默良久，有些无奈地自言自语：“不是说好的请我吗？”

佳人都已走远，他起身理了理衣领，看向不远处的荣久箫，荣久箫也恰好转头。互相对视间，一个眼眸带笑，一个却是眼眸冰冷。

“久箫，久箫，你在看什么呢？”顾西贝晃了晃手，有些不满。

荣久箫摇了摇头：“没什么。”

再次看向那处，已没有那人的身影。眼眸微微眯起，将陆远乔的资料在脑海里流转一遍。陆氏财阀的继承人之一，最近才回国，最重要的是，所谓的陆氏其实是他母亲家族的产业。不知用何手段，偌大的财阀集团居然会允许一个外孙继承，且还无人反驳。崛起的时间是最近三年，横扫各大媒体主流，掌控新闻链条。若没记错，最近将要并购的公司法人就是陆远乔的父亲。

“久箫哥，你说陆太子是不是喜欢梁乔笙？”顾西贝忽然开口问道。

荣久箫眼底一闪：“又在胡乱猜测了。”

“哪有！”顾西贝一声娇嗔，“你看啊，他们都上了新闻头条了……”

“那是假的。”荣久箫沉声开口，不以为意。

“可是你不觉得陆太子那样的人，怎么会突然对梁乔笙青睐有加呢？你想想，要是有女子在宴会上忽遇窘状，你会出手相助吗？”

“不会。”荣久箫回答得毫不犹豫。

“你看你都这样想，更何况其他人了。若不是陆太子早就认识她，何以会出手相助？而且那日我分明看得清楚，他抱起梁乔笙的姿态是疼惜的。”

荣久箫脸上的神色越发冷峻了。顾西贝是什么性子，他清楚。纵然知道她在挑唆，可是心里的无名火焰更旺。她已经嫁给他了，在神父面前读了誓词，换了戒指，不管如何，她的身份总是他的妻。他的妻子又何以对别人言笑晏晏，对自己不冷不热、疏离寒凉。

他可以冷眼对她，可是她不许这样。她欠了他那么多，怎还敢如此对他？以前欠了他，现在更欠他。荣久箫喝一口红酒，眸底划过一丝厉光，那眼神幽暗，如同一匹噬血的狼。

梁乔笙站在酒吧门口，看着霓虹灯光闪烁的大门，只觉那是一头正张大嘴巴的恐怖怪兽。

初冬的风掠过，她只觉浑身都有些发凉。十分钟前，荣久箫让她到这个酒吧。他说：“梁乔笙，我昔日在美国的朋友约我喝酒，你也过来。”

她踌躇，她不安，却又听荣久箫嘲笑说：“怎么，过来喝杯酒都不敢吗？还是说你根本就不想和我待在一起？”

她深呼吸，默默给自己打气：“别怕，只是喝酒而已，荣久箫不会把你怎么样的。”

灯光闪烁，劲爆的音乐震耳欲聋，人群涌动中，到处充斥着引人堕落疯狂的种子。梁乔笙来到ＶＩＰ包厢，忍住心中的不安推门。包厢里的布置简约而大方，只是灯光幽暗昏黄。几个人坐在沙发上闲聊，闲适的氛围与大厅的喧闹形成鲜明的对比。

她推门，所有人都转头看向门口处，包括坐在主位的荣久箫。

“不是说了不让人来服务吗？什么乌七八糟的。”林三少皱着眉头吼了起来。

梁乔笙浑身一僵，顿时气愤得几欲找个地洞钻下去，她看向荣久箫，双手紧紧抓着手提包，带着些许哀求与忍耐。

“怎么还不走，杵在门口做什么？”林三少越发不悦了。

荣久箫这才缓缓开口：“我叫来的。”

梁乔笙听到他的话语，顿时犹如当头被泼了一盆冷水。他这是在曲解吗？任由其他人误会她是陪酒小姐。

林三少有些不懂：荣久箫不是很讨厌这种女人吗？转头又仔细瞧梁乔笙，乌黑的长发披散肩头，眼眸似月，红唇若花，浑身透着一丝清冷气息。果真是个绝佳的美人。

“过来。”荣久箫的眼睛带着让人看不懂的深沉，修长的手指摩挲着酒杯，带着别样的诱惑之感。

梁乔笙在一众人好奇疑惑的眼神中走向荣久箫。她觉得她似乎走在一条布满尖刀的路上，每踩一步就鲜血淋漓。她知道，从见到荣久箫那天起，她的人生就注定一败涂地。

水晶酒杯排成一条直线摆在桌上，灯光折射其上，泛着斑驳陆离的光芒。荣久箫倒了满满十杯酒，下巴微抬，看向梁乔笙：“喝吧，喝完就回去。”

其他人对视，有些不明所以，这完全就是为难人，什么时候荣久箫有这种嗜好了？

“哎哟，咱们荣大少怎么能为难大美女呢？来，美女，来这儿。”季家的表少爷是个爱玩的主儿。

荣久箫斜睨一眼季向阳，让他顿时噤声。

昏黄灯光下，桌上透明杯子里的酒水泛着细碎的光泽，梁乔笙忽略其他人看好戏的眼光，双手拿起杯子，便一口灌入。

她知道，今天若是不遂了荣久箫的意愿，怕是有更多麻烦的事情，何况……她是不是能理解为，荣久箫是在生气，生气之前看到她和陆远乔在餐厅？这样想来，她心里好受许多。生气至少代表，他心里有她。

浓烈的酒苦涩，漫过舌尖落入喉里，心沉沉下落。喝到第三杯时，梁乔笙眼前已经出现重影，她摇了摇脑袋，让自己清明一些，正要拿起第四杯酒，忽又有人从外面推门而入。

梁乔笙下意识地看去，擦得锃亮的皮鞋，西装裤包裹的腿形极为修长，白衬衫的上面两颗扣子没扣，些许慵懒的姿态。再看向来人的脸，她有些茫然地歪了歪脑袋。看起来好眼熟？

“你长得好像那个陆画家。”梁乔笙两颊嫣红，醉眼蒙眬地说道。

陆画家？原来她是这么想他的！不过，这副状态怕是喝醉了吧！

看看桌上摆满的酒杯，眼底一丝光芒划过，呵！看来荣久箫是来给他下马威的，还想怎会接到荣久箫的邀约，敢情是在这里等着。

“哎呀，这不是我们的陆太子么？据说你也是刚刚回国，来来来，我给你介绍一下，这是我的发小，荣久箫。”

陆远乔依然那样温文尔雅，微笑点头，伸手问好：“你好。”

荣久箫坐在沙发上，抬眼看向陆远乔。明明他坐着，陆远乔站着，可是两人对视间，气势却相当。

陆远乔微笑着，似乎没受任何影响，抬到荣久箫面前的手，纹丝不动。

纵使神经再粗的林三少，此刻也察觉出几分不对。他挠头打破尴尬气氛：“这个……你们认识么？”

荣久箫眉梢微挑，伸手与陆远乔相握：“荣久箫。”

两手相握间，彼此都用了些力道，却一触即分，让人看不出两人经历了何种较量。

荣久箫拿起酒杯，轻轻晃了晃：“一直想约陆家太子出来喝酒，却没有时间，今天才终于约上了，谢谢你这么给面子。”

陆远乔笑了笑：“我回国后一直在忙，今天才刚好得空。”一边说着还下意识看了眼扶着桌子的梁乔笙。

一旁的林三少看到陆远乔的目光，急忙笑着插话：“呃，陆远乔，你今天还真是来对了，我跟你说，这可是第一次看到荣久箫这么玩呢。他以往一副正人君子模样，我还当真对外面的女人不感兴趣，没想到喜欢这种类型，还故意玩人家。”

“玩？”陆远乔看向双颊红晕的梁乔笙，微皱眉。他莫名对这个字眼有些不喜。

林三少没察觉到陆远乔的情绪波动，只是兴致高昂地说道：“对啊，让这个美女喝完十杯酒。这么烈的酒，别说她了，我们连续喝十杯不晕也倒了。”

陆远乔坐下扯了扯衣领，状似无意道：“荣总今天不是专程约我出来喝酒的吗？”

荣久箫唇角扯出一丝笑意：“不急。”他点燃一支烟，轻轻吸了一口，呼出间烟雾升腾，让他眼里的光都有些晦暗不明起来。

“梁乔笙，怎么？喝不下了吗？”

梁乔笙虽然有些头晕，但是荣久箫说的话却听得清楚：“喝……喝得下。”

她闭眼深呼吸再睁开，又拿起一杯酒，死命朝嘴里灌去。喝得有些急，些许酒从唇角流了下来，顺着她的精巧下巴留到了白皙的脖颈处，再蔓延至深处。在场都是血气方刚的男人，看到这个极其魅惑的场景直感口干舌燥。尤其是季向阳，眼眸都有些发红了，只是碍于荣久箫，不敢妄动。

荣久箫将众人的表情尽收眼底，但并不作声。

陆远乔看着梁乔笙这副惑人姿态，明眸刹那间深邃了几许。他觉得这个女人真是大胆。不过荣久箫的表现也太奇怪了，据他调查，这荣久箫的脾性应当不是这样咄咄逼人的，尤其对方还是一个女子。

梁乔笙喝得太急，被酒呛住，使劲咳了两声，连眼泪都出来了。被眼泪浸过的眼眸显得越发可怜，她捂着唇，肩膀微颤。

陆远乔以为她在哭。可当她抬起头时，却不见一丝泪滴，倔强得如同一朵荆棘上的花。

梁乔笙强撑着自己，声音有些颤抖地说道：“还有四杯，荣久箫你说话要算话。”

众人一听她说出荣久箫的名字，再一次怔愣。

在座的都是人精，此刻哪里还想不到荣久箫为何今天会如此奇怪，男人与女人无非爱与恨，就是不知梁乔笙和荣久箫发生过什么事情。

一时间，心绪纷杂，一众人看梁乔笙的眼神都变得复杂了起来。包厢里一瞬间安静了，只有酒杯与桌子相触的声响。

荣久箫眼眸微垂，昏黄的灯光衬得他的侧脸俊逸绝伦，细碎的发扫过他的额间，不经意侧头，右耳垂上一颗黑曜石的耳钉闪闪发光，与他那双黑如墨玉的眼眸极为相衬。“我说话算话。”冷淡的语调，却带着一贯的高傲。

梁乔笙胃里一阵翻涌，她的指甲深深陷入了掌心的皮肉。

“我要去趟卫生间。”她有些东倒西歪地站起来。

她扶着墙走到门口，便听到林三少开口：“久箫，你不看着点吗？喝成这个样子出去遇到危险怎么办？”

荣久箫颇为不屑地回道：“那也是她运气不好，她敢喝就已经会预料到这些状况。”

梁乔笙站在门口听得一清二楚，奇怪，明明脚步已经虚浮，可是他的话却字字清晰地听到。心里的苦涩蔓延，渐渐麻木。荣久箫，你多久才能放过我？

明明，明明曾经最爱她的人是他。难道七年，就这么七年，这份爱就已经消失得连一点痕迹都没有了吗？时间真的就这么残酷吗？

陆远乔看着梁乔笙纤细的背影，眼眸中带着一丝耐人寻味的光芒。

梁乔笙对他们这群人来说也只是个微不足道的插曲，不过片刻，气氛又活络起来。大家对陆远乔与荣久箫保持着敬畏的姿态。

片刻后，陆远乔起身。“我先去趟洗手间。”他对荣久箫说道。

荣久箫点头笑说：“陆太子应当是不屑于用尿遁的把戏。”

陆远乔摇摇头：“不会。”

洗手间外的走廊，壁灯是幽蓝的颜色，带着几许忧郁的味道。陆远乔靠在走廊的墙壁上，双手抱胸。

过了片刻，便有一女子扶着墙走出来，可不正是方才的梁乔笙。

“梁小姐。”陆远乔轻声喊道。

梁乔笙不为所动，她不认为这里会有什么人认识她。

“梁乔笙！”陆远乔又喊了一声，连名带姓。

梁乔笙这才停下脚步，有些茫然地抬头。“是你？”呕吐后她有些微清醒。

“好巧啊，原来你也在这里啊！”她有些娇憨地笑道。

陆远乔唇角微微抽搐："乔笙，你的头痛吗？"

听到这样的关心，梁乔笙头脑有些迷茫。"啊？什么？"忽而又想到了什么，脸上的表情变得痛苦起来。

"混蛋，你们都是混蛋，荣久箫你也是个混蛋，我到底做错了什么你要这样对我，呜呜呜……"说着便放声哭了起来。一个踉跄，她跌坐到了地上，所幸走廊上铺着地毯，倒也没让她有吃痛。梁乔笙捂着脸哭了个痛快，呜咽声如同一只受尽委屈的小动物。

陆远乔正想上前，却看到走廊另一侧的荣久箫，他站在不远处，那眼神幽深得让人看不出思绪。

他们两人四目相对，中间还有个哭得伤心的梁乔笙。

荣久箫手中的烟已燃了过半，袅袅烟雾升腾，衬得他的脸颊有片刻的虚幻。他丢下烟头，踩灭烟蒂，缓缓朝梁乔笙走去。

"乔笙。"他弯腰轻声唤她，带着一丝让人无法拒绝的亲昵。

梁乔笙双眼无神地抬头，映入眼中的是荣久箫的脸。"久箫，我在做梦吧！"梁乔笙歪着脑袋，娇憨地开口。

红唇若兰，有酒香味带着迷醉的气息。她一边说一边伸手摸向荣久箫的脸颊，轮廓分明的脸有些微凉，她的手缓缓抚上他的眼帘。

"他从来不会这样看我，这双眼里从来不会装着我。所以，闭上吧！做梦都梦到假的，我会很伤心的。"声音轻浅，带着隐隐的哀伤与释怀，说完仿佛浑身被抽空了力气，身子一软倒在了荣久箫的怀里。

荣久箫顺势揽过她将她抱起。梁乔笙乖巧地蜷缩在他怀里，脸颊上都是醉人的红晕，在那幽蓝的灯光下显得娇小而又可爱。她的鞋子早已踢落在地，露出一双白皙的脚，与荣久箫的黑色西装形成了鲜明的对比。

荣久箫朝陆远乔点点头，便转身离去。

陆远乔看着荣久箫离去的背影，那双温润如玉的眼眸刹那变得晦暗不明，似有烛光熄灭，徒留一声叹息。

他走了几步，忽然顿住，看到那绒毛地毯上一双精致的高跟鞋。红的颜色，刺目而又张扬。那张扬的红色蓦地让他的心一阵刺痛，她在他面前，可是他却没有任何立场去拥抱她。他能拥有的，似乎只是她丢下的这一双鞋。偏偏，他还甘之如饴。

等待，玫瑰色的你

梁乔笙醒来头疼欲裂，揉了揉额头，努力回忆之前所发生的事情。

她掀开被子，起身下床，岂料身体一阵发软，从床边跌了下去。嘭！一声闷响，她的手肘一阵钝痛。

“你在做什么？”荣久箫站在门口毫无表情地问。

梁乔笙一惊：“荣……荣久箫。”

“怎么？醉了一场酒连我都不认识了吗？”荣久箫嘴角勾起一丝讽刺的笑意。

“不是。”梁乔笙摇头。

“昨天，是你送我回来的？”她回忆昨晚的事情，声音浅浅。

“难道你期望还有别人？”荣久箫双手抱胸挑眉说道。

梁乔笙蓦然松了一口气：“谢谢。”

荣久箫走到她面前：“梁乔笙，跟我用得着说谢谢吗？毕竟，你是我的妻子，不是吗？”

他将“妻子”两个字重重地咬在唇齿之间，似乎要将之嚼碎撕烂，带着彻骨的冷意。他顿了下，复又开口：“啧啧，你什么时候这么柔弱了，让你喝酒的是我，让你酒醉难受的也是我，你居然还跟我说谢谢？”

梁乔笙脊背一僵，脸白如纸。

荣久箫坐到沙发上，慢条斯理地为自己倒了一杯水。

“你跟陆远乔很熟？”他的问话很平淡，似是在问又似是在陈述，可是却隐隐带着逼仄的味道。

梁乔笙心里一跳，正想开口反驳。

“你不用骗我，也骗不了我。昨天的那些酒就是惩罚，若是再做一些没必要的事情，可不只是喝酒这么简单了。”荣久箫依旧语调平淡，却硬生生让梁乔笙心底起了寒意。

“我难道就不能有朋友？我想我这点自由还是能有的。”梁乔笙被荣久箫激得有了一丝怒气，抬头间，眼眸里一丝倔强。

荣久箫冷哼一声：“是吗，梁乔笙，你可别忘了，你现在是我的妻子。每天就该乖乖待在家里，等着我回来！”梁乔笙咬着唇，漂亮的眼眸瞪着他。

“看来你是真想跟陆远乔搭上关系啊，想快点摆脱我然后远走高飞吗？”荣久箫眉宇间都是森冷的寒意，唇角的讥讽越来越大，“我倒要瞧瞧，你能飞到哪里去。”

梁乔笙猛然抬头：“荣久箫，你不要越说越过分。”明明……明明她留在这里全都是因为他。

听到她带着颤意的怒吼，荣久箫没有丝毫动容：“梁乔笙，我太了解你了，你是一个从来不屑解释的人，现在居然为了陆远乔朝我大吼，还真是会攀高枝。”

荣久箫一边说着一边微微俯身，抬手钳住她的精巧下巴：“梁乔笙，你最好能够清楚自己的身份。”说完转身大步走出了房门。

梁乔笙拍了拍还有些眩晕的脑袋，带着自嘲的口气道：“他到底是进来做什么的？”

她起身收拾好自己，忽听电话铃响。

“梁乔笙，你到皇家酒店1201来一下，我有份协议要给你看。”对方说完就挂断了电话，根本不给梁乔笙拒绝的机会。

梁乔笙皱了皱眉头，是多日不见的林曼姿。这个名义上为自己婆婆的人绝对不安什么好心，除了千方百计想要拿走她手上的股份外，还有什么其他事情？

“皇家酒店？”她轻念这几个字。脑海里飞速转过许多想法，犹豫半晌后，决定去一趟，不管如何，探探虚实也是好的。

叫车到皇家酒店，直接到1201房间，轻敲房门发现并没有锁。

梁乔笙疑惑，打电话给林曼姿：“我已经到了。”

“在房间等着，我就来。”林曼姿自顾说完就挂断了。

梁乔笙坐在沙发上，安静地等待着。

有人刷卡推门，梁乔笙轻吁口气，抬头保持完美的微笑。却见进门的是一个秃顶的中年男人。

“先生，你走错门了吧？”梁乔笙有些不解。

王立阳看到梁乔笙，便兴奋得不能自已。早在几年前，他就在林曼姿家中看到过这个女孩，那会儿的青涩已褪去，现今带着一股子清丽的气质，真是惹得人心痒痒。

“我是谁？待会就让你知道我是谁了。”王立阳笑眯眯地说，还不忘脱下西装外套。

“你给了她多少钱？”她声音有些颤抖，还带着一些期待，期待着并不是自己想象的那样。

王立阳笑得脸上的肥肉都堆在了一起：“一百万，你还真值钱。”

梁乔笙一听王立阳答话，眼眸全是灰败的绝望，手握成拳，青筋微微凸起。林曼姿这是疯了吗？好歹她也是她名义上的儿媳妇，为何要逼她撕破脸呢？

直到这一刻，梁乔笙真正对林曼姿有了恨意，彻骨的恨意。

“来吧，小美人，你得把我服务高兴了，也让我对得起这价钱不是？”王立阳脱得只剩下一条短裤，满是赘肉的身躯让人更加恶心。

梁乔笙忍住心中的悲怆，不管怎么样，现在必须摆脱困境要紧。深呼吸，口气冷硬道：“我是成年人，林曼姿无权做我的任何决定，这位先生你最好快点离开，不然我马上报警了。”

就在方才，梁乔笙已下定决心，再也不要对那个女人留情。HKK 公司的事情已经让她绝望了一次，没想到还要遭遇这更加不堪的第二次，她不能再忍了。

王立阳听到梁乔笙的话，有些不满地耸了耸鼻子：“怎么？你妈没跟你商量好价钱吗？那就是你们俩之间的事情了。”

梁乔笙忍住破口大骂的冲动：“先生，我想你并不知道我是谁。如果你再胡言乱语，可别怪我不留情面。”

王立阳嗤笑一声：“我面子还用你给，也不看看你自己是个什么玩意儿，不过是个别人睡过的破鞋，还真当我稀罕你，给脸不要脸。”话音一落就大步向梁乔笙扑来，脸上的表情狰狞无比。

梁乔笙心一紧，不容多想起身跑进了卫生间并落锁：“这位先生我告诉你，你再不走，我真报警了。”

王立阳看着躲在卫生间里的梁乔笙，恼怒道：“你报啊，我倒要看看这里谁敢抓我，给了钱还不允许老子碰你，还有没有理了！再说了，警察来了又能怎样，我就说我嫖娼，到时候被关进去的肯定不是我，绝对是你这不要脸的女人。”

说完便用脚踹门，咣当咣当的声响让梁乔笙的脸色有些发白。

王立阳一直在 H 市经营产业，昨天才奔来这里，所以并不清楚梁乔笙现在是 HKK 的股东之一，要是他知道，怕也不敢动这龌龊心思了。

"拿了你钱的是林曼姿，不是我。"她颤声说着，从手包里拿出电话。

第一反应是打给陆决然，对方却是关机状态。拼命地拉着通讯录，却发现没有求救的对象。心感无助：要拨给他吗？他会义无反顾地过来救她吗？应该不会……

正在挣扎间，手机里传来对话声，显示荣久箫。

梁乔笙讶异，原来危机时刻她还是从心地选择他。"什么事？"荣久箫言简意赅。

"没……没什么……"梁乔笙根本不想让荣久箫知道这种事情，这只能让她更加不堪。

就在这时，门外的王立阳有些气急败坏了，踹门大声吼道："臭婊子，你给老子出来，老子可是花了一百万的。"

王立阳的声音很大，加上那撞门的咣当声响，惊得梁乔笙想直接挂掉电话。

"梁乔笙，你敢挂电话我一定不放过你。"电话那端的荣久箫一字一顿地说道。

"你现在所在的位置是哪儿？"荣久箫开口问道。

还没开口搭话，就听到王立阳又在门外面骂骂咧咧："等老子抓到你，你就死定了……"

"梁乔笙，说！"尾音上挑间声音的力度不自觉加重。

她咽了咽口水说道："皇家酒店，1201。"

梁乔笙的话音还没落下，荣久箫就甩下一句："梁乔笙，你敢挂一下电话试试！"说完抓起车钥匙走出办公室，步履匆匆间，发丝微微凌乱。

那辆从来都是保持匀速的宾利此刻速度飙到了极致。遇到红灯，荣久箫眼也不眨就冲了过去。荣久箫一边开着车一边凝神听着电话里的动静："梁乔笙，你现在是在卫生间吗？"

梁乔笙点头："嗯，是的。"

荣久箫又反问："你刚刚为什么不躲到卧室里去打客房服务电话？"

梁乔笙有些微愣："当时来不及想那么多。"对啊，她怎么就忘记了可以去客房打服务电话，只要说有人骚扰她，自然会有服务员上来解决这个事情。

"梁乔笙，你的智商与你那 34C 的胸真是成反比的。"荣久箫薄唇紧抿，满是不悦的神色。

纵然是这样的时刻，梁乔笙也不禁被荣久箫说的这句话给刺激得脸红了。

"喂……"梁乔笙听到电话那端没了声响，方才落下的心又提了起来，"喂喂……"

"不用喊了，我到了。"随着话音落下，砰的一声巨响，1201 的大门被人从外面一脚踹开……

王立阳转头看到一个男人大步走了进来，如同一个巡视领土的帝王。

"你他妈谁啊！吃了熊心豹子胆了吧！"王立阳气得是脸红脖子粗，今儿是走了什么霉运。

荣久箫看着王立阳那浑身赘肉只穿着一条短裤的模样，眼神暴怒，如同暴风雨将要聚集的前兆。他挂断电话，慢条斯理地走向王立阳，行走间顺手拿起桌上的烛台。

荣久箫这一番动作，让王立阳只觉浑身一激灵。"你要干什么，这是老子的房间，还不给老子滚出去，再过来我报警了啊！"

荣久箫眉色不改，连脚步的节奏都没有变化，只是那幽深眼神越加暗沉如夜。走到王立阳身前，二话不说，手上的烛台直直挥向他那肥胖的脸，带着毫不手软的狠辣与果决。

王立阳一声哀号便倒向了一旁，顺带还从嘴里掉出了两颗牙齿，满是血污的嘴看起来可怖异常。

“我……要告你。”他满脸痛苦地躺在地上呻吟。

荣久箫走上前，居高临下地看着他：“告我什么？告我打你吗？你有证据吗？”

王立阳的眼神看向他手中的烛台，那烛台上还有些血迹。

荣久箫将烛台扔到地上，发出一声闷响，然后用手帕擦手：“你自己走路不小心撞在了烛台上，能怪谁？”

王立阳蓦然瞪大瞳孔，原来这人方才用手帕包着烛柄是为了不留痕迹；不过想到有个大舅子是警察局的高层，他的眼里顿时有了一丝狠意：“你死定了。”

荣久箫毫无动容，顺手拿起一旁的香槟酒瓶，哗啦一声狠狠砸在王立阳的脑门上。这下好了，不仅嘴巴里是血，连脑门上都是。

“啧啧，怎么那么不小心，走路又摔到了酒瓶上。”荣久箫一脚踩到碎玻璃上，发出咯吱咯吱的声响，直将王立阳吓得浑身抽搐。

“你刚才不是问我是谁吗？”荣久箫蹲下身子，略带讥讽地说，“东城，荣家，荣久箫。”

说完便不再理会王立阳，直直朝卫生间走去，恰逢此时，梁乔笙打开了门。

门里门外，四目相对……

梁乔笙在看到荣久箫的那一刻，惊慌失措的心瞬间平静下来。她站在他面前，眼眸微垂，站姿拘谨。荣久箫与她的距离很近，彼此呼吸交错间，有了旖旎气息的交缠。

沉默的气氛里，只有王立阳痛苦的呻吟声异常清晰。梁乔笙听到连忙抬起头，入目之处满地鲜血，煞是刺眼，紧张道：“他……他不会死吧？”

荣久箫并不回话，只是拉过她的手腕，大步朝外走去。

“那他怎么办？”疾走间，梁乔笙转头看向王立阳，心里一阵焦急。

荣久箫冷哼一声，“看来你很想留下来。”

“当然不是。”梁乔笙拼命摇着头。

两人直到走出酒店也没有任何交流。只是不知何时，荣久箫拉着她手腕的手变成了与之交握相牵。

想到今日的事情，梁乔笙又有点困窘。总归还是被荣久箫看到了，他会怎么想她？她又该怎么解释？她能对他说：是你妈叫我来的？显然，不能。

回去的路上，两人沉默，却没有了以往的尴尬气氛，那是一种平静的氛围，似带着点点蔷薇花香的氛围。

荣久箫并没有问梁乔笙到底发生了什么，这让她矛盾的心里有些许的失落。

果然，他并不是那么在乎吗？

我爱你，与世界无关

回到荣宅，梁乔笙径自去了浴室，温热的水袭上全身，整个人都清醒了许多。

水雾弥漫浴室，也不知是过了多久，咣当一声巨响，浴室的门被人从外面一脚踢开，惊得梁乔笙一声尖叫。她惊退几步，脊背贴到了墙上。

凉风从门口灌入，将雾气驱散，抬眼便看到那让人心悸的眼神，深邃如星，“荣久箫？”

梁乔笙双手抱住胸口，嘴唇喏喏，声音轻轻，带着诧异和一丝羞涩。

荣久箫上前两步，关掉了花洒。

“我在外面叫你，怎么不出声？”随着水声停止，荣久箫的问话响起，声音冷冷潜藏着一丝怒意地质问。

他以为她今天受了刺激，会做什么想不开的事情，敲了半天门都不见有人回答，情急之下便踹了门。结果发现，原来是自己多想了。

水雾弥漫下的曼妙身段若隐若现，湿润的黑发温顺地贴在她的脸颊上，水珠沿着发丝从发梢滴落，滑至肩胛落入了更深处。这样的诱人情景让荣久箫眼底似有火星渐起。

她的眼眸氤氲着雾气，洗去妆容后的模样宛如初生之莲，褪去了那浑身的冷意，红唇微颤，看起来惹人心怜。荣久箫手轻抬，碰上她的脸颊，这一动，让梁乔笙微怔，也让荣久箫的眼眸瞬间变得清明。

他默然收回手，转头便将搭在一旁的浴巾扔到梁乔笙的身上，遮住旖旎些许。转身大步离开，不发一语。

天晨微光，两人在餐厅安静而坐。关于之前酒店那个丑陋的插曲，两人似乎都没有放在心上。而事实是，荣久箫没有提起，梁乔笙自然也不会主动去提。林曼姿是荣久箫的母亲，她要对付自己，自己又如何能在荣久箫面前诉苦。

正当她皱眉思考，电话响了。接起，那端的声音让她有片刻的怔愣。

“乔笙，你不是要请我吃饭吗？我今天有空。”陆远乔的声音带着让人沉醉的温柔。

梁乔笙握着电话的手抽紧，抬头望向对面，却发现对面用餐的人已没了踪影，怕是在她方才走神时就已经离开了。心里失落之余还有些说不清道不明的情绪。

“乔笙？怎么不说话？接到我的电话有这么惊讶么？”陆远乔的声音复又响起。

梁乔笙轻咳，带着些许的疑惑开口：“你不忙吗？”

身为陆氏财阀的继承人想必是日理万机的，更遑论他前段时间才到Y市，不是应该披荆斩棘，扫除障碍再接掌公司吗？何以会如此悠闲？

“扑哧……”一声轻笑，让人似能想象他温润眉眼里的光芒。

“不忙，你是要拒绝我吗？阿笙。”陆远乔的声音轻缓，尤其最后轻喊的两个字，微微拉长的语调说不尽缱绻之意，让人无法生出一丝拒绝的心思。

“好。”一字轻声应下。梁乔笙换衣服出门。

陆远乔是个很会享受生活的人，他挑选的地方不是灯光璀璨的高档酒店，而是一家古朴却不失精致的四合院。泉水汩汩，身着旗袍的服务员温婉以对，江南小菜依次摆上了桌。小菜精致，餐盘以青瓷为主，搭配起来宛如一幅水乡之画。

“这家环境不错吧！”陆远乔笑着开口。

梁乔笙点头。“嗯，胜在精致。”

陆远乔倒了一杯酒在青瓷小碗里 ，推到梁乔笙的面前。“尝尝这家店主自酿的米酒，不会醉人的，放心吧！”

梁乔笙看向那只青瓷小碗，陆远乔的手指挨在青瓷碗口的边沿，修长而又美好，与那青瓷颜色有种交相辉映、不分伯仲之感。似乎，这个男人从头到脚都是完美的。

陆远乔见梁乔笙不说话，轻声笑道：“放心吧，这个真的不会醉人。”

梁乔笙轻轻点头，端起盛满米酒的青瓷小碗，手指触碰到陆远乔，心里一颤，似有小石子投入水里，溅起涟漪波纹。

一口米酒饮下，气氛变得愉悦许多，两人开始很自然地聊天。不觉中，梁乔笙对陆远乔夹到碗里的菜，没有任何的排斥。说实话，梁乔笙心里对他有种奇怪的感觉，她觉得他对自己很特别。这不是一种自恋，这是一种直觉。

她捉摸不透陆远乔到底为何要对她如此。照理说，他们之间不是很熟悉。

“陆先生，你……”

“阿笙，这么见外吗？”陆远乔下巴微扬，眉眼里都是不赞同。

梁乔笙顿了顿，复又开口：“远乔。”

陆远乔听到她如此称呼，这才满意点头。

“我想我们并不适合频繁地会面。”斟酌再三，梁乔笙开口道。

陆远乔拿筷子的手微顿，不过片刻，他唇角微勾，依旧是那温文尔雅的模样。“怎么了？阿笙你讨厌我？”

梁乔笙急忙摇头否认：“媒体记者对你的关注太多，我们这样的会面会对你造成麻烦。”

“哦？”一丝疑惑的尾音上挑，“到底是对你造成麻烦还是对我？”一句问话，语调略重，语调有着浅浅的不满，又似是寻常的玩笑话。

梁乔笙不知该如何回答，正想辩解，却又听陆远乔道：“天晚了，我送你回家吧！”

对话止步于这里，不明不白，却又让她无法再开口。

一出门，冷风扑面而来，刺骨的感觉让梁乔笙浑身都打了个冷战，又拢了拢外套，轻吁口气，往门口走去，陆远乔跟她并排。

二人边走边聊，忽然陆远乔停下，因为看到不远处的一辆白色跑车异常显眼，荣久箫靠在车旁，右手夹着香烟，烟雾袅袅，将他的脸庞也衬托得越发虚幻。

梁乔笙正在戴围巾，抬眼间也看到他，心里咯噔一下，他怎么会在这里？

索性躲到陆远乔的身后，紧闭着眼睛。除了躲，她不知还有什么办法了，直觉告诉她，不能让荣久箫看到她，而且还是跟陆远乔约会吃饭。

“陆远乔！”她在背后小心翼翼地出声，带着些许哀求。

陆远乔听到她那怯怯的声音，眼底流转着淡淡的温情，再抬眼看向荣久箫，那温情又变成了刺骨的寒意。

荣久箫显然看到了陆远乔，缓步上前，他指尖的香烟缭绕，燃烧着的烟头猩红刺目。经他调查，陆远乔身边是没有女人的，乍然看到，心里倒是挺惊讶的。

“真巧。”荣久箫上前站定，对陆远乔打招呼。

陆远乔感觉到身后的衣衫蓦然被揪紧，隔着衣衫他都能感受到梁乔笙那微小的颤抖。

他表情如常，笑得云淡风轻。“是啊，真巧。”

荣久箫瞟向陆远乔身后的女子，不期然心里升起一丝古怪的熟悉感，眼眸微眨，摇了摇头，看来自己最近的确是太累了。

“这家南舍小馆恰好也是我喜欢的地方，陆先生你这点倒是同我不谋而合。”荣久箫说着，扔掉手中的烟蒂。

陆远乔不动声色地遮住了梁乔笙。“荣先生也是来品尝美食的吗？”声音平静，仿佛多年的老友未见一般，让人不自觉会放下防备的心理。

“我是来接人的。”荣久箫顺口答道。

“接爱人吗？”陆远乔开口问道，似玩笑又似随口一问。

荣久箫没有否认，很随意的神态像是在默认。

梁乔笙听到接“爱人”，难道是来接她么？他怎么知道她在南舍小馆？想到这里，梁乔笙觉得心脏都快要跳出胸腔了。要是……要是被荣久箫发现，她就在这里，在陆远乔的身后，那后果……梁乔笙暗自闭了闭眼，那后果简直不敢想。

陆远乔手臂微动，没等梁乔笙回过神，就一把将她从身后拉出来，然后紧紧揽抱在怀里。“真巧，我也和爱人在这里吃饭。不过，她比较害羞！”他的声音带着一丝显而易见的宠溺意味，看起来真如同恋爱中的人一般，让荣久箫看得挑眉诧异。

此时的梁乔笙一直将头埋在围巾里靠在陆远乔的肩头，荣久箫并没有让陆远乔做介绍，他当真以为是一个害羞的女孩。而且他在等其他人，况且已经到了时间。

“改天出来喝一杯吧，上次没喝尽兴。”荣久箫声音微凉，做着邀请。

“我的荣幸。”陆远乔说着，用手轻轻拍着梁乔笙的背。

荣久箫理了理领口，笑着摇头：“你们走好，我等人！”

恰巧一个娇俏女孩从小馆里冲出来：“久箫哥，你来啦！”

梁乔笙身体一僵，一丝苦笑溢出唇角。原来，她又自作多情了吗？荣久箫是来接顾西贝的。

直到荣久箫的车子开得不见踪影，陆远乔才将梁乔笙放开。

突然失去的温暖让梁乔笙有些片刻的不适应，她拢了拢肩上的围巾，低着头看自己的鞋尖。她与陆远乔鞋子的距离不过几厘米，可是她却感觉相隔甚远，远到她根本无法看清他的一切。

“谢谢。”她轻声开口，也不知道自己在谢什么。

“阿笙，你怎么能这样对待自己呢？”陆远乔说着，伸手轻轻触碰梁乔笙沁出丝丝血痕的唇，“你已经看到了，他并不爱你。”

梁乔笙委屈的心被一句“不爱你”惹怒。她猛然抬头，话语脱口而出：“我在你眼里是不是很可笑？你是不是觉得我就像是个小丑，再怎么翻都翻不出你们这些人的手掌心？是，荣久箫是不爱我，可是这又关你什么事……”她越说越气愤，语速也越来越快，直到最后几乎都嘶吼了出来。

陆远乔眉梢微挑，笑了，他似乎看到了一只被人抢了萝卜的小白兔。

“你……你居然还笑？我就这么让你觉得可笑吗？”话音一落，眼泪就控制不住地流出来。

夜晚风很凉，陆远乔将大衣脱下，披在梁乔笙身上。“阿笙，原来你也有坏脾气的一面。”

“我不是圣人。”梁乔笙有些哽咽，又有些后悔，明明她不想这样的，可是那憋在心里的怒气只想找到宣泄口，所以就朝陆远乔发火。“对不起，我刚刚……”

陆远乔摇了摇头，食指放在薄唇前：“嘘，没事，我很乐意看到阿笙这样的一面，这样是不是就代表阿笙已经把我当作朋友了？”

梁乔笙默然地看向陆远乔，他做了个请的手势：“走吧，我先送你回家。”

梁乔笙坐上车，脑子混沌一片，完全失去了思考的能力。

陆远乔轻车熟路地将梁乔笙送回了“家”，老旧的公寓到处都显示出破败的气息。

梁乔笙下车后才蓦然问：“你为什么知道我住这里？”

是的，陆远乔把她送回的并不是荣家大宅，而是她和梁默的那个老房子，只有她和梁默弟弟知道的老房子。

陆远乔眼眸里隐隐有了笑，月光似盛在了他那双温润的眉眼里，让一切都变得醉人起来。

“这是不能说的秘密。”

黑暗的巷道里，只有凄清的月光当作照亮的明灯，时不时一只流浪的野猫跃过。这片老房区治安也相对不好，巷子里没有其他过路人。

梁乔笙从没觉得这条路如此让人难受，她也是个爱美爱面子的女人，可是今天接连被陆远乔撞到不堪的一面。况且，这样一个秘密小窝，陆远乔都知道，让她有种无所遁形的感觉。

可是每每她想要拒绝陆远乔的好意时，陆远乔总有合理应对的理由。此刻他们正在走向那个秘密小窝。

两室一厅的房子，虽不豪华，可是布置得简洁又温馨。

橙黄色的窗帘和桌子上的向日葵，让整个屋子的色彩瞬间都被点亮。

陆远乔一进屋子，就感觉整个空间都被入侵了一般，那种强势的感觉让梁乔笙有些拘谨。

“你要喝点什么吗？我这里没有酒，也没有果汁，白开水行吗？”

陆远乔点点头：“好。”

梁乔笙将水杯放好，有些别扭地开口：“那个……”她想问，他为什么要执意送她。

从某种意义上来说，陆远乔其人就是一朵罂粟，带毒却又美得惊心，让你触上后在恍然未觉中便欲罢不能，有时又是蔷薇，带着刺，却香意迷人。

显然他自己也知道他是这样一种人。或者说，他明了他哪里吸引人。

他想一点点将自己的毒侵到某人的心里，某人的骨里，某人的血里。很显然，这个某人就是梁乔笙。

她以为她与他不过初相识，不过萍水逢；却不知，有人早已看了她多年，看她的坚强，看她的隐忍，看她的蜕变。

那是一种怎样的心情。种花，花开，花开时的曼妙、妖娆，以及馥郁芬芳。梁乔笙就是那朵他看着的花。从她二八年华，看到她现在为了那管箫，痛而隐忍。哪知我粉冷絮尘，脂冻桃花，不理旧时笙箫。

笙箫！他偏偏就要拆了这箫，抢了这笙。笙没了箫，依旧可以奏出那绝美的丝竹之响。可是在这之前，他要将这女人的心，一点一点收到自己的怀里，自己的心里。

陆远乔笑了笑，拿起透明乖巧的水杯端看，答非所问：“这是阿笙喝过的杯子？”

梁乔笙一滞，偏过头，躲避陆远乔那有些慑人的眸光，轻轻点头。

“你介意的话我去给你拿个一次性的纸杯子吧！”

“不不不，我怎会介意。”陆远乔眼眸温润，笑意弥漫。

梁乔笙只觉空气都变得燥热起来，方才那平静的气氛一下子被打破了，让她紧张、紧绷，还有些许的害怕。

正当她准备开口打破尴尬时，却见陆远乔放下杯子，正色道：“天晚了，我就先回了。”

看，这就是陆远乔。永远地恰到好处。明明是梁乔笙想要开口温婉逐客，却被他一句抢白，温文尔雅，让你只觉进退不得，如那小刺哽在了喉咙。

“阿笙，早点睡。”陆远乔说完便走出房门，踏出老旧的楼梯口时，眼眸里忽然划过一丝逼仄的光芒，脚步一转就闪进了楼梯转角的黑暗阴影处。

只有你醉了，我才能偷偷享有你的温柔

不远处，荣久箫将车子停在了巷道口，身体轻晃地朝这栋楼走来。

在经过陆远乔的身旁时，浓烈的酒气飘散，在静谧的黑夜里异常刺鼻。陆远乔鄙夷这种行为，喝酒还开车是对自己的一种不负责任。

荣久箫自是没有看到站在阴影处的陆远乔，他身形微晃，似醉非醉。他轻车熟路地朝楼上走去，不用想也知道是去找梁乔笙了。

是的，他知道，一直都知道。梁乔笙有一个秘密的小窝，一个不想让别人知道的小窝。在这老房子里，如同守候着自己的自尊一般。

陆远乔静静地站立在黑暗处，他听到开门声，也听到了梁乔笙的说话，接着门关了，与他完全隔绝成两个世界。

梁乔笙心情纷乱地送走了陆远乔，正准备去洗漱睡觉，却听到敲

门声。

以为是陆远乔又折返回来，开门顺口问道："请问您还有什么事情？"

话音一落，下一秒僵住。那是一双极为好看的眼睛，明明是数不尽千般风流的温柔眼眸，可是在面对她时，总是那么狠戾又可怕、冷漠无情。

"什么事？"荣久箫一手撑在门框，居高临下地看着她，声音里带着丝笑意。

梁乔笙听他低笑，心里怔愣，大脑一片空白。为什么？为什么他会知道这里？他刚刚遇到了陆远乔吗？他会多想吗？诸如此类的问题一瞬间挤进了她的脑中，让她无法思考，只能僵着身体看着荣久箫。

正当她以为荣久箫要发难时，却听他自言自语道："唔，路过，就顺路进来瞧瞧。"

他一边说着一边搭着梁乔笙的肩膀进了屋，脚步虚浮间将身体的大部分重量都放在了梁乔笙的身上。

如此自然而然，让梁乔笙只能被动地跟着他的动作。

梁乔笙忍住心中的不解与惶恐，将他扶进了屋，身体相触间，才让她有些许了悟，荣久箫喝了酒。

沙发陷落，荣久箫靠在沙发上，用手揉了揉有些疼痛的头，眉头紧皱，看起来有些许的痛苦。

梁乔笙沉默片刻，才轻声问道："你喝多了吗？"

荣久箫并不回答，只是伸手拿起桌上那杯水，急促地喝了下去。

梁乔笙伸手想要阻止他，却无奈他动作太快。那杯水是倒给陆远乔的，也记不起陆远乔到底喝过没有。她抬眼悄悄看荣久箫，脑子里想象着陆远乔刚刚坐在那里的样子。

意识到自己的失神，梁乔笙忙收回刚才那可怕的念想。

那杯已经冰凉的水让荣久箫脑子有些许的清醒，他瞥眼看梁乔笙娇俏的面容，喉咙不自觉滚动几下。一时间，酒精的热度又充斥了整个身体，他只觉浑身滚烫，猛然起身，动作大得挥落了桌上的玻璃杯，哗啦一声脆响，异常刺耳。

楼梯口的陆远乔听到响动，准备离开的步伐又猛地顿住……

那一声碎裂如同惊雷一般炸响在梁乔笙的耳旁。还未等她做出反应，荣久箫起身朝她扑了过来。嘭！一声闷响，他将她重重推倒在了沙发上。在那突如其来的冲击下，使得梁乔笙有片刻的眩晕。

脖颈间温热的呼吸让她感到一阵麻痒，他身上的酒气浓烈，那炙热的身体和着酒香，让她止不住地皱眉。

“荣久箫！”梁乔笙的手狠狠掐在荣久箫的臂膀上，将他的衣袖都抓得有些变形。这算什么？他有顾西贝，还来撩拨她。

就在不久前，他在南舍小馆门口，亲口承认的，来接爱人？爱人是谁？爱人是那顾西贝。

纵使以往，她自欺欺人，觉得他尚有在她面前做戏的可能，是以顾西贝来报复他，可是今晚，却再不奢望了。爱人，这是个多么刺耳的词语。

她亦是不再挣扎了。HKK 的股份快些交接，然后和她的弟弟一起去法国，去枫丹白露。在那一瞬间，她心里已然是这么想了。

梁乔笙有些无力地闭上眼，明明他现在拥着她，可是脑海里出现的却是顾西贝笑得灿烂的容颜。真是够了。半晌却发觉荣久箫没有动作。

他的呼吸温热而有规律，发丝些许挨着她的脸庞，有些微痒。她疑惑地皱了皱眉，有些艰难地让自己的头从他肩膀处移了出来。

一侧头，才看到，荣久箫睡着了。

梁乔笙试着动了动身体，无奈失去意识的荣久箫压在身上太沉重，让她根本无法移动。她试图推开，却不料荣久箫睁开了眼。他似乎在看着她，又似乎还在迷茫中。醉眼蒙眬，褪去了白日里的戾气与冷漠，让梁乔笙微愣。

片刻后，荣久箫咕哝道：“小猫儿，别闹，我很累。”

梁乔笙的心猛地漏跳一拍……“小猫儿”，多么令人熟悉而疼痛的称呼。那曾是荣久箫最喜欢喊的昵称，声音温柔，带着腻人的蜜糖。

梁乔笙脑海里的画面纷杂无比，少时亲切追逐的场景与现时尴尬的相处场景来回切换。

她忆起第一次进荣宅时，那种忐忑的心情直到现在还是那么鲜明。荣向南将她接回荣宅，如同贫民窟的穷孩子到了童话城堡一般，富丽堂皇的荣家让她显得格格不入。

若说第一天她还抱有欣喜，其后便只有无尽的小心了。她以为她会像童话故事里说的那样，到了城堡后，生活便会变得更加美好。可事实却不是如此。

初到荣家，林曼姿温柔地向她打招呼。面对这个养亲，心中欢喜无比，真好，她也是有妈妈的孩子了，妈妈应该是会疼爱她的。那时的她，还对家庭亲情充满着渴望，因此忽略了林曼姿眼中那藏着的厌恶，以及见面时并不拥抱她或者与她牵手。

现在想想，那时的林曼姿如此显而易见地不想触碰她，可是她却没有发现。

那时的林曼姿笑着说：“这是乔笙吧，知道你今天来，我专门让吴妈准备了法国大餐哦！”

她满怀感激地点头，却不曾去深想。他们姐弟一直生活在孤儿院，没有机会吃西餐，所以根本不会用刀叉。

当时荣家的长辈都在，餐桌上，她因为不会用刀叉而把餐盘弄得叮当作响，让所有人直皱眉。安静的用餐氛围里，她的动作既滑稽又搞笑，像是供人玩乐的小丑。

当时的林曼姿是怎么做的呢？只是微笑地走到梁乔笙的身后，手把手教她怎样用刀叉。她当时对这个新妈妈是感激涕零，觉得林曼姿是世上对自己最好的人。

现在想想，果真是太单纯了。林曼姿当时的行为不正是用她的优雅高贵衬托出她的粗鄙不堪吗？

梁乔笙睫毛颤动，将思绪从过去拉回现在，手轻轻抬起，抚上荣久箫的头。他的发丝很软，并不扎手。他就挨着她的颈项，呼吸间，那气息轻撩着她的脖颈。

记得以前，他只要一喊她小猫儿，她就会觉得自己是被宠爱的。

梁乔笙是一只被荣久箫宠爱的猫。这个昵称是如何得来的呢？依稀记得那是初见。她被院长阿妈打骂，跑回荣宅在一个角落暗自伤心。她当然不会哭，若是哭了，还如何保护弟弟？尽管她不明白，为何荣向南只收养她，不收养弟弟。

那时候是夏天，院子里有香樟树的味道，蝉鸣声声，空气都是燥热的。她蹲在香樟树下，暗自怄气。

突然一个人从天而降……该如何形容呢？天使，对，就是天使。

在她伤心难过的时候，一个天使般的少年从天而降，如果他落地的姿势不那么奇怪的话。

少年，是荣久箫。他的声音柔软得如同羽毛掠过湖面，圈圈涟漪，一圈又一圈，让你连悲伤都忘记。

他说："哟，这是哪家的小猫儿？"

彼时，她十四，他十七。郎骑竹马来，绕床弄青梅……

梁乔笙抚在发上的手缓缓变成了环抱，她拥着他的颈项，亦是沉沉睡去。

天晨微光，梁乔笙睁开眼，却发现自己睡在床上。房间里只她一人，没有相互拥抱，没有荣久箫。手掌似乎还留有拥抱时的温度。

客厅沙发上那微微的皱褶提醒着她昨夜的真实。她跟荣久箫在那一张沙发上，相拥而眠。

可是，他醒了，亦是走了。没有留下只言片语，只是将她抱回了床上。

梁乔笙痴笑着想，是不是他抱着睡着的她时，眼里会有宠溺的光芒，会有刻骨的温柔？

第三章

孑然不独活

流年素念，烟水静好

东城，陆家。

陆远乔一回到陆宅，就看到大厅里端坐着的陌生人。

陆妈妈见陆远乔回来，便亲热地拉过一个女子，微笑道："你可算是回来了，林若仪等你很久了。"

陆远乔不解，林若仪？再看眼前的女子，身穿黑白色的套装，看起来既简约又清丽，且容貌不俗，倒是很容易引起别人的好感。

"远乔哥，你不会是不记得我了吧？伯母，你看他都不记得我了。"林若仪巧笑倩兮地打趣道。那双杏眼妙目美丽动人，眼底深处也有着一丝势在必得。

林若仪毕业后便跟着父亲在商场历练，父辈的尔虞我诈让她学会不少。

青春年少时，她就喜欢陆远乔。只可惜，那会儿陆远乔满心都装着另一个女孩，她本想再去争取，可是后来陆家就发生了那件事儿，陆远乔又突然远赴异国，她也将这段爱恋悄悄埋在了心底。

兜兜转转这么多年，她也没有看到比陆远乔更让她心动的男人。

前几天才听闻陆远乔回来了，她喜悦得难以自已。这一次，她一定会紧紧抓住他。陆远乔，一定会是她的男人，她林若仪的男人。

"远乔哥，我是若仪啊，中学我们还是同班同学。"林若仪的言语里透着熟稔的味道，脸上的微笑也是恰到好处，不疏离却也没有讨好的热情。这样的态度很得陆妈妈喜欢。

林若仪自问很了解陆远乔，他很尊重自己的母亲，只要是陆妈妈所要求的事情绝对会不遗余力地去完成，所以只要能抓紧陆妈妈，那就相当于成功了一半。

陆远乔看到妈妈脸上的笑容，脚步顿了顿，随即朝林若仪点了点头。

陆妈妈不停地夸林若仪，其司马昭之心，路人皆知了。林若仪样貌好，学历好，性子又温和，完全符合她对未来儿媳的要求标准。最主要的是，儿子能尝试接受新的感情。七年前深夜的那个电话，当时陆远乔心痛的请求，她至今不能忘记。

谈话间，有人给陆远乔打电话："远乔，把嫂子带过来给看看嘛！快快，我和小西子他们已经在鸿鹄楼点了菜，就等你们了。"

陆远乔的表情疑虑，这个突兀的电话代表着什么？他怎么不知道自己有女人了？

他的沉默让对方不以为意，依旧在调笑："不会是人家不好意思吧？咱们可是给她时间梳妆打扮哪，远乔啊，到底是哪家千金，居然还让你这么宝贝地藏，你真是不够兄弟啊！"

话说到这份上，陆远乔没有回绝。他暗自忖摸，怕是荣久箫将消息放给圈子里的人听的，那么林若仪的突然出现也是有人用心安排过？他不得而知。这算什么？看出了他对梁乔笙的心思，所以率先切断他的路吗？

眼神瞟过了林若仪，眉梢微挑间，语调平淡："马上就来。"

挂了电话，转头看向林若仪："出去走走吗？"

林若仪惊讶于陆远乔的主动搭话，随即而来的就是内心的狂喜。但她很好地克制了自己，面上的笑容依旧温和而又恬淡："荣幸至极。"

陆远乔和林若仪出门后，一路都没有交谈。

林若仪是个聪明女人，陆远乔这样做显然是有目的的，无论如何，她只要能和他有相处的机会，她都是不排斥的。因此，一路上她都没有询问，只是兀自保持着温和的微笑。

这样的态度让陆远乔都高看了她两分，以至于后来无条件地相信这个女人，最后导致了无法挽回的错误。

陆远乔带着林若仪来到了鸿鹄楼，包厢里其他人看到陆远乔带着女友来，纷纷起哄。西家的少爷西永春看到了林若仪，嘴上说着调笑的话，心里却松了一口气。

前天接到荣久箫的电话，他就一直紧绷，虽然搞不明白为什么荣久箫要他们宴请陆远乔和他的女人，可想到之前的酒吧一聚，多半跟女人有关。

荣久箫举杯示意陆远乔，自从上个月在南舍小馆见到陆远乔搂着个女人后，不安的情绪就一直缠绕着他。

虽然他也不知为何会有这样的莫名情绪，但现今看到是个完全陌生的女人，他的心瞬间平静了几分，脸上的笑容也轻松许多。

林若仪听着荣久箫与其他几人的话，脑海里的思绪已经转了几个弯，很明显，他们误会了什么。可是陆远乔却没有澄清，而且大有听之任之的趋势。这让她在窃喜之余，又有了一丝嫉恨。

从这些打趣的对话中，她已经推断出陆远乔身旁有了女人，可不知为何，陆远乔并不愿意让那女人曝光。

林若仪虽然不满于自己当了别人的替代品，却也不会发作出来。毕竟，有的人连当替代品的资格都没有，况且这也是一个机会，一个让她成功打入陆远乔朋友圈的机会。

她分析利弊后，立马绽开了一个笑容，自我介绍："你们好，我是林若仪。"

陆远乔言笑晏晏，一手端着红酒杯一手撑着下巴，看着林若仪在桌上与他们谈笑风生。不可否认林若仪的交际能力确实过人，不消片刻就跟这些公子哥打成了一片。

陆远乔浅抿一口酒，他透过那水晶杯看向荣久箫，心里冷笑。原来荣久箫对梁乔笙也并不是全然没心思的，表面上对梁乔笙不屑一顾，暗中又掌控着她的生活，真是个手段卑劣的男人。

这样想想，他似乎也要有危机感一些。原本以为荣久箫对梁乔笙只有对过去那些年的痛恨，被迫娶回家也只是为了 HKK 的股份，可现在看来却也不尽然！

荣久箫对梁乔笙这般紧张，他要重新估量一下，如何将梁乔笙的心拉到自己这边来。她是宁折不弯的人，只有将她彻底伤了，千疮百孔后，才会死心。不然，哪怕有一点希望，她定会死灰复燃的。他绝对不会让梁乔笙对荣久箫有希望的，一定要让荣久箫狠狠地，狠狠地伤了她。哦，他忘了，不需要他从中作梗的，荣久箫本就会狠狠地伤了她。

因为爱情，本来就是盲目的。

“若仪啊，这么说你是当红演员啦，什么时候送我们几张首映票呗？”西永春笑得一脸痞子样。

林三少也在旁边附和：“对呀，对呀。”

林若仪笑得一脸娇媚，富家女去演艺圈纯属玩票，生活太无聊，只是想找新鲜感，所以去娱乐圈踏一脚也是一种生活体验。“说了就是，那下次我让助理拿给你们。”

“不用，我让人过去取吧！”这时荣久箫却开口了。他眼神复杂，表情略带戏谑，让人不自觉心悸。

“呃，不用……”林若仪以为他在客套，没想荣久箫坚持，就作罢。

陆远乔唇角轻笑，心想不知道荣久箫又想玩什么把戏。

林若仪觉得饭桌上的气氛变得有些诡异，她浅笑着问荣久箫：“不知道荣先生是让谁过来取呢？”

陆远乔侧头给了她一个赞许的眼神。该说这女人聪明吗？在如此气氛下，还能笑着问出重点。

荣久箫不假思索地回答："我太太一直对片场很有兴趣，刚好可以让她过去看看。"

太太？在场的众人动作齐齐一滞。陆远乔的手指摩挲着酒杯。太太可不就是梁乔笙吗？荣久箫是要向她求证什么吗？

林若仪惊讶道："荣太太吗？"

"嗯。"荣久箫一声应答，然后悄然瞟过陆远乔。梁乔笙不是和他走得近吗？那就让她去见见陆远乔的女人！这对她来说也是个警告。

梁乔笙是他的，他一辈子都不可能放手。陆远乔喜欢她，他就偏偏不让他这司马昭之心得逞。

梁乔笙接到荣久箫的电话时，有些莫名，去西城片场拿电影票，这种奇怪的要求让她有些无所适从。

她踏进片场，众人的注目礼让梁乔笙无法移动脚步。原本安静忙碌的片场因为她的到来变得有些热闹。起先是窃窃私语，接着便是肆无忌惮的讨论。

"若仪姐，她不就是那个……"不等问完，林若仪打断做介绍。

"嗯，她就是陆太子的朋友，也是我的朋友，大家可要多多关照啊。"刻意咬重的"陆太子"三个字，让众人那八卦的欲望升到最高点。

有人悄悄拨通了电话，十五分钟后，正当梁乔笙依着林若仪的要求去休息室拿票时，忽然有大批媒体呼啸而至，纷纷涌向梁乔笙。

"小姐你好，请问你跟陆家太子是何关系？情人吗？"

"小姐你好，你跟陆远乔同居了吗？"

……

种种问题不堪入耳，让梁乔笙步步后退，拉扯间，有人撞上了她，一声惊呼，跌坐于地，手上的东西散落。她连忙伸手去捡，不知是谁的脚踩到了她的手上，钻心的疼痛。

不多时有安保过来驱散媒体，一瞬间形势扭转，片场众人严阵以待，泛着金属光泽的黑色轿车缓缓驶入……

第一次在片场将媒体清场的行为，媒体记者纷纷在外围观望到底是何方大神。这部林若仪的新剧投资商背景很神秘，各家媒体都还未挖出消息。

车门打开，线条完美的脸庞，陆远乔那强大的气场让在场所有人惊叹。他脚步沉稳，走到梁乔笙一侧时，顿了顿脚步，看向她的视线只停留了数秒钟。她笙捂着手在捡地上散落的东西。

片场的导演不明情况，以为梁乔笙是新助理，责她道："还不快去干活。"

他的低斥让梁乔笙有些莫名，抬头便看到近在咫尺的陆远乔。

她蹲在那里，从那个仰视的角度可以看到他轮廓精致的下巴，与那温润如水的眼神，微微疏离、清冷的表情。

这圈子从来都是势利的，因此众人对导演的举动也是见怪不怪。梁乔笙眼眸微闪便欠身离开。

梁乔笙到了林若仪的休息室，有些疑惑地皱着眉头。陆远乔怎么跑到这里来，还这么拉风地出场？

思索间，林若仪抽着烟走了进来，纤长的手指夹着细细的烟，有种说不出的魅惑感。

"梁小姐，第一次来片场吧，没有你想象中的那么好吧，比较杂乱。拍戏期间会出现很多意料不到的事情。"林若仪沉着地跟梁乔笙聊天。

"是的，第一次过来。麻烦你了，林小姐。"

"对了，给你看看我们平时拍戏穿的戏服吧！"说着，林若仪带梁乔笙走到隔板的衣架处。

“挺好，各式的样子都有。接各种戏剧，可以享受到他人没有的人生，虽然不是真实存在的。”梁乔笙看着衣服说道。

林若仪笑笑：“纯属个人喜欢吧。”她叫梁乔笙随便看看，她出去问一下情况，看刚才发生什么事。

这时，导演带着陆远乔走进来：“林若仪，陆董是来看你的。”

这位老板点名要见林若仪，还能为什么？这个圈子就是如此，有钱就是大爷。

众人退去后的安静氛围里只剩下陆远乔和林若仪两人，不，还有在衣架后面此时有些愣神的梁乔笙。她不知道该不该出现，出现似乎又有点突兀，不出现的话又觉有些尴尬。

陆远乔开口道：“看来新戏很合你胃口。”

林若仪先是一笑，转而略带愚弄地答道：“我觉得你很合我胃口。”说罢，便倾身而上，红唇覆上陆远乔的薄唇。

咣当一声，梁乔笙撞翻了衣架，朝着门口急匆匆跑掉。她可没有看人亲热的习惯。

林若仪看着匆匆跑掉的梁乔笙，眼眸微微弯起，些许戏谑流转。昨晚，顾家小姐顾西贝给她打电话，让她对梁乔笙倒是有了新的认识，这梁乔笙有了荣家太太的位置，居然还想染指陆远乔。休想，看她待会儿怎么整她。林若仪如是想道。

陆远乔推开林若仪，严肃道：“林小姐，没有下次。”

林若仪撇了撇唇，嗔念一声：“远乔哥哥真小气，这在西方是基本礼仪好不好。”

她再次点燃一支烟：“远乔哥哥，我听说你和梁乔笙是好朋友。”

陆远乔唇角微勾：“是吗？听谁说的？”尾音勾起间，有些许摄人心魄的感觉。

他看了眼林若仪，便转身离开，不再多言。

“远乔哥，来都来了，一起吃个午饭嘛！”林若仪心想，这百忙之中来走个过场还真不像陆远乔的风格，“啊，不会吧，远乔哥，你不是来看我的？”

陆远乔的身影顿住，随即开口：“不是，只是路过而已。”

“远乔哥，阿姨说你准备接掌陆氏了，是吗？”林若仪随即转移了话题。

陆远乔但笑不语。

“对了，远乔哥，我接触过梁乔笙了，我挺喜欢她的，我很想跟她做朋友，可她待我不是很亲近。”林若仪故作苦恼状。

话不多吗？陆远乔唇角隐隐有了笑意。怎么可能话不多呢？梁乔笙像一只波斯猫，看似优雅高贵、冷冷清清，可是在面对信任之人时，既温和又柔软。

陆远乔摇头：“并不是用嘴巴说说就能做朋友的，人与人之间的信任，既牢固也薄弱，所以你想和她做朋友就得拿出实际行动来。”

林若仪脸色微变，半晌才扯出一个微笑：“哈哈……是吗？我知道了，远乔哥。”

陆远乔走后，林若仪狠狠踹翻了脚边的一个凳子：“什么东西，还要我去巴结她吗？她算个什么玩意儿，不过是个别人不承认的野种……”

人就是这样，一旦讨厌一个人，即使不是她的错，也要将所有的错误迁怒于她。

梁乔笙完全不知道，因为陆远乔的一句话，林若仪对她的仇恨值直接到达了顶点。

一个小助理进了休息室，林若仪招手问：“梁小姐到哪里去了？不是让她到我这里来拿票么？”

小助理回答道：“刚去洗手间了。”

林若仪唇角轻轻勾起，附耳跟助理说了几句话。助理点点头，便又离开。

梁乔笙在隔间收拾妥当，揉了揉有些抽疼的额头准备出去，忽然听到隔壁有人在打电话。

“美美啊，我最近还在剧组，是的，做林若仪的助理。我跟你说，那个林若仪长得是漂亮，演戏却跟个僵尸一样，演戏只会哭哭哭，真是一点演技都没有，我听说她妈妈是小三上位，怪不得只会演哭戏，童年就是哭着长大的……”

梁乔笙听着那些话，不知是对打电话人的一种鄙视，还是对林若仪的一种同情。她推开隔间的门，洗手烘干。

回洗手台拿包准备出去，林若仪从隔间走出。

“林小姐……”梁乔笙的话还未说完，却见林若仪几步上前，右手一扬，狠狠一巴掌甩在了梁乔笙的脸上。

梁乔笙头都被打偏了过去，耳朵一阵嗡嗡作响，脑子里一片空白。梁乔笙手指碰上脸颊疼痛无比，随之而来的就是愤怒和委屈。

“林小姐，你……”梁乔笙瞬间愤怒。

“你怎么能这样说我？你知道我走到今天有多努力吗？只看到别人的光鲜亮丽，没看到别人背后的努力与辛酸，你又有什么资格说出这样子的话？梁乔笙，你太让我失望了。我妈妈是小三怎么了？你不也是运气好被荣向南收养了吗？凭什么看不起我？”林若仪说到这里像是更为伤心了，眼泪直流，哭声呜咽。她那双眼眸包裹着泪水，显得水晶一般纯粹，让她整张脸显得越发楚楚可怜。

梁乔笙有些怔忪。这是贼喊捉贼吗？或者说这叫“躺着也中枪”吗？

“林小姐，刚刚并不是我。”梁乔笙一开口，脸颊就扯得生疼。

林若仪愕然。“嗯？不是你吗？”

她一滴泪珠还挂在眼睫毛上，整个人看起来单纯而又可爱。梁乔笙唇角溢出一丝苦笑：“对啊，刚刚并不是我打的电话，你看我身上电话都没带，怎么可能打电话呢，你误会我了。”

“啊？”林若仪捂唇，眼里满是不可思议，随即就是浓浓的愧疚，眼睛越加红了。

“对……对不起，我不是故意的，我只是太伤心了太着急了，我……”她的话语越说越急，因为慌乱而显得越发语无伦次，眼眶里的泪水收也收不住。

梁乔笙劝慰：“没关系，你也不是故意的，别哭了。”

林若仪揉了揉眼睛：“真的很对不起。”她带些歉意地看着梁乔笙，眼里满是真诚。

“我请你吃饭当作赔罪好不好？你一定要接受，我真的很抱歉，真的不是故意的。”

梁乔笙正想摇头拒绝，却听林若仪急声道：“你一定要接受我的道歉，不然我的良心会过意不去的。”

梁乔笙无奈，点头：“好。”

“还有……”林若仪低头，胆怯地小声开口，“你会不会把我打你的事情告诉别人啊？”

她仿佛怕梁乔笙误会什么，急忙又抬头解释道：“你别误会，我不是怕你乱说什么，我是怕其他人乱说，你知道的，现在那些记者又喜欢乱写……”

“不会的，林小姐你放心吧！”梁乔笙摇了摇头。

林若仪表现得满脸释然：“谢谢你，你叫我若仪吧！老叫我林小姐，听着也不亲热。”

林若仪手挽着梁乔笙，又瞟向她，唇角轻轻勾起一抹笑意，似讽刺又似嘲笑。

我在夜里等你，寒风凛冽

有些时候，事情并不会如自己所计划的那样，它会出现无数的变数。就比如荣久箫以为尽在掌握的事情，让梁乔笙见到林若仪，让她知道陆远乔是有女友的人。可是中途却出现了纰漏，他的电话让顾西贝听到了，顾西贝转眼间就跟林若仪变成了同一阵线。

没办法，她从小就恨梁乔笙，恨不得全世界都讨厌她，都唾弃她才好。

梁乔笙从片场出来，就看到了路边倚靠在车旁的陆远乔。

陆远乔看着她，笑得眉眼弯弯："要回家吗？我送你。"

梁乔笙摇了摇头，连忙拒绝："不用了，司机在等我。"说罢便匆匆离开，身影也渐渐消失在拐角处。

陆远乔看着她的背影，眼里微沉，要是他没看错的话，方才梁乔笙的脸颊是红肿的。

她在回去的路上接到荣久箫的短信："晚上在望京公园东门等我。"心里一阵悸动。

望京公园，是他和她第一次玩耍的地方。原来……原来他一直记得吗？梁乔笙抬头望了望夜空，城市里的星星很少，几颗零星闪烁，她轻轻叹了口气。

她想起，那是很多年以前，她将一个沉着凌厉的男孩深深地刻在了心底。喜欢，且一直喜欢。她梁乔笙，喜欢荣久箫，从来没有变过。不管是恨还是怨，它们都是因为爱而衍生的。

不知是星星太温柔，还是路灯太浪漫，让梁乔笙想起以往，唇角都不自觉溢出一丝笑意，眉眼之间都有了舒心的味道。

荣久箫挑在这个地方和她约会，是有什么惊喜要告诉她吗？

梁乔笙越想越开心，一边搓着手一边呵着热气，手掌贴上脸颊时右脸一阵刺痛。轻吸一口气，这才想起遭遇的一场无妄之灾。她又试探性地触碰，刺痛依旧，而后站起身抖了抖腿，开始来回走动。

手指被冷气冻得隐隐发疼，那是她的旧疾，可是这点疼跟待会儿要见到荣久箫的喜悦比起来却是微不足道了。

直到小道上彻底没了人影，昏黄路灯下，仿佛天地间只有她一个人。梁乔笙站在路灯下，呼出的气息呈现出白色的雾状，空气冷冽，将她的脸颊都冻得有些青白。

看看时间，已经是八点了。居然不知不觉等了两个小时了。打电话过去，响了两声却被挂断了。

梁乔笙握着手机的手已经冻得有些僵硬，她艰难地打着字，发了一条短信过去：“我在东门等你，你多久来？”

不过片刻，那边回信：“再等会儿吧。”然后，再没有动静了。

梁乔笙悬着的心却因为这样一句话而落了下来，又搓了搓手，为了使自己不那么僵硬，她还不停地蹦跳两下。

在与这个寒冷孤单的角落截然相反的地方，暖意融融的高级公寓里。顾西贝听到浴室开门的声响，立马将短信删除，然后将手机放回茶几上。

荣久箫穿着烘干后的衬衣，头发有些湿漉漉地从浴室里走出来：“刚才有人打电话找我吗？”

顾西贝摇了摇头：“没有。”她的神情温和，一张秀丽的脸孔配着那才修剪的齐耳短发，有了几分知性美。

她拿起一旁的白色浴巾站起身道：“我给你擦头发吧！”

“不用，我自己来吧！”荣久箫伸手拿过浴巾。

“真是不好意思，我不知道吃个甜点也能遇到这样倒霉的事情。”顾西贝有些歉然地开口。

荣久箫笑了笑：“无妨，反正也没其他事。”

原来是他送顾西贝回家后，想吃蛋糕时不小心将奶油染了他的衬衣。荣久箫也确实在意，就借浴室清洗了一下，顺便将衣服烘干。

荣久箫擦干头发后，拿起手机翻了翻。短信没有，未接来电也没有。他已经几天不在家睡了，梁乔笙都不来问一下吗？她不问，是不是代表她其实根本就不在乎？荣久箫有了不悦之色，眉眼间也有了冷硬。

“久箫，怎么了？”顾西贝笑着问道，顺手将一杯红茶放到他面前。

荣久箫皱了皱眉，便将手机放到口袋里：“我先走了。”

“喝口茶吧。”顾西贝的眉眼微垂，有几分羞涩意味。

荣久箫喝了一口茶水，欲转身离开。

“久箫哥。”顾西贝忽然伸手拉住荣久箫的手臂。

荣久箫皱眉问：“怎么了？”

顾西贝一手捂着肚子，满脸痛苦：“我的肚子好痛，真的好痛。”

“我叫医生过来。”荣久箫说完就准备打电话叫私人医生。

顾西贝咬着唇，脸色有些苍白：“久箫哥，真的好痛。”

她一边说着一边蜷缩到地上，荣久箫没多想，先将她抱回卧房。

“久箫哥，你得陪着我，我害怕。”顾西贝的眼眶红了。

荣久箫无奈地微微点头。“好。”

荣久箫并不知道，有一个人还在昏黄路灯下，来回踱着步，就为了等着他的到来，或者等他一个电话。

梁乔笙时不时看一下时间，眉宇间的兴奋也越来越淡，直到最后尽数归于平静。双脚已经冻得有些麻木了，索性就坐在长椅上再也不起来。不知道过了多久，脑袋有些昏昏沉沉，眼皮开始打架，在半梦半醒间，一阵冷风吹过，直直从她的脖子里钻进去，凉得她立马睁开了眼，打了个寒战。牙齿微抖，她能清晰地听到牙齿冷得发颤的声响。

看一眼时间，居然接近凌晨四点了，眼眸里的最后一丝光消散开来，如同熄灭的蜡烛，徒留一声烟雾般的叹息。她等了一夜。从日落晚霞等到黎明将亮，从满怀期望到彻底绝望。

手指无意识地按着手机屏幕，眼神都有些呆滞，直到电话里传来一个声音。

“阿笙，有什么事？”安静的空间让电话里头的声音异常清楚，是陆远乔！

梁乔笙手一抖，差点将手机丢出去。她居然拨了陆远乔的电话。是的，感情真的经不起消磨，尤其是时间。她再一次对荣久箫失望，不知道这样的惩罚，真的会让他解恨吗？

手指微动，下意识就想按挂机键，那一瞬间她想了无数个解释的理由，比如因为睡觉翻身不小心按到了电话。哪知陆远乔像是千里眼一般，梁乔笙还未按挂机键，他的声音再度响起。

“阿笙你最好不要挂电话，你要是现在挂了，我就打给荣久箫，问问他你有什么事情。”带着笑意的语气，却毫无压力地做着威胁。

“阿笙，到底发生了什么事？”陆远乔说完停顿半秒，“不要跟我说是因为你睡觉翻身不小心按到了电话。梁乔笙，你的电话解锁手势我知道，是个Z字。你是要我相信，你在睡梦中都能依靠意识画出Z字解锁你的手机顺便还拨打出一个电话吗？”

梁乔笙嘴巴微张，有些挫败，又有些气短。陆远乔怎么什么都知道……

“阿笙，到底怎么了？你在哪里？”陆远乔接着又问道，语气越发地焦急。

梁乔笙唇角溢出一丝笑意，莫名有点乐："陆远乔，你能来接我吗？"她突然觉得矜持已经没什么用了，再编什么理由也没意思了，何况也不一定能骗到他。

"你在哪里？"陆远乔接口询问。

"望京公园。"梁乔笙沉声道。

"等着。"陆远乔说完挂断电话。

五分钟后，电话又响起。"具体位置在哪里？"

梁乔笙平静地答道："情侣大道上。"

才挂了电话没多久，就听到有人走过来的声响，梁乔笙眼中划过一丝不可置信："陆……陆远乔。你怎么这么快？"梁乔笙有些震惊。

陆远乔眉色不改，轻描淡写地开口："新买的跑车，试试性能。"

"啊？"他这样炫酷的回答让她有一丝愧疚。

"事实证明，这跑车性能不错。"陆远乔说，"走吧。"

梁乔笙一起身，却又跌回了长椅上。因为长期保持一个姿势，她的脚冻得有些麻木了。"那个……我脚麻了，等我先缓缓。"她有些不好意思地开口。

陆远乔长臂一伸便将她拉了起来，入手的冰凉让他有些心疼。他不知道她在这里坐了多久，又是因为什么坐在这里。这样执着又幼稚的行为，唯有荣久箫才会让她不顾一切后果。

"阿笙，抱好，别浪费我的时间。"陆远乔说着将梁乔笙的双手在自己的脖子前紧了紧。

陆远乔背着她，走过望京公园那条著名的情侣大道。梁乔笙紧绷的身体终于软了下来，脸庞靠在陆远乔的肩膀上，呼吸浅浅。

单手打开车门，陆远乔小心地将梁乔笙放到了后车座里，调整好姿势，顺便脱下大衣帮她盖好。做完了这一切，陆远乔才坐回驾驶位，开车回了家。

回到自己居住的公寓，他轻喊了几声想叫醒梁乔笙，谁知她一点反应也没有。

陆远乔心疑，睡得再沉也不至于这般没反应啊！他伸手摸了摸梁乔笙的额头——发烧了。

梁乔笙躺在床上，因为发烧而致脸颊有些红，看起来娇嫩可爱，可是那干裂的嘴唇让她又显了几许憔悴，整个娇小的身躯被包裹在被子里，十分柔弱。

陆远乔拿浸湿的毛巾擦拭梁乔笙的脸颊。从未做过这些的他，动作有些生硬，可是却也小心翼翼。擦拭干净那起着遮掩作用的化妆粉，露出有些红肿的面颊，隐隐可见几个指印。

他坐在床头盯着梁乔笙那有些红肿的右脸，目光如同要噬人一般，让周遭的空气都变得有些冷凝起来。半晌，他起身从急救箱里找出一管祛肿的膏药，帮她擦拭。药膏冰凉的触碰让梁乔笙在昏睡中都有些微微瑟缩，眼睫毛不停颤动，不甚安稳。

擦拭完脸颊，陆远乔又去看梁乔笙的右手。他记得，昨天在剧组看到她捂着手蹲在地上。右手的手背果然有一片青紫，陆远乔狠狠地挤了一些药膏，抹上手背。

他轻轻抚摸着她的手背，忽然顿住了，像是想到什么，心里一阵心疼。

急救箱里的退烧药是冲剂，他试着叫醒梁乔笙，却发现她睡得极沉，生病发烧加疲劳已经击垮了她。

陆远乔不自觉地看向梁乔笙的唇，红唇若花，因为缺水而显得有些干裂，可是却丝毫不影响它的美丽。

那眼眸里忽然有了一道潋滟的光芒，陆远乔唇角轻轻勾起，自己喝下一口药，稍微将梁乔笙的脖颈抬高，俯身探去，药汁缓缓被喂进对方的嘴，梁乔笙下意识地开始吞咽。

本来只是唇与唇的相触，可是陆远乔却不自觉地将舌尖也伸了进去……唇齿相依，彼此缠绕，还有药汁微苦的味道，个中滋味，只有当事人知道有多美妙。

之后，陆远乔又贴了退热贴，帮她掖了掖被角。等做完这一切的时候，天也已经亮了。

陆远乔端着水杯正欲离开，忽然听到梁乔笙有些模糊的音调："久箫……荣久箫。"

陆远乔顿住了脚步，他看着她有些微红的脸颊，手指不禁轻轻流连于她脸庞。荣久箫真的就这么重要吗？重要到你在梦里都念着他？那我呢？我有出现在你梦里吗？

陆远乔的心里升起一股不知是嫉妒还是悲伤的情绪，想就这么叫醒她，让她不准再梦见那个男人了，可是看到她疲惫的倦容，却不忍心。他想，他对着她，只会疼惜，连一丁点伤害，都是不愿意的。

梁乔笙醒来的时候，已是下午两点。睡了一觉后，精神好了许多。她有些迷茫地睁眼看天花板，还没完全清醒就听到一旁有人问道："睡觉的时候做什么梦了？"

梁乔笙看到陆远乔时并没有表现出过多惊诧，答道："梦见一条凶恶的狼对我又抓又舔，后来我被魔鬼抓走，那条狼又来救我……"陆远乔的脸色在那一瞬间很好看。

"醒了就起来，吃点粥，你的烧才退。"陆远乔说完转身出了卧室。

梁乔笙听到关门声才松了一口气。实际上，她发烧时的记忆是在的。可方才陆远乔那副表情，好像完全没有把凌晨的事情放在心上。这让她有些无措，可是她又不知该如何处理，只能借着话题装傻了。

清粥小菜，温度正好。

梁乔笙搅动碗里的粥，时不时瞟一眼坐在另一侧的陆远乔。

午后的阳光透过玻璃窗斜斜照进了屋内，也照在了陆远乔的侧脸上，那光晕衬着他的脸颊越发精致，唇如蔷薇，眼温润。神秘，而又美丽。

梁乔笙第一次体会什么叫作秀色可餐，因为她看着他的侧脸，不自觉连粥都喝了许多。喝完粥，她正准备收拾碗筷，电话响了。看到来电显示时微微有了一丝涩意，抿唇间，却一直没有按下接听键。

陆远乔转身朝着楼上走去，梁乔笙看着他修长挺拔的背影，咬了咬唇，还是接起了电话。

“怎么不在家？今天是回去看奶奶的日子，马上回来。”荣久箫的声音里一如既往带着命令意味。

梁乔笙眼里的光忽然暗了下去，更多的委屈憋回心里，只觉一阵疲累：“我今天不舒服，你自己去吧。”

荣久箫皱了皱眉：“梁乔笙，你不舒服还在外面晃？”

梁乔笙心底某处涩涩的，轻声开口：“我昨晚上发烧了，现在在医院，刚刚睡醒，有些累。”

荣久箫沉默了一下，问道：“怎么会发烧的？昨天我见到你的时候都是好好的。”

听到这样的问话，梁乔笙心里只觉一阵讽刺与悲伤，她想说些什么，却只是轻描淡写道：“没什么，就是不小心着凉了而已。”

荣久箫听出她的敷衍，眉眼间有了不悦。对于梁乔笙，他以为，他已经用了足够多的心思了。那么多年，就算嘴上话语再狠，可未曾对她做出过实质性的伤害，她究竟还有什么不满意的？

“梁乔笙……”荣久箫叫着她的名字，声音里也有了冷意。

“对了，你昨天在哪里？”梁乔笙打断了荣久箫的话。

荣久箫神色一顿，沉默片刻后，才冷笑着开口：“我在哪里，需要跟你报备吗？”说完挂断电话，怒气冲冲地离开家。

梁乔笙有些怔然地听着手机里嘟嘟的声响，鼻尖突然一阵酸涩。她吸了吸鼻子，便收拾碗筷去了厨房，正要开水清洗，陆远乔制止了。他将她拉到一旁，挽起衣袖，自己开了水龙头，一副要洗碗的架势。

梁乔笙有些不可思议地盯着他："陆远乔，你干什么？"

"我可不喜欢看'猪蹄'。"陆远乔笑着说。

梁乔笙没想到他会做家务，转身拿起吸尘器打扫餐厅，忽地顿住了。她看向自己的右手，手背的青肿已经好了许多。原来是说这个。

梁乔笙的眉梢不禁蔓延出一股舒心的笑意，她转身说道："谢谢你，陆远乔。"

下雨之前，准备伞

陆远乔正在处理文件，忽然想到什么，抬起头看梁乔笙："你的脸是怎么回事？"

梁乔笙眨了眨眼："什么怎么回事？"她伸手拨弄肩上的头发，无意碰到自己的右脸，这才明白陆远乔指的是什么。

"哦，你说这个啊！"梁乔笙指了指自己还有些红肿的脸颊，"别提了，纯属误伤。"

"说清楚。"陆远乔冷冷地吐出三个字，脸上的神色明显不悦。

梁乔笙有些苦恼地皱眉，半晌才开口道："好吧，不过这事情说来有些复杂。"

她坐在沙发上，开始讲述关于这一巴掌"误伤"的故事。

“林若仪吗？”陆远乔神思深沉，握着钢笔的手微微紧了紧。

“啊，就是她。不过陆远乔，这真的是个误会，可能当时只是太激动了吧！”梁乔笙有些小心翼翼地瞟了陆远乔一眼。在他面前说女朋友的坏话，总归是不好的。

陆远乔看了她一眼，不置可否：“我知道她是什么样的人，不用你特意提醒。”

梁乔笙笑了笑：“呵呵，你确实和林小姐熟一些。”

陆远乔眉色不改，伸手轻轻点了点她的额头：“不要乱想，我们只是幼时认识而已。”

“哦，青梅竹马啊！”梁乔笙下意识地接口道。

陆远乔顿了顿，气闷道：“只是小时候认识，不过后来我出国了，就很久没有联系了。”他绝对不是在解释，只是在给梁乔笙说出事实而已。

梁乔笙点了点头，示意自己明白了。

两人交谈间，门铃响了。陆远乔示意梁乔笙去开门。

梁乔笙担忧道：“有人知道我们在一起不好吧，会误会。”

“无妨，应该是我的秘书来了，他来和我讨论案子。”陆远乔摇摇头。

梁乔笙跑去开门。

“你好……”将门打开，后面的话还未说完，声音便消失在喉咙里，浑身一阵僵硬，脸色煞白，梁乔笙很想转头就跑，可脚下却像是生了根似的，怎么也动不了。

荣久箫站在门外，在看到梁乔笙的那一刻，眼里划过一丝不可置信，眉头紧缩：“梁乔笙，你怎么在这里？”

话音甫落，脸上一阵寒气涌现，刹那间乌云密布，似有暴风雨即将到来，带着让人心惊的戾气。他抓起梁乔笙的手臂，手掌的劲道大得几乎将她碎裂：“梁乔笙，你最好给我合理地解释一下，你为什么会在这里？”

荣久箫一字一顿地开口，说到最后，话语已经咬在了嘴里，带着不可抑制的愤怒。那是被欺骗的愤怒。

“荣久箫，我……”梁乔笙的唇有些抖，一张脸白得几乎透明。该怎么说？该如何解释？

荣久箫捏着她手腕的力道越来越大力，就在这焦灼间，陆远乔的声音从屋内传来：“梁乔笙，怎么这么磨蹭？你在门口睡着了吗？”

陆远乔的声音从客厅里响起，让门口的两人听了个一清二楚。完了，更无法解释清楚了。梁乔笙有些认命地闭上眼。

“梁乔笙！”荣久箫的声音几乎压不住那狂飙的怒火，“我怎么不知道你跟陆远乔如此相熟，甚至到可以同居的地步了。”

“梁乔笙，说话。”看着她沉默不语，荣久箫的火气越发大，几乎是怒吼出声。

“对了，我忽然想起来了。报纸上是这么写的，荣家养女勾引陆家太子爷，当众无底线。”他顿了顿，冷笑道，“梁乔笙，你现在是不是要告诉我，报纸上写的都是真的？”

梁乔笙抿了抿唇：“不是的。”她的手腕有些痛，所以挣扎了下，“荣久箫，你先放开我，我跟你解释。”

“好，我会慢慢听你解释的。”荣久箫话音一落，手臂大力将她拉出门，那拉扯的力道让刚刚烧退的梁乔笙有些头昏眼花。

“荣久箫，她才退烧，你这样会让她不舒服。”陆远乔有些不赞同地皱眉道。

荣久箫停止动作，看向的陆远乔的眼神满是狠戾：“关你什么事！”

陆远乔伸手拉起梁乔笙的另一只手，神色间满是冷凝：“你现在很冲动，这样会伤到她。”他看着梁乔笙惨白的脸色，还有因为疼痛而皱起的眉眼，语调间满是不赞同。

荣久箫看到陆远乔拉起了梁乔笙的手，心里的恼怒更甚：“我说了，不关你的事。陆远乔，你放手，我接我太太回家关你何事，你用什么身份阻止我？”

“陆远乔，我现在要跟我太太好好谈一谈，你给我放开。”荣久箫说话间，眼睛一直盯着梁乔笙，尤其将那“谈一谈”三个字眼咬得颇为使劲。

“陆远乔，你要是觉得你有资格阻止我的话，那你就别放手。”荣久箫一侧头，便狠狠地瞪着陆远乔。那双以往沉静的眼睛此刻暗沉得惊人，如同一匹孤狼，欲将眼前的人撕裂嚼碎，吞吃入腹。

陆远乔心里悸动。资格？细细想来，他确实没有资格能够阻止夫妻之间的事情。

“荣久箫，我和陆远乔不是你想的那样。”梁乔笙的声音带着一丝喑哑。

“你给我闭嘴。”荣久箫的手又微微用了劲道，捏得梁乔笙的手腕有些发红。他朝着梁乔笙吼完，又转头看向陆远乔：“陆远乔，你到底以什么身份阻止？”此刻的他内心已无法控制，他不敢想象他俩昨晚发生过什么。

陆远乔明白他的意思。他想问：你到底和梁乔笙有没有发生关系？自然，没有。

陆远乔缓缓松开梁乔笙的手，一点一点。

荣久箫看到他松手，冷哼一声将梁乔笙拉到自己身后，随即便转身离开。

梁乔笙被他拉扯着朝电梯里走去，有些跌跌撞撞。

陆远乔看着他们离去的背影，眼里浮现一丝晦涩不明的光芒。他站在门口，似是在思考，表情显得有些深沉。

荣久箫将梁乔笙拽上车，一言不发，全身充斥着令人心惊的怒意。

梁乔笙坐在后座，揉了揉有些刺痛的手腕。她看着坐在驾驶位上的荣久箫，抿了抿唇正想开口，却见他连安全带都不系，一脚油门将车飙出了车库。

一路上，他沉默地开着车，车速快得惊人，梁乔笙有些心惊："荣久箫，你慢一点，这样会出事的。"

荣久箫充耳不闻，只是一味地踩死油门，闯着红灯，丝毫不理会身后的梁乔笙以及那些被超车而骂骂咧咧的车主。

要不是心血来潮代替出差的秘书去邀请陆远乔参加HKK的展览会，他恐怕还真就错过了这样令人羡慕的"温馨一幕"。

车子飞速驶进荣宅，梁乔笙心头有些莫名慌张。

"下车。"荣久箫打开车门，站在车子旁厉声喝道。

梁乔笙心里一惊，身子往后缩了缩："荣久箫，你要干什么！"

"我说，下车。"荣久箫皱着眉头，不耐烦地再次重复，话语里满是不可违逆的冷意。

梁乔笙死死抓着车把手："不，荣久箫，你要干什么？"

"我不能这么做？那你说我该怎么做？我的太太背着我爬墙，我头上戴了一顶多大的绿帽子啊！你说我该怎么做？"

梁乔笙咬牙盯着他，袖口里的手紧握成拳："荣久箫，你到底要做什么？"

荣久箫冷哼一声将手机收起，伸手揽过梁乔笙，察觉到对方瞬间的僵硬，他不禁一阵冷笑："怎么？我碰碰你都不行了吗？"

梁乔笙深吸一口气，便不再作声。她忽然想起什么，有些迟疑道："那你呢，你昨晚上……又在哪里？"

荣久箫停下强行动作，略思索。昨晚？昨晚上她没有给他一个电话，也没有短信，加之今天看到的一切，他是不是可以猜测，她昨晚都在陆远乔的家里乐不思蜀了。

“昨晚上当然是在顾西贝那里，怎么？身为荣家少夫人，终于要开始掌握自己丈夫的去向了吗？”荣久箫话语里的讥诮越发严重。

梁乔笙眉眼暗沉，果然是在顾西贝那里过的夜。想起自己昨夜傻傻地在寒风中等了一夜，就觉得讽刺可笑。到底心里还存有什么期盼？居然还会傻到去做那样的举动，又不是热血的青春年少，还要如此的等待来彰显自己的深情。

栅栏大门外不时有行人踮脚探头，狐疑地打量二人的动作。

察觉到别人打量的目光，荣久箫的神色越发不快，心中的不耐也已经到达了顶点。

梁乔笙咬了咬牙，直直对视荣久箫，不避不让：“呵，你还跟我提‘太太’这两个字？你什么时候把我当成你的太太了？让我想想你到底有几个情人，名模安莉，交际花苏瑞儿，大明星荣甜甜，啊，还有你所谓的正宫顾西贝……还有谁？啊，我一时记不清了。那么多你的情人，可曾有一个叫梁乔笙的人？”

面对荣久箫时，她的眼眸里第一次有了质问的神色，周刊报纸上那么多关于他的绯闻，她都不去相信，可是这次她却是无法隐忍。

“荣久箫，你现在来跟我讲‘太太’，不觉得可笑吗？”梁乔笙咬牙气急道。

“哼，安莉身材比你好，苏瑞儿比你会说话，荣甜甜的床上功夫好，顾西贝模样漂亮，哪一个你比得上。你不过是我为了股份娶回来的妻子，要做的就是谨守本分，还指望我把你捧在手心里了？”梁乔笙的质问让荣久箫气急，连带着说出的话都有些口不择言。

那么久了，梁乔笙从来没有这么对他说过话，难道出现一个陆远乔，就给了她反抗质问的勇气吗？荣久箫越想越气愤，丝毫不觉得自己说出的话有什么不妥。吵架的人，理智总是归于零的。

梁乔笙在听到他说出最后一句话时，眼神瞬间黯淡，身子也软下来，头脑越发昏沉，心情苦涩得如同黄连，连争辩的力气也一瞬间被抽走了。

情人吵架的初衷是为了和好，为了更好地生活。可是他们这样的吵架算什么呢？口不择言有时候才是心中最真实的想法，因为心里早有这种想法，所以才会冲口而出。

冲动有时候何尝不是自己内心的真实想法。梁乔笙此时的心情似乎走进了死胡同，事情都往灰暗的地方去想，连解释也毫无意义。

“呵，对啊，我不过是你争夺股份的资本，既然如此，你又何必这么生气？”她抬头无神地看着荣久箫，声音轻轻的，如同尘埃飘浮在空气中。

她的眉眼没有了方才的活力与愤怒，而是如静湖一般平静。眼眸里没有了粼粼波光，就这么平静地看着他，好似一潭死水，任何风吹过都翻不起一丝波澜。

荣久箫听着她的话语，蓦然一怔，想要开口解释，忽又记起刚才发生的一幕，顿时脸色变得难看。明明理亏的是她，做错事的也是她，凭什么自己要解释？

“对，我确实不必这么生气。反正你怕是已经被陆远乔给染过了，不知道用了几个姿势，想来你也没什么好矜持的了……”荣久箫的话还没说完，梁乔笙一巴掌打上去，内心带着撕扯般的疼痛。

他眼眸里的光芒一闪，却没有躲开。

梁乔笙愤怒道：“荣久箫，你这句话不仅侮辱了我，也侮辱了陆远乔。”

荣久箫讥诮道：“是吗？恐怕你的重点是最后一句，侮辱你是小事，侮辱陆远乔才是大事。”

“随你怎么想，我不想跟你争。”梁乔笙索性转头看向车窗外，心里只觉一阵疲累。

荣久箫的右手轻轻转动无名指的戒指，眼眸里一片幽深，让人看不清楚情绪。

两人一个在车外，一个在车内，好一段时间都没有出声，沉默着，似乎都在冷静。

“荣久箫，我真是受够你了。”梁乔笙有些艰难地说完这句话，忍着喉咙间的颤抖，打开车门便匆匆离开。到最后，几乎是一路跑着离开。

荣久箫看着她奔跑的背影，还有方才微红的眼眶，握紧拳头狠狠砸在了车门上。

“该死。”一声低咒，内心矛盾，事情本不该发展成这样。

梁乔笙一路跑着，荣久箫的话在自动播放似的同寒风灌入耳内。终于有些累了，转角处一个白石的台阶，她坐下，将脸庞埋入自己的双腿间。泪水肆意流泻，无声地呜咽。

她不是在哭荣久箫今日的羞辱，而是在哭自己的傻。到底是因为什么？就因为荣久箫一句话，所以跑到寒风冷夜中等了一夜，还痴心地想要跟他分享她喜欢他的心情。

现在想想，她不禁有些庆幸。幸好，幸好她没有机会说出口，没有说出自己还爱着他的傻话。

多少人爱你青春欢畅的时辰

夜来月下卧醒，花影凌乱。

荣久箫披着睡袍走向阳台处，夜风从紧闭的窗户缝隙中钻入，掠过皮肤，丝丝寒意。他看了一眼紧闭的卧室门，那是梁乔笙的房间。

两人好不容易维持微弱的平和状态，在今天被打破。想到这里，荣久箫便越发烦闷，走到柜台前拿起杯子，倒了一杯威士忌，冰块落入，一口灌进口中。辛辣的滋味滑入喉咙，直冲心底。拿着杯子，轻轻晃动，冰块碰撞杯壁的声响在黑夜里异常清晰。

他望向窗外，脑海中浮起很久远的场景。

冬至，初雪。

他坐在壁炉旁看书，安静的房间里，只有窗外雪花轻微的簌簌声响。

梁乔笙从楼上跑下来，因为跑得太急从楼梯上摔下来，所幸只是最后一个阶梯，地上又铺有厚厚的羊毛毯，倒也没摔出什么问题，只是委屈是必然的。

小女孩忍着什么都没说，默默地爬起来。那天她穿着红色的毛绒外套，眼睛圆圆，像极了童话里的小红帽。

他看着她慢腾腾地爬起来，那笨拙的模样让他不自觉心软，他放下了书，将她抱了起来。

“啊——”梁乔笙眼睛瞪得更圆，似是惊讶地看着他。

“嘘，别闹。”荣久箫抱着她坐回椅子上，就着炉火的温暖，抱着小小的她，就这么继续看书。

他记得那时的雪花似乎有了欢欣的味道，也记得小小的她指着书上的字句，声音软糯甜美。

“哥哥，这是什么意思？”犹记得她问。

他看向她，下意识地，他排斥这个称呼。

她的眼眸如月牙般弯弯，那笑声充斥着整个冬天里的大厅。

可是，现在，他们长大了，以往的那些美好也全都丢了，时间抹去太多珍贵的东西。

将思绪拉回现实，荣久箫想到今天在陆远乔家的情景，她的笑意如此慵懒，她对陆远乔的维护如此明显。手掌将酒杯蓦然捏紧，眼眸里的光芒变得阴鸷。将半杯酒一饮而尽，似乎想借酒精来麻痹心中的疼痛和愤怒。

放下酒杯，他缓缓走向那扇紧闭的卧室门。轻扭便打开，这让他在诧异的同时，又有一丝安慰。梁乔笙没有反锁门，她并不担心他会做些什么。她不怕他，她信任他。这样的自我认知让他愤怒的心平静了许多，大脑的理智也渐渐回归。

脚步声轻浅，他走进去，月光从窗隙溜进，映照着床上的娇美睡颜。梁乔笙睡得并不安稳，那蹙起的眉心让荣久箫的心也跟着揪起来，他不想看到她不安稳的样子。

想到这里，荣久箫心里不觉有些挫败。每次都是这样，她什么都不做，就能引起他的心绪紊乱，以前是，现在依然是。

走至床前，俯身看梁乔笙，这般娇美容颜，要是再相互猜忌，相互伤害，怕是真会被人劫走了。

“陆远乔。”他在心底念这个名字，眼底的寒光如同冬至的霜雪。可能是他的情绪外露太过明显，以至于睡梦中的梁乔笙都有感觉，微微瑟缩，如同被人抛弃而受惊。

“久箫。”不知道梦到了什么，梁乔笙轻轻呢喃了他的名字。

“阿笙。”他轻唤她，俯身低头，薄唇轻轻吻上了额头。那是虔诚的、带着满满的爱意的吻。

轻轻掀开被子，正想躺在她的身边，敲门声却响了。荣久箫懊恼，下意识看向梁乔笙，幸好没被吵醒。

他打开门，却是管家吴妈诚惶诚恐地弯腰道歉：“对不起，少爷，这么晚了打扰您，是夫人打电话找您。”

荣久箫神色微敛，轻轻关上门，接过吴妈手中的移动电话：“妈，这么晚了有什么事情？”

林曼姿此时正端坐在沙发上，对面站着抽抽噎噎的顾西贝，口气不善地说道：“我正想问你呢，你和顾西贝怎么回事？好好的你为何不接她电话？”

荣久箫眉目一凛，今天因着梁乔笙的事情心里烦躁，哪里还有时间去理会旁人。“顾西贝怎么了？”

听着他的问话，林曼姿拔高了音调：“怎么了？你还好意思说怎么了？我怎么跟你说的，她可是你的救命恩人，没有她哪来现在的你，你不对她好点，良心上过得去吗？”

荣久箫揉了揉额角：“妈，现在很晚了，明天再说。”话音一落，很干脆地将电话挂断。

电话里的忙音让林曼姿的脸色变得铁青，她对着顾西贝劈头盖脸一顿骂：“这么多年，你都没有把久箫给拴住，有什么用？”

顾西贝红着眼，双手握拳：“给我时间，一定可以的。”

“给你时间，我给了你很多的时间。当年的绑架案，你平白捞得一个救命恩人的名头，那么好的机会，你都没有让久箫爱上你，你说说你有什么用？”

林曼姿越说越难听，让顾西贝很不悦，终于忍不住冲她怒道：“我不是你的谁，我们两个充其量只是一条绳上的蚂蚱，你有什么资格跟我吼？当年的事，你虽然出了力，可是圆谎的人是我，你可别把我逼急了……”

林曼姿被顾西贝吼得一怔，脸色变了又变，要不是看在顾豪的面子上，她才不会对顾西贝这么有耐心。她之前就跟顾豪提过，顾西贝太年轻，冲动易坏事，可顾豪不听，现在好了，还要让她来收拾烂摊子。

她扯出一个勉强的笑容：“西贝啊，阿姨刚刚也是着急了，你不要介意。”

顾西贝闭了闭眼：“嗯，我不介意。”是啊，她怎么会介意，她只介意当年的事情，为何她不是主角，还要顶着替身的名头才能待在荣久箫的身边。

当年荣久箫被绑架，救他的并不是她，可是林曼姿却使了手段，让荣久箫误以为是她。

她顾西贝是荣久箫的“救命恩人”，因为这四个字，她才能如此肆无忌惮地待在荣久箫的身边。

顾西贝深吸一口气。当年的事情，她一刻都不敢忘。

梁乔笙为了救荣久箫，引开了绑匪，她的手指被追上来的凶悍匪徒掰断，那脆响在那天的黑夜里成了顾西贝心中的一个魔。她躲在不远处，亲耳听到梁乔笙凄厉的叫喊。十指连心，平日里手指上一个小伤口就让人疼痛，更遑论是如此非人的折磨。

最终，荣久箫得救。

可是林曼姿却将所有事情都颠倒黑白。荣久箫并不知道，或许永远都不知道，他的救命恩人就是他身边的人，是梁乔笙。一个为了他手指骨裂，为了他可以去死的女人。

站在旁观者的立场，她是佩服梁乔笙的，可是在爱情的角逐里，她不能佩服，也不能够相让。她绝对不会退让，荣久箫最终一定会是她的。

米白色的桌子，精致小巧的日历，手拿着笔轻轻勾画出日子。自从和荣久箫在教堂交换戒指后，已有三个月没去 HKK 公司了。梁乔笙看着手机上的短信，有些疲累地闭上眼。这几日陆决然的短信一次比一次长，一次比一次急。

她知道公司正在发生些什么，也知道林曼姿的人有多么着急。可是……她想避开荣久箫啊！她不想和荣久箫针锋相对，不想再去破坏本已脆弱不堪的信任。

“滴答！”手机信息的声音又响起。梁乔笙看着手机走神，最终还是点开，入眼便是一张截取的新闻图片。“刺啦”——刺耳的一声，椅子刮擦地板的声响。猛然起身的动作让梁乔笙有些站立不稳，呼吸紊乱了几分。新闻上赫然一个大标题：“林曼姿对外宣布顾家长女是儿媳妇的标准人选”。

真是好样的，林曼姿就这么迫不及待了吗？微微闭了闭眼，想到这几个月的忍让，唇角勾起一丝嘲讽的笑意，果真，忍让不是她的风格啊！

打开衣柜，换上 Chanel 最新款的套装，剪裁得体的小西装，勾勒出完美的腰线，长发束高，清丽绝伦的五官更显得立体。细长的口红在纤长的指尖缓缓转出，大红的颜色，张扬如火。对着镜子，口红耀目的色泽染上薄唇。眼眸微挑，带着一丝傲气，咖啡色的眼瞳透彻，映在镜子里有了更多锐利的味道。

红唇若花，艳丽张扬。玄关处，高跟鞋轻缓地穿在脚上，清脆的声响带着逼人的霸气。

梁乔笙走出大门，阳光倾泻，将她身后的影子无限拉长……荣宅里的管家第一次看到如此艳丽逼人的梁乔笙，都有些呆愣。

她一步一步，走过那条小径，高跟鞋的声响踩在石板路上，清脆悦耳。

“少夫人，您这是要去哪里？”林曼姿派来的管家吴妈壮着胆子拦在梁乔笙面前。

梁乔笙微微抬眼，眼神锐利。

吴妈被看得有些心悸，情不自禁地往后退了两步。她吞了吞口水，梗着脖子说道：“夫人说了，您近期去哪里都得给她报备一下。”

梁乔笙定定地看着她，淡淡两个字：“让开。”

吴妈还想说话，却听梁乔笙又开口：“你儿子刘天赐在外面欠了不少钱吧？”

吴妈顿了顿：“少夫人您是什么意思？”

梁乔笙微微摇头，打开手机拨出一个电话：“决然，告诉阿炳，刘天赐的钱别要了，留下他一双手就可以。”

吴妈一听，脸色顿白，伸手就要抢梁乔笙的电话。梁乔笙一闪，躲过了吴妈的动作，唇角的笑意越发的嘲讽。

“不，不可能，现在可是讲法律有警察的社会，你一个飞上枝头的麻雀休想诓骗我。”吴妈又急又怀疑。

梁乔笙挂掉电话，冷哼一声。

微微上前两步，那双眼眸太过透彻如刀，吓得吴妈直接跌坐在了地上。

梁乔笙微微弯腰，轻声开口：“吴妈，我想你搞错了，在东城，在 HKK，我才是最大的掌权人。”

梁乔笙的车停在 HKK 大楼前，过往之人皆侧目。

车门打开，高跟鞋踩出，正欲走进，却听得司机老李轻喊：“小姐……”

梁乔笙回头，看到老李略带担忧的表情。他是荣向南的司机，在荣家待了近二十年，是看着梁乔笙走进荣家大门并一步步走到今天的。

梁乔笙面带笑容：“李叔，担心什么，我只是去开会，又不是去赴死。”

老李有些不知该说些什么，只讷讷回道：“小姐您跟少爷好好的，不要吵架。”

梁乔笙摇头：“不会的。”说罢转身踏进公司大门，唇角的笑意也转瞬即逝。

她怎么会跟荣久箫吵架呢？在涉及集团股份时她从来不想跟他起任何冲突。

刚踏进大厅，就有人上来拦截。“您好，小姐，请问您有预约吗？”前台刘美含抬高下巴，趾高气扬地问道。

她打量着梁乔笙，心里有些不甘又有些不屑。不甘的是梁乔笙的容貌，不屑的是来找荣总攀关系的女人多如牛毛，她每天站在这里都要打发好多个。

梁乔笙看着拦她的前台，微微挑了挑眉梢。还真不错，不过几个月光景，连前台客服都换了个一干二净，连她都不认识了，不知这到底是林曼姿的手笔还是荣久箫的。

刘美含看梁乔笙不说话，不觉将头抬得更高了些，果然又是个想要倒贴的女人。

“对不起，公司不能让闲杂人等进出。”她将“闲杂人等”四个字加重了音调。

梁乔笙没有多言，从包里拿出手机，拨通电话。

“阿笙，怎么了？”荣久箫冷冽的声音在电话那端响起，细细听还有一丝欢欣。梁乔笙很少主动给他电话，尤其上个月的事情发生后，他们更是很少说话了。

梁乔笙看了眼刘美含，轻声开口：“我在楼下。”

“楼下？哪个楼下？”荣久箫有些吃惊。

梁乔笙轻笑：“我在HKK的楼下，还被你的前台拦住了。”话音才落，电话就被挂断。

“小姐，我说了，请你离开。”刘美含的声音拔高。

梁乔笙正盯着被挂断的电话，眼神莫名，再听到这一句尖刺的话，不禁眉头微皱，正欲转身离开，身后一阵大力传来。

“阿笙，你怎么会来？”荣久箫紧紧抱着她，还有些微微地气喘。

梁乔笙眼底一丝惊讶一闪而过，她以为荣久箫挂掉电话是不想理会她，没想到会这么快下来。

刘美含看着紧紧抱着梁乔笙的荣久箫，一时间有些发怔，她从来没见过荣总这么紧张的样子，即使顾西贝来，他都没有什么多余的表情。况且，荣总的爱人不是顾西贝顾小姐吗？这女人又是从哪里冒出来的？

“荣……荣总。”刘美含有些诚惶诚恐。

荣久箫正身揽过梁乔笙。“连我太太都敢拦，我想你不适合这份工作。”

“荣总，您的爱人不是顾小姐吗？”刘美含瞠目结舌。

荣久箫下意识地看向梁乔笙，却见她的表情依旧那般清冷，唇角含笑，仿佛丝毫不受影响。

他瞪了一眼刘美含：“马上给我走。”说罢揽着梁乔笙进了电梯。

梁乔笙从始至终没有说一句话，脸色也没有任何的变化，这让荣久箫心底有微微的挫败，也让他心里隐隐有些琢磨不定的感觉。

似乎，梁乔笙哪里不一样了。

顶楼总裁专属办公室，梁乔笙看着桌上堆积的文件，微笑着挣脱荣久箫：“你还忙着呢。”

梁乔笙笑着径直走到落地窗前的沙发旁：“你先忙吧，我刚好也休息一会儿。”说完坐在沙发上，自顾拿起一本财经杂志看。

阳光透过玻璃，洒在她的身上，暖暖的光晕，那安静的面容让荣久箫突然什么话都说不出来。他顿了顿，便走向桌前，开始继续处理文件。

整个房间里，只有偶尔翻书和写字沙沙的声响，不知过了多久，荣久箫抬头看向沙发处，却发现梁乔笙已然睡着了。他起身走过去，俯身蹲下。

“梁乔笙，你知道这么多年，我有多想你吗？我真的好恨你，恨不能将你撕碎了，可是……”可是，当他再次看见她悄生生地站在他面前时，他竟欣喜得大脑一片空白。

他明明该厌恶她的，一个为了钱什么都可以不要的女人，根本不值得他浪费感情，可是，他努力了，他真的很努力了，却还是放不下。

在美国的那七年，他依旧没放下。现在，她又跟他有了纠葛。

"梁乔笙，世上那么多的男人，为什么当年你偏偏要来招惹我？"指尖摩挲着柔嫩的肌肤，荣久箫心情变得复杂。

视线被梁乔笙发迹里一抹淡粉色的伤疤吸引，这么多年了，这道疤痕竟一直没有褪去。

当年，因为他，梁乔笙从二楼掉下去，尽管下面是个水池，因为头部磕到水台，伤口太深，从此留下这个疤痕。

就是这个傻女人，为了钱连同老爷子背叛他，甚至现在还有可能是自己的杀父仇人。想到这些事情，荣久箫放在梁乔笙头顶的手指一僵，快速地缩了回来。

"嗯……"沙发上的梁乔笙轻哼一声，睁开眼睛，看到荣久箫略微沉痛的表情。莫名地，梁乔笙心脏一阵刺痛，说不出来理由的闷痛。

一念天堂，一念地狱

"你……忙完了？"梁乔笙坐起身，身体下意识往沙发里缩了缩。

"梁乔笙，你睡得真久。"荣久箫笑得意味不明，下一秒将梁乔笙打横抱了起来。

"啊！"梁乔笙来不及做出反应，整个人已经腾空而起。

一手打开房门，办公室的隔间里是个小套间，床铺家具一应俱全。荣久箫径直走向那正中央的大床，将梁乔笙抛了上去，不等梁乔笙逃脱，欺身而上。

"你……不要冲动，我们应该好好谈谈……"

荣久箫勾唇轻笑，坚毅的线条变得柔软，深瞳幽暗，紧锁怀里紧绷的小身躯，低沉的声音透着嘶哑的性感："梁乔笙，我记得我们是夫妻。"

"我找你是有事的，不是来……"接下来的话梁乔笙没有说下去。

"嗯？那你为什么来找我？"坚硬而滚烫的身躯越贴越紧，梁乔笙感觉到了身上男人的重量。

"久箫，你先起来，别压着我，很重。"梁乔笙试图拉开彼此的距离。

"阿笙，你该尽自己的义务。"荣久箫说完起身，脱下外套，扯掉领带，修长的指尖快速剥落白色的衬衫。

"等……等一下！"梁乔笙突然出声，转过头，"你别……脱衣服，也不要逼我，我……"

荣久箫看了眼梁乔笙，嗤笑一声，手里的动作继续。

梁乔笙看到荣久箫近乎全裸的健壮身躯，惊声道："荣久箫！"

几许后，梁乔笙再回头时，房内已没有荣久箫的身影，只留地上散乱的衣服，浴室传来哗哗的水声。

梁乔笙整了整衣衫，看着浴室里模糊的人影，眼里的光芒有些晦暗不明。

滴答！手机短信的提示音。梁乔笙看向床头，那是荣久箫的手机，她顿了顿，终是拿了起来。

短信内容很简单："晚上一起吃饭，我到楼下等你。"发信人：顾西贝。

梁乔笙唇角勾起一抹讽刺的笑意，原来又是她自作多情了！就在刚才，荣久箫和她一阵笑闹，让她几乎以为他们就是感情深厚的夫妻。却不过，一条短信，就让她从虚幻中被打入现实。

看一眼浴室方向，她起身拿杯子倒了杯水，水很清澈，一粒白色小药丸轻巧放入，瞬间化为透明。

浴室门推开，惊得梁乔笙手微微一抖，些许水洒出来。她转身，微笑清丽，眼眸里都是醉人的光。“喝水吗？”声音轻柔。

荣久箫一手拿着浴巾擦拭头发，一手接过水杯，仰头喝尽。

看着荣久箫喝水的动作，梁乔笙手微微握紧，掌心些许汗水沁出。

荣久箫将杯子递给梁乔笙，她抿唇笑了笑，转身将杯子放回桌上。荣久箫从背后环抱，将她紧紧箍在怀里。他穿着浴袍，身上有着沐浴后的清香，身躯相贴的炙热让梁乔笙的耳垂微微发红。

“怎么了，久箫？”她轻声问。

“帮我擦头发。”荣久箫放开她，坐到床边，将浴巾递给她。

梁乔笙接过浴巾帮他擦拭头发。荣久箫环上她的腰，不带一丝情欲的亲昵，温柔，只是想单纯地环抱住眼前这个人。

梁乔笙手上的动作顿了顿，他坐在床边，她站着，这般环抱的动作，让她觉得荣久箫似有一些脆弱。

“以后不准和陆远乔见面。”荣久箫将头埋入梁乔笙的腰间，声音有些闷闷地传来。

梁乔笙怔愣，半晌才想起他在计较的事情。

“久箫，我和陆远乔并没有什么，而且我们也已经很久没有再见面了。”

“我知道。”片刻后，荣久箫才回答。

“阿笙，我知道的。”他不是不相信她，只是对自己没有信心。

“对于我之前的口不择言，我道歉，对不起。”荣久箫看着她，声音温柔，眼睛里只映着梁乔笙的面容。

梁乔笙再次微愣，记不清今天见面是第几次发愣了，所有发生的事情让她有些不适应。

他的笑容，他的亲昵，还有那满含柔情宠溺的眼神，让她不知该作何反应。一直以来，他们都是剑拔弩张的，彼此间的温和都是假象。梁乔笙却不知，自上次事件后他的心情一直是紧张的。

紧张和懊悔都快将荣久箫压碎了，他不该口不择言地质疑她，他想过跟她道歉，可是第二天早上却没看到她的人。天知道他当时的内心有多么翻腾，他到底还是爱她的，嘴上说得再狠，可是内心却是骗不了人的。他的情绪会因她而起伏，会因她心痛，因她难过。他想，她就是上天派来折磨他的。

荣久箫揽抱着梁乔笙腰身的手越来越紧，不知是谁主动轻轻吻上，先是细密温柔，气息交缠间，忽然如同星火燎原，身躯柔软地陷落到床铺间。

可是……为何他感到晕眩，眼皮也越来越重。

荣久箫双手抓着梁乔笙的肩膀，努力晃几下头，想要抵抗那股疲倦，可是却无济于事。梁乔笙的面容在他的眼里越来越模糊，到最后，终于闭上眼。

看着昏睡过去的荣久箫，她那紧握的手掌缓缓放开，这药效倒是真不错。她平复了一下因拥吻而有些紊乱的呼吸，然后将荣久箫的身体摆正，盖上被子。她起身看着荣久箫安静沉睡的眉眼，伸手轻轻抚摸着他的脸颊。睡过去的他，少了往日的锐利与霸气，多了一分纯净温和。

“对不起。”梁乔笙俯身在他额头吻了一下，一声歉意轻轻从唇间溢出。

HKK 的会议室里，此刻董事会高层都到齐，林曼姿坐在主位上，神情愉悦。

有股东皱了皱眉道：“荣夫人，恐怕您不适合坐那个位置。”

林曼姿听到这句话，笑意收起，看向对方，声音尖锐：“这是我儿子的位置，我怎么坐不得了？他是我生的，他的就是我的，这有什么？”顿了顿，随即又开口道，“算了，不等久箫了，肯定是有事情被绊住了，我们开始会议吧！”

“这次会议的主题是转让股份，荣向南生前病糊涂了，将股份转给了外人，现在我希望在大家的帮助下，对抗外人。”这“外人”一词，大家都心照不宣。

在座的人互相交换了眼神，看来林曼姿是想换下梁乔笙。

“我儿子的股份加上我的，足以让我成为这个公司的最大决策者，所以说……”

“荣夫人，今天的风可不大，您怎么就被闪了舌头？”一个清亮的声音从会议室外传来，随着声响，会议室的门被打开。

梁乔笙带着笑意进了会议室，她挑眉看向林曼姿。

“梁乔笙，你什么意思？”林曼姿看到梁乔笙，从座位上站起来，浓妆艳抹的脸上满是厌恶的表情。

梁乔笙走到会议长桌的另一端坐下，慢条斯理地开口：“字面上的意思，哦，你没听清楚啊，那我再说一遍。你刚才说你跟荣久箫的股份加起来便能让你成为公司的最大决策者，你说这样的大话也不怕风大闪了舌头？”

声音清浅，面带笑意，会议室里的其他人都不吭声。她坐在那里，双手交叠放在会议桌上，随意的姿态让人不容小觑。

荣向南生前曾说过，梁乔笙静时如猫，动时却如虎，没有惹到她时，她具有让人心悸的忍耐力，一旦触碰到她的底线，那便是一场灾难了。梁乔笙，从来不心软。

林曼姿听着梁乔笙的问话，随即大声反驳：“我哪里说错了，我儿子的加上我的，不就比你多了吗？”

梁乔笙点了点头：“哦，确实如此呢。”

林曼姿顿时趾高气扬起来，下巴抬得高高的。“你现在最好搞清楚，我才是 HKK 最大决策者。”

梁乔笙歪了歪脑袋，“请问荣夫人，荣久箫有将他的股份转让给您吗？”

林曼姿脸上的笑意一滞，随口道：“他是我儿子，我想让他转就转，这有什么好怀疑的。”

梁乔笙表情严肃，道：“荣夫人，没转给你就不是你的，你自己持有的股份少得可怜，连参加高层会议的资格都没有，不知道你是以什么身份坐在这里？”

会议室里的气氛陡然紧绷，如同拉长的弦。

梁乔笙看向林曼姿：“荣夫人，您现在该出门往左拐了，不要耽误我们的会议，否则我让保安进来将您请出去可就不好看了。”

林曼姿脸色铁青：“你是以什么身份跟我说话？不过是个忘恩负义的白眼狼，还真以为自己是个人物了。”

梁乔笙并不生气，只是轻挑眉梢：“我数三个数，荣夫人要是再不自觉，我就叫保安了。”

“你敢！”林曼姿瞪大眼睛，有些不可置信地看着梁乔笙。

她从未想过梁乔笙居然敢跟她如此说话，她一直以为她翻不起什么浪。纵使以往从旁人嘴里听到夸赞的话，她都是不屑一顾的，那不是梁乔笙的本事，没有荣向南的帮衬，梁乔笙能做什么。

可现在，就是她从不放在眼里的女子，居然敢明目张胆地威胁她。

“梁乔笙，你算什么东西？”因梁乔笙的倨傲，她气急道。

“三……”此刻会议室里所有人都惊异，紧绷呼吸，观风向。

“二……”

“梁乔笙！”林曼姿又惊又怒。她不相信梁乔笙真的敢这样对她，但若真的叫来保安将她请出去，那她绝对会成为上流圈子里的笑柄，她不允许这样的事情发生。

“我还有事，懒得和你在这里浪费时间。”寻了个由头给自己台阶下，林曼姿恨恨看了一眼梁乔笙，便拎着包走出会议室。

会议室里片刻的安静，大家都对这样的转折有些反应不过来。

梁乔笙轻拍手：“大家安静一下，接下来我们谈谈我不在期间，你们和荣久箫做了哪些决策，毕竟……”梁乔笙的话语顿了顿，眼眸环视一圈，直将一些别有用心的人看得心里惴惴不安，“毕竟我还没从公司里退出去，有权了解这些。”

会议如火如荼地进行着，而顶楼小套间的床上，荣久箫依然在沉睡。

同一时刻，这个城市的另一头，陆远乔站在玻璃窗前，手执着水晶杯，杯中的红酒泛着鲜艳的光泽，像极了女子红唇，妖冶而又摄人心魄……

会议室的门打开，HKK的高层股东鱼贯而出，脸上都是沉重的神色。

梁乔笙坐在会议室里，脸上已没了笑意。她揉揉额头，看向窗外，恰有飞鸟掠过，一片红云如火，落日辉煌，有一种说不出的凄美壮丽。她不禁在想，她与荣久箫的感情是不是也是这样？青春不羁，肆意张狂，最后却两败俱伤。

她犹记得荣向南那句话：“梁乔笙，你想让久箫对你愧疚吗？想让他一辈子都活在痛苦里吗？”

不，她不想的，所以她选择了放弃，放弃了青春年华的刻骨铭心。终究，他远走他乡，她一人独自舔伤。

有时候，不知道真相的人才是最幸福的。梁乔笙唇角溢出一丝苦笑，心里隐隐有些伤感，忽然电话铃声突兀地响起。

她看了眼来电显示，犹豫了片刻还是接起了电话。

“阿笙，是我。”陆远乔的声音带着笑意。他在她面前总是带着笑意。

“我知道是你。”梁乔笙轻声开口，顿了一秒，复又问道，“你……有什么事情吗？”

“我就在大门口，你出来吧！”陆远乔声音里带着一种喜悦。

“大门口？”梁乔笙有些疑惑。

“对啊，我在 HKK 的大门口，你现在不是在 HKK 吗？”陆远乔的话语太过自然，以至于让梁乔笙忽略了为何他会知道她在 HKK 的事情。

人已经到大门口了，她没有拒绝，又有些无奈。“好，我马上下去。”似乎，自从遇到陆远乔后，她无奈的次数越发多了。

踏出公司大门，就看到陆远乔靠在车旁，身穿灰色的呢子大衣，立领的款式让他整个人看起来越发俊逸亮眼。

爱，看的不仅仅是一副皮相。她的心太小，小到只能装下一个人。

“陆远乔，你有事吗？”梁乔笙走近他，神色淡定。

“没事就不能来找你吗？”陆远乔微笑，笑得有些蛊惑人心。

梁乔笙定定地看着他，语气里满是认真：“陆远乔，你是不是喜欢我。”这句话是陈述，不是问话。

陆远乔双手一摊，有些无奈：“看来我有点失败，这么久了，你居然现在才知道。”他顿了顿，“梁乔笙，我喜欢你，我们在一起吧！”

梁乔笙从来信奉天下无白吃之宴，爱情也一样。从来就没有无缘无故的爱，在某个瞬间看到你精致的侧脸，或者听到你唱一段柔美的歌，又或是偶尔吃到你做的一道菜……这些事情，都构成了爱你的契机。那么陆远乔，又从哪里有了契机？

“梁乔笙，和我在一起吧！”陆远乔的眼眸依旧温润，声音柔和，却带着一丝不容置疑。

“陆远乔，我们认识才不过几个月，凭什么能在一起？”她面不改色，没有丝毫被完美男人追求的感动，冷静自持，条理清晰。

陆远乔定定地看着她，唇角的笑意仍无半点变化。

他想说，他认识她不只几个月，而是很多年。很多年前，在她豆蔻年时，他就已经见过她了。

“我对你一见钟情。”他不动声色地开口。他撒谎了，他也必须对她撒谎。因为他们的第一次见面并不美好，那是梁乔笙的伤疤。他只想保护她，将她好好纳在羽翼下，而不是重新揭开她的伤疤，让她再度痛得鲜血淋漓。

“一见钟情？”梁乔笙轻念这四个字，随即笑着摇头。

“陆太子，这肯定只是你的错觉，或者是你的征服欲作祟，这世上没有一见钟情这回事，一见钟情大多就是恋上了对方的外在容貌。”她的话语并不尖锐，却在说事实。

陆远乔只是微笑，并不反驳。

“你还没吃饭吧？”他忽然开口问道。

虽然不知道这个问题有何意义，可是她还是点了点头：“嗯。”

陆远乔打开车门示意梁乔笙上车，她未动，他轻推她坐入。

“我们先去吃饭，然后再来讨论这个话题。”陆远乔系好安全带，转身帮梁乔笙。

“等等，陆远乔，我并不……”梁乔笙反应过来，急忙要下车。

“阿笙，我们先去吃饭，你不按时吃饭，对胃不好。”陆远乔一边调整着梁乔笙身上的安全带一边柔声开口。

车窗并未摇上来，从远处看，仿佛是一对情侣在亲昵地靠近说话。

而在不远处，一辆泛着冷硬金属光泽的黑色轿车，荣久箫坐在里面，双手握着方向盘，直视对面那辆车。

梁乔笙，很好。几个小时前才信誓旦旦地说，她跟陆远乔没有任何关系，可是转头就给他水里放了安眠药，上了陆远乔的车。

抓在方向盘上的手越握越紧，青筋微微显了出来。

梁乔笙正在纠结间，忽然电话响了，急忙接起，就听到荣久箫的声音：“梁乔笙，下车。”

第四章 终于等到你

当悲伤深入骨髓，沉默是一种选择

“什么？”梁乔笙听着电话那头的声音，思绪有片刻的停顿。

“梁乔笙，立刻、马上给我从车里出来。”荣久箫的声音带着隐隐的愤怒。

寂静的车内，手机里传来的话异常清晰。陆远乔显然也听到了，他手上的动作微微一顿，随即便若无其事地起身端坐，转动钥匙，发动引擎。

“梁乔笙。”荣久箫看到车引擎启动，怒火中烧。

梁乔笙回过神，连忙转头看向车窗外，直直撞进了荣久箫的眼眸里——幽深，复杂，愤怒。

“荣久箫？”梁乔笙惊讶地喊出声，随即解开安全带准备下车。

陆远乔制止了梁乔笙的动作。

“陆远乔，请放开，让我下车。”梁乔笙略显急躁地看向陆远乔。

陆远乔没有松开，他侧头看向不远处车里的荣久箫。不近的距离，却让人有种两相对峙的错觉。那是一种无声的较量。转瞬，他眼底划过一丝光芒，唇角微微勾起，那是带着挑衅的笑意。

然后，埋头，靠近梁乔笙。唇触碰，他吻向梁乔笙，就在荣久箫的眼前。

梁乔笙瞪大双眸，吃惊于这突如其来的举动，而且还是在荣久箫面前。她挣扎，想要退开，却不料陆远乔紧紧扣住她的头，被迫承受他的吻。

荣久箫眼里的狠厉越发浓重，看着车内拥吻的男女，他放下手机，双手紧握方向盘，脚下油门轰响。

一声巨响，路边的人纷纷尖叫："撞车了……"荣久箫直直撞向陆远乔的车子，车内的安全气囊弹开。那一瞬，陆远乔护住了梁乔笙。

荣久箫下车走过去，拉开车门一把将梁乔笙拽了出来。

"荣久箫，你疯了吗？"梁乔笙有些惊魂未定，脸色苍白。她不敢置信地看着他。

"荣久箫，你到底要干什么？你知不知道这样很危险？"梁乔笙脑子一片空白，方才那瞬间的撞击让她连反应的时间都没有，"你是不是疯了？"

荣久箫拉着她的手臂，声音带着压抑的怒气："对，我就是疯了。"他直视梁乔笙，近在咫尺的清丽面容，无端慑人的青涩眸光，简直恨不能将眼前之人拆骨入腹。

梁乔笙平复了一下心绪，挣脱荣久箫的束缚，转身便向那台被撞得略显凹陷的车走去。

"陆远乔，你还好吗？有没有受伤？"梁乔笙担心地问。

这声关心的询问，让荣久箫更为心痛。他再生气，也不可能做不过大脑的事情，他撞的只是车身后端，除了让车子震荡一下，不会产生什么伤害；更何况还有梁乔笙的存在。

梁乔笙扶陆远乔下车，却听荣久箫在一旁冷冷道："陆太子真是虚弱。"

梁乔笙不作任何回话，面含忧色地看向陆远乔："你有没有怎么样？头晕不晕，想不想吐？"她记得，刚才那一瞬间，陆远乔紧紧护着她。

陆远乔摇头，理了理自己微乱的衣领和袖口："阿笙，我没事。"

梁乔笙不确定地看着他："真的没事吗？如果有什么不舒服一定

要去医院。”

陆远乔伸手将梁乔笙耳旁的发丝别到耳后：“真的，阿笙，我没事。”

“陆远乔，把你的手给我拿开。”荣久箫不禁怒声吼道。他大步走过来，冷风肆意。

陆远乔似是没有听到一般，依旧自顾自地为梁乔笙整理着衣衫。梁乔笙想要退后避开，却被陆远乔固定住了肩膀。

“陆远乔。”荣久箫一声低喊，动手想拉开陆远乔，却见陆远乔转身一拳揍向他的脸……

就这样，两个身着高级定制西装的男人，在HKK的大门口拳打起来。

“你算什么东西，离梁乔笙远一点。”荣久箫的手肘撞向陆远乔，恨恨开口。

陆远乔此刻没了任何的绅士风度，他不能容忍有人将梁乔笙的命不当一回事。“你又算个什么东西？身为梁乔笙的丈夫，从不为她着想，荣久箫，你还曾质问别人以什么身份关心她，而你又是如何做的呢？”

HKK的保安听到有人在门口打架，跑出大门阻止。荣久箫和陆远乔此刻很有默契，不约而同地转头朝着保安吼道：“滚！”

“荣久箫，你太霸道了，毁了梁乔笙大好前途的是你，现在还要毁了她的命么？”陆远乔越说越气愤，却忽略了梁乔笙瞬息万变的表情。

“我毁了梁乔笙的前途？”荣久箫不禁停下了动作，凝眉问。什么叫作他毁了梁乔笙的前途？

“荣久箫，你毁了她的一生。”陆远乔的声音带着恨意。近在咫尺，他还揪着荣久箫的衣衫，气势逼人。

“你这话是什么意思？”荣久箫不明所以地问。经过方才的打斗，他的呼吸有些粗重。

陆远乔怔愣，他怎么脱口说出来了。侧头看到一旁的梁乔笙，看着她脸白如纸的模样，心脏一抽一抽地发疼。

梁乔笙看定陆远乔，眼里满是疑惑："陆远乔，你在说什么？"

"阿笙。"陆远乔有些懊悔，急忙上前两步，生怕梁乔笙疑心。

梁乔笙微微颤抖，身体比思想快，她朝后退了两步。这小小的两步，代表着恐慌，代表着拒绝，代表着疏离。

"陆远乔，你的话是什么意思？你给我说清楚。"荣久箫的声音打破了陆远乔与梁乔笙之间那复杂难辨的气氛。

他不喜欢这种感觉，仿佛陆远乔和梁乔笙自成了一个世界。这个世界上有他不知道的秘密，有他被隐瞒的秘密，这样的感觉让他很恐慌、无措。

他看向梁乔笙那茫然的神色，内心深处被戳了一个洞口似的疼痛。似乎，有什么事情被他忽略了。

他再看向陆远乔，垂下的手掌不自觉地颤抖。他有种直觉，被隐瞒的秘密就要揭开，而事实是他无法承受的。

"陆远乔！"荣久箫的声音拔高，攥紧拳头，带着显而易见的愤怒。

陆远乔定定地看向梁乔笙，那双美丽的眼眸里带着哀求与痛苦。

转念，他慢条斯理地回答荣久箫："这有什么好追问的？要不是你一直绑着梁乔笙，凭她的优秀，早已是自由之人，何苦现在还守着你荣家这份乱七八糟的家业。"

荣久箫皱眉呆滞，有些不相信陆远乔的解释："你是这个意思？"他喃喃问出口。

陆远乔一声嗤笑："怎么？不是这样的意思那又是什么？荣久箫，你方才的行为如此危险，又何曾将梁乔笙的安危放在心上过？你差点要了她的命，难道我说得不对吗？"

对，是对的。荣久箫冷漠地看着他，这样的回答是情理之中，却又有些意料之外。

他抬眼看向梁乔笙，她站在一旁没有一丝声响，冷漠得如同这冬天里的冷风，寒烈得让人骨子里都有些发凉。

“梁乔笙，你没有什么话跟我说吗？”荣久箫无神地盯着她。

梁乔笙声音平淡：“如果你们想一直在这里被人观赏的话，那就请自便。”说罢，转身离开。

细长的高跟鞋将她的小腿线条拉得笔直优美，挺直的腰身，带着一种孤傲的姿态从两个人的视线里离开。

荣久箫想追上去，却不曾想有警察跑过来。“你们俩站住，有人报警说这里有人寻衅闹事。”

“该死的。”荣久箫低咒一声。

梁乔笙沿着路边漫无目的地走着，脑海中还在回放方才陆远乔的话。她以为，不会有人知道她的以往，却不曾想，突然跳出来一个陆远乔。虽说方才他是在维护她，可是这样的维护她宁愿不要。这是在揭她的伤疤，那血淋淋的不曾愈合的伤疤。

额头忽感一丝凉意，将她从沉思中拉回，抬头望向天空，下雨了。时间过得好快，转眼又到初春。

转身走进一家咖啡馆，点一杯蓝山，靠坐在沙发里发呆。小小的身躯几乎陷在沙发里，呆愣地看着玻璃窗外的街道。

淅淅沥沥的小雨变得更密集了些，路上的行人开始奔跑，不小心踩到一个水坑，溅出朵朵水花。水雾朦胧，整个世界都变得让人看不清。

“阿笙。”一声温柔低喊，仿若承载了无数疼爱。陆远乔站在梁乔笙的面前，看着蜷缩在柔软沙发里的女子，有种说不出的心疼。

梁乔笙已然心如止水，她平静地看向陆远乔，没有问他为什么找到这里，也没有问他荣久箫去哪里了。

她看着他，话语缓慢：“陆远乔，告诉我，你到底知道什么？”

陆远乔心下一顿：“阿笙，你的一切，我都知道。”犹豫再三，他还是说了出来。一出口，便如释重负，心里的很多事情都有了奔流的闸口。

“我的一切？”梁乔笙唇角勾起一丝笑意，有些自我嘲讽，“包括我以前？”

陆远乔看着她自嘲的笑，心里疼痛难忍：“阿笙，我没有其他意思，那些都不是你的错，是荣久箫的错。”

“哦？是吗？”梁乔笙的笑意更大了，“你不觉得这说不通吗？怎么能是他一个人的错呢？若不是我自愿，我又如何能怀孕，怀上他的孩子呢？”

对未来生活有着美好憧憬的青春时期，她失去了她的第一个孩子。

她跟荣久箫的孩子。

荣久箫，并不知道。

当悲伤深入骨髓，人不是多话就是沉默。

多话如祥林嫂，见人絮絮叨叨诉说自己的过往，自己的苦痛，自己的哀伤，仿佛要让所有人感受自己的一切。可是没有人能体会别人的人生，安慰之话是世上最徒劳的语言。不过是将伤口再挖开撒上一把盐，疼得你心脏发颤。

梁乔笙深谙此话之道，所以她从不轻易对人剖开自己的心，做些倾吐诉说之事。

她从来都是独自忍受。她知道，把自己的伤痕露出来，不爱你的人只会在心里嘲笑你。

而爱她的人，太少。

初春的雨天很凉，咖啡馆的玻璃窗都起了一层模糊的水雾，手指骨开始隐隐作痛。细小的附骨之痛从手指开始钻到了心里，每逢雨天，无可避免。以前不觉如此疼痛，是因为彼时的心没有此时沉重。

梁乔笙并未看向陆远乔，她忍着疼痛，端起咖啡还未靠近嘴边，却不料一丝尖锐之疼从手指传来，手一抖，一声轻微闷响，咖啡杯落了地。地上铺着地毯，所以也免了杯子碎裂之难。

描金画边的咖啡杯在那映花地毯的衬托下，越显秀丽精致，杯里的咖啡倾泻而出，将地毯瞬间染了暗色。

“阿笙。”陆远乔紧张地拿起梁乔笙的手查看。

“有没有烫到？”声音略重，眉眼间显而易见的焦急。

梁乔笙立马将手抽了回来：“没事。”

陆远乔看她一眼，便起身对一旁的服务员说道：“去打盆热水来。”

“先生……”服务员有些迟疑，虽然不愿做这些多余的事情。

陆远乔从钱夹里抽出一张纸币放到托盘：“要滚烫的水，加一条毛巾。”

服务员退了下去：“先生，您稍等。”

梁乔笙有些疑惑地看着陆远乔：“你要干什么？”

陆远乔并不回答，只是脱了外套搭在了沙发上，面容沉静，隐隐严肃。

服务员很快将热水放在一旁的架子上，陆远乔将袖子挽起来，毛巾入水。滚烫的水还在冒热气，一阵阵升腾，带着寂寥的气息。水滚烫，让那一双手不消片刻就被烫得通红。

“陆远乔，你干什么？”梁乔笙略带愤怒地看着他。他几个月前意外地闯进她不正常的生活，此刻还可能知道她过去的一切。他的刻意接近有什么目的吗？只是单纯的关心？她不得而知。

陆远乔拧干毛巾，一步上前，将梁乔笙藏在袖口里的手拉出来，被水浸过带着热度的毛巾瞬间覆上了她的手。梁乔笙的双手因温热缓解了刚刚的疼痛，也没有了刚刚的愤怒，但她还是不能理解这样一个男人对自己的过度关心。

“陆远乔，你……”你怎么知道？又是如何知道？

她的这双手遇到阴冷天气就会隐隐作痛，那骨头里传来的疼痛让人如觉受到酷刑，针刺一般。而事实上，这双手也确实受了酷刑，被人掰断。之后虽然得到了治疗，可也落下了后遗症，如同把当年受到的苦难活生生打了一个记号，跟着她一辈子，也让她记一辈子。

“天气那么冷，你该戴双手套，这样也少受罪。”陆远乔抬头看梁乔笙，声音有暗藏的责怪。

梁乔笙被他眼里的心疼给刺了一下，有些慌张地想收回手。

“别动。”陆远乔不容她退缩。

温热的毛巾缓解了手指骨的疼痛，可是心却无法安稳。陆远乔这样的亲昵与关心，这是一种让她承受不起也还不起的深情。比拥抱，比亲吻，更深刻。

窗外的雨依旧在下，因着不是周末，咖啡馆里的人也不多，这一方小小角落，珠帘隔绝，自成一块温馨天地。有人透过珠帘，隐隐能看到，男人眼中的心疼与手上的温柔。他站在那里，捧着女子的手。女子坐在沙发上，下巴微仰，侧脸精致，看着男人的眸光，都让人心软无比。

音乐声隐隐扩散到整个空间，将咖啡馆里的气氛渲染得越发温馨。雨水漫过玻璃窗，雾气氤氲，一片朦胧姿态。咖啡的香气和着音乐声，惬意悠扬，有人在唱缠绵情歌。

陆远乔拿起毛巾还要再给她敷一次，梁乔笙急忙阻止道：“不用了，已经不疼了。”

陆远乔有些怀疑地看她。

“真的，真的不疼了。”梁乔笙摇头再次强调。

陆远乔这才作罢，将毛巾放置一旁。

气氛太过宁静，甚至有些暧昧。梁乔笙微微垂眸，忍住心中的颤抖，开口问道：“你怎么知道我的手……我是说，你怎么会知道我以前发生的事情？”

被时光掩埋的秘密

咖啡馆里的灯光浅浅，略微暗沉。如此闲适的环境，陆远乔却端坐在沙发上，脊背紧绷，薄唇抿成了一条直线。他看着梁乔笙，牙根有些发紧，心脏加剧跳动，似快要爆裂出来。他怎么知道？他如何知道？他该怎样回答这个问题。

他该说：我爱你，从开始到现在。你爱了荣久箫多少日子，我就爱了你多少日子。

整个青春，你就是我所有的目光所指，荒芜白纸上渲染的颜色。在天台看落日会想到你，吃到精致蛋糕会想到你，失眠会想到你，看到一件白裙子会想到你……只能在背后悄悄看着你，不敢上前，也无法上前。因为你的心太小了，小得只装下了那个叫荣久箫的人。

记忆如潮水倾覆，似盛夏海棠，把那些久远的回忆渲染成大片大片的鲜红色，如此妖冶，又如此疼痛。

你有没有试过这样喜欢一个人，你知道她喜欢吃草莓蛋糕，喜欢穿白色长裙，喜欢落日，喜欢鱼，喜欢走花坛的边边。

你知道她不喜欢吃菠菜，不喜欢吃鸡蛋，不喜欢下雨，不喜欢喧闹的地方。

你知道她的一切，甚至知道她喜欢着谁，心里想着谁。

可是，她却不知道你。

你无法上前跟她说话，因为她是那么疏离冷漠，眼眸中没有任何人的影子。你知道她每天都在等同一个人的电话，你知道她有一个从小放在心里的人。

正是因为你知道，所以你无法上前，只能静默。

每一日，你都把她的名字写到占满白纸，她的名字已经刻进了骨子，融入了血液，随着血液奔涌到心室壁上，生根开花。

深呼吸，压住自己心中的颤抖。

他该如何说，他知道每一天晚上梁乔笙都会去城西的小房子，那里有她的弟弟。他每天都跟着她，穿街过巷，悄悄护送。

可是那一日，她接到了一个电话后，脸色惨白，匆匆忙忙上了出租车。他担心她，所以也跟着上了另一辆车。

车子越开越远，越走越偏，最后进入了城市边缘的山区。

日头渐落，出租车司机不愿意再进到山区，他只有下车徒步进去。只有一条小路，泥泞不堪，他走得异常艰难。随着黑夜降临，山林里完全没有一点光线，层层叠叠的树林将稀疏的月光都遮了个完全。

他只有靠着手机微弱的光在山林里找着路，找着人。那种感觉很绝望，他已经不知道他到底是在找路，还是在找人。

他觉得自己已经迷失在黑夜的山林里，可是又担心梁乔笙也在这里，他担心，害怕，怕她会出事情。

可是又转念安慰自己，或许只是自己迷路了，梁乔笙或许根本没来过这里，现在已经平安回家了，说不定已经进入了梦乡。如此想着，心里得到暂时的雀跃，开心。

可是上帝有时是残忍的，他会打破你的幻想，会让你感受到现实是如此残酷，残酷到将你的血皮都剥离干净。

不知道他到底在山林里走了多久，手机微弱的光线根本不足以让他看清楚路，时不时踩滑摔倒，当他再一次踩滑滚落一个山坡时，他以为自己就这样结束了。

可是，并没有。

他跌进了一个浅坑，那时的心情犹如再世为人，心脏都快要跳出胸腔。等他冷静下来，却是听到了有人说话的声音，心里自是一喜，正想张口求救，却听到了一声惨叫。

凄厉无比，让他全身的血液都冻住了一般。

那是他此生都不可能忘记的声音，那个声音会在角落里轻轻地哼歌，会在天桥下温柔地逗弄流浪的猫咪，会开心地轻笑，如羽毛一般，轻轻扫过他的心。

那是梁乔笙的声音。

他眼眸充血，一阵痛意袭上心头，牙齿咬破了唇，一丝血腥味道。

他关掉手机的光亮，凭意识靠近传出声音的方向，越靠越近，只听得一阵窸窣声响，辨析出是人离开的脚步声，他急忙拨开茂盛的杂草，朝着那处地方冲过去。

冲到了梁乔笙的面前，他几欲瘫软在地上。看着眼前发生的一切，他迫使自己不去猜想任何结果。抖着手，摸索着她的身子，想象中温软的身子，此刻却渐渐冰凉，血腥味弥漫着他的鼻尖，他的眼泪直落而下。

“乔笙，梁乔笙，别睡。”他忍住心中的恐慌与痛意，摸索着背起梁乔笙。

手上几乎全是黏腻的液体，那是血，梁乔笙的血。

他背着她，从山林走出来，一路行走，他在心中祈祷了千遍。不要死，求求你，不要死。

他们第一次肌肤相亲，第一次接近，却是在这样的地方，这样让他几欲发狂痛心而死的地方。

或许是上帝听到了他的祈祷，他终于将她背出了山林，手机也有了信号，120 也很快赶来……他浑浑噩噩地跟着来到医院，在急救室门口，隐约听到医生在讲：“真惨，这女孩到底是得罪谁了，必须马上报警。双手十根指头被人为掰断，身上肋骨断了三根，更为凄惨的是……她流产了，应该是暴力导致流产。”

当时的他听到这些话，大脑一片空白，心脏似乎也停止跳动。那是痛吧，痛到麻木！他沿着墙壁无力地瘫坐在地上，从未痛恨过自己如此渺小，从未痛恨过自己还未长大。

他摸索着手机，无意中拨出了电话。

“喂，儿子，怎么了？怎么这么晚给妈妈打电话呢？”妈妈的问话让他回复了神智，他的眼神里充满了哀痛与无助，握着手机的手也在发抖。

“妈妈，我为什么这么难过呢？难过得都快要……死掉了。”随后，哽咽出声，在那一方小小角落里，终是崩溃大哭，哭得不能自已。

不知道过了多久，梁乔笙的家人被通知到了。

他看着那些人的背影，拖着疲惫的身躯，缓缓离开了医院……

很多时候我们不需要理性，理性让我们犹豫，让我们错失所爱。陆远乔知道，他太理智，太镇定，所以他才错失了他的爱情，不，不叫错失，应该说从未拥有。

他在无限的白昼中，期待着黑暗的广阔无垠，他在黑夜里彻夜不眠。

一次一次，回忆起那带着铁锈味的鲜血。

一次一次，会咬着牙，细数自己的难过。

他知道只有夜色毫不嫌弃地收容他的眼泪。“我想把你忘掉，可是我知道我又在欺骗自己。所以，我的痛真的没人疼。”

记忆的丝线就像一种咒语，在每个日升月落将我缠紧，它提醒我，不能忘记爱你，我是记得啊，所以我和其他人在一起，连笑都觉得愧疚。

坚硬的城市里没有柔软的爱情，钢筋森林里，唯有武装自己，才能继续走下去。生活，不是林黛玉，不会因为忧伤而风情万种。

那年，他第一次懂得什么叫作无能为力。

“我要去美国。”他对着自己的母亲，眼眸坚毅。

数年后，入主陆家，成为陆氏财阀的唯一继承者，无人掠其锋芒。一切尽数掌控后，回归本国。

酒太烈，茶太闲，唯有咖啡能让他变得从容。一口苦涩咖啡压住心底的颤抖，面色沉静，眼眸依旧温润，注视着眼前女子，不骄不躁。握着咖啡杯的手指，却紧紧的，几近显出青筋。

梁乔笙窝在沙发里，发丝些许散乱，有着慵懒如猫的味道，她也看着陆远乔，不做声，只是静静地等待着，等待着他的回答。

陆远乔放下咖啡杯，语句平稳。

“有一年，你进医院，我刚好去探望一个长辈，所以不小心听到了你跟家人的对话。”

梁乔笙听到这句话，睫毛微颤。话语虽短，可是该明白的却明白了。

她想，原来是被他听见了她跟荣向南的对话。当年，荣向南，这个本该是她养父的人，却对着她弯腰鞠躬。

“梁乔笙，是伯父对不起你，可是你不能毁了久箫，你还年轻，却有了他的孩子，还间接因为他的原因……流产了，久箫他会受不了的。而且，他还没有真正接手荣氏集团，他会被毁掉的。”荣向南神情沉痛，满脸哀伤。

“所幸久箫他并不知道你去了那里，你能不能听伯父的……”他看着床上羸弱的女孩，话语如鲠在喉，却是怎么也说不出来了。

良久后，只听梁乔笙略带喑哑的声音响起。“我答应你，既然他现在不知道，那么以后他更加不会知道。”

几个月后，荣久箫被送出了国……

当时滋味痛彻心扉，只觉不想再活下去，可是如今想来，却平静如常。如书里讲，生活中所有的事情，不管痛苦或悲伤，都能用三个字来概括——会过去。

是的，她跟荣久箫的事情已经过去了。她以为这世上不会有人再提起这件事情，没想到兜兜转转，陆远乔居然知道。

她轻抿唇："陆远乔，我希望你以后不要再提起这件事情。"

"为什么？"陆远乔心里一阵怒火升腾。不知是嫉还是恨，隐隐还有心疼。

凭什么，你为他受了那么多苦，可是他却完全不知？他欠你的何止一句对不起，他欠你的是整个青春。

"陆远乔，我和你的关系还没有到可以无话不说的地步，你我不过陌生人而已。"梁乔笙的声音没有了一丝温度，眼眸纯黑，透着让人骨寒的冷意，十分冰凉，就这么灌入到了陆远乔的心里。

心痛大抵不过如此。如何才能说，你爱了多年的女子，冷漠地看着你，将你的心掷在地上，踩了又踩，一句"你我不过陌生人"，就将你所有的念想给粉碎，否决你所有想她的年华。

明明前一刻她还温顺地让你擦拭着双手，明明你已经温暖了她的手。可是，心呢？为何就是暖不了呢？

有人推门，风铃响动，如泉，细而润，悦耳动听，同时也将陆远乔的心神震了回来。

"雨停了，我送你回家！"他起身，穿起了西装外套。

"不用。"简洁而又快速地拒绝，让陆远乔的动作微顿。

不能再待下去了，不想再看到她冷漠的眉眼，不想看到她眼中的厌恶。转身，脚步稳稳，脊背却挺得僵硬。光晕淹在那双温润眼眸里，沉下去，沉下去，直至熄灭。

"陆远乔。"梁乔笙忽然又出声。

陆远乔脚步顿下，心生一丝期待。

“荣久箫从来不知道那些事情，一件都不知道，不只是怀孕，其实他……根本不知道自己跟我发生过什么。”梁乔笙话语浅浅，娓娓道来，眼睛都未曾眨一下，仿佛她在说着别人的故事。

“所以，有些事情对他才是不公平的。”梁乔笙看着陆远乔的背影，轻轻将这句话说了出口。

从开始到现在，荣久箫，一直都不明白。不明白很多事情，也不知道很多事情，其实他才是最无辜的那个人。重伤醒来，发现自己守护的女孩“背叛”了自己，继而被放逐异国他乡，一个人颠沛流离，好不容易回了国，却要和曾经“背叛”过自己的女人结婚，尤其这个女人还遏制着自己的权力。换作哪个男人，都会不甘心吧！

一切只是属于她的秘密，那个当年将她捧在心尖上妖娆如罂粟的男孩，是她自己丢了。

他也曾牵她手，抚她身，吻她唇，相识，相知，狭路相逢终相知。

青涩的初恋，却败给了一场意外。

可是，惨败前，它也曾温暖过，那么温暖，那么喜悦，让她午夜梦回时，都会暖得自己忍不住笑出声来。

她是笙，他是箫，合在一起就是笙箫，天注定，要在一起。

放弃，不代表不在一起。因为他，始终在她心上，从未变过。

我在心里和你在一起，即使你不知道，也没关系。

荣久箫坐在沙发上，正在往手臂上涂抹着药，却听到一阵嘈杂声从大门口传来。

“久箫，荣久箫。”林曼姿的声音由远至近。

“夫人，夫人，少爷吩咐了，不让任何人打扰他。”管家的声音透着焦急。

高跟鞋噔噔响，林曼姿满脸气愤地站到荣久箫面前。

“少爷，对不起，没有拦住夫人。”管家满脸歉意。

荣久箫略微皱了皱眉，便不再有任何反应，他挥了挥手，示意管家离开。

“荣久箫，你这是什么意思？”林曼姿简直快气炸了，自己居然被亲生儿子给拦到了门外，这算什么？

荣久箫眉眼不抬，自顾自地拿起药水涂到手臂上，陆远乔下手够狠，简直拳拳到肉，身上乌青不说，手臂上都有擦伤。

“荣久箫，妈在跟你说话。”林曼姿音调拔高。

荣久箫自己上着药，声音冷冷：“我有耳朵，听得见。”

他扔掉棉签，抬起头，看向林曼姿：“找我什么事？”

林曼姿本想质问他为何今天将她拦在外面，可看到他冷漠的表情，心里无端发怵，哼了两声便抬起下巴道：“你为何要撤销和王家的合作？”

荣久箫听到这句问话，眼底一抹寒光掠过，声音里带着浅浅嘲讽：“我以为您会很清楚这是怎么一回事。”

王家，王立阳，那个猥琐又恶心的男人，在皇家酒店伤害梁乔笙的男人。他怎么可能放过他？梁乔笙是他的，岂容他人侮辱伤害。

林曼姿一顿，看向荣久箫的姿态不觉有些心虚，心里一哽：“你王叔叔和我们家关系很好的。”她试探性地开口。

荣久箫站起来，眼神幽深，压迫感十足：“是吗？我东城荣家什么时候跟这样的暴发户家族关系好了？”

林曼姿眉眼一跳，心头一阵羞怒：“荣久箫，你这话什么意思？”

“字面上的意思。”荣久箫不置可否。

林曼姿还想说些什么，却被荣久箫截下：“母亲，我要休息了，您先回去吧！”

林曼姿讪笑两声，便过去拉他：“儿子啊，妈跟你说，你王叔叔家的公司实力是不错的。”

荣久箫手臂不经意一侧，便躲开了林曼姿亲昵的靠近，林曼姿的手停在半空，上也不是，下也不是。

“父亲没有兄弟，我也没有叔叔，母亲不要乱攀关系。”荣久箫睥睨的姿态，让林曼姿连反驳的话都说不出来。

直到这一刻，林曼姿才觉得哪里有点不对。荣久箫一直用“母亲”来称呼她，而不是用“妈妈”。原来他们之间如此疏离、陌生。是他查到了什么吗？

“儿子啊，你总得告诉妈妈，为何要跟你王叔……立阳过不去。”林曼姿故技重施套近乎，却在看到荣久箫那幽深的眼眸时，转了话。

荣久箫看着林曼姿，面无表情地静静盯着她。

林曼姿浑身不自在起来，连唇角的笑容都做不出来了，有些尴尬地开口道：“你先休息吧，妈妈先回去了。”

转身，几乎有些落荒而逃的意味。

荣久箫看着林曼姿的背影，眼睛微微眯了起来。只一次，希望没有下一次。

再有下一次，纵使是自己的母亲，也不可纵容了。

我们不只曾经拥有

他揉了揉额头，心里一阵疲累。总觉得有什么事情在他不知道的时候发生了，而且还是与他切身相关的，不然陆远乔今日就不可能那么说，梁乔笙也不会是那个表情。

他太了解她了，这么多年，她一点也没变过。紧张恐慌的时候，脸色惨白，左脚会无意识地放到右脚的前面。

走到柜前拿出酒杯，正准备倒酒，却听到梁乔笙的声音："发生了什么开心的事情吗？还要喝酒庆祝。"

梁乔笙在玄关处换拖鞋，看向站在窗前的荣久箫。声音虽然轻松，心里却渐渐沉落。荣久箫以前很少抽烟喝酒，现在却是烟不离手，酒也喝得浓烈。

荣久箫转身望着她，却无意识有些发呆，尤其他的唇角还有些许青色。

梁乔笙看他此刻的样子有些忍俊不禁，她走到他面前，眼眸扫过桌上的棉签和药酒，伸手便将荣久箫手中的酒杯拿掉，将他拉回沙发上。

随后，拿起棉签蘸了药酒，轻轻涂抹着他有些青紫的脸颊。她的动作很柔很轻，吐气如兰，那棉签上的药酒清凉，让荣久箫不觉一阵舒服。

梁乔笙一边涂抹一边轻声道："多大的人了，还像个小孩子一样跟人打架！"

"还不是为了你。"他顿了顿，轻声问道，"阿笙，你是不是瞒着我什么事情？"

梁乔笙手上的动作一僵，随即抬头扯开一丝笑。

"对啊，我瞒着你以前上学的时候用午餐钱去买唱片。"

荣久箫看着她戏谑的模样，一阵羞恼，一把抓住她的手，将她揽到了怀里，唇覆上……起初温柔缱绻，而后越来越激烈，占有，掠夺，控制。急促的呼吸交缠，也勾出了荣久箫心中的魔。

他想起今日陆远乔在车里吻梁乔笙的一幕，嫉妒与愤恨顷刻间在心中越堆越浓。忍不住更加用力抱紧怀中的人，唇齿相依。在这片刻，荣久箫想要问出口的话却再怎么也问不出了。

如果秘密会让人受伤，那就不要问。

“阿笙，怎么了？”他将质问、气愤、恼怒尽数抛到了脑后，唯有一双忧伤眼眸，映在了自己的眼里。

“荣久箫，你与我现在到底是什么关系？你清楚你现在吻的是谁吗？”梁乔笙轻声开口，声音浅浅，仿若虚幻。

荣久箫怔怔地看着她眼眸中迷离的水汽，她的瞳影如镜，让他几乎迷失了自己，仿佛又是盛夏夜里的雷与闪电交错而来，随后，漫天的雨落下，人们四处茫然奔逃，最后只剩下无人的街道，寂寞的空。如此空，空得根本没有映着他的身影。

心，蓦然就这么一痛。

“你，我吻的就是你。阿笙，只有你。”荣久箫复又将她拥在怀里，“阿笙，只有你。阿笙，我们是夫妻。”

并不是第一次听到这个字眼。“夫妻”，这个平凡的字眼，书本里、电影里、生活里，频繁被提及，随时都可以听到的字眼，却不如这一次来得震撼，来得激荡。

梁乔笙只觉自己像是被灌了一口怪味的汤，酸甜苦辣，纷至沓来。然后热气从心脏处升腾，熏得她眼眶发热，发疼，莫名想哭。

挣扎着，终是屈从于现实的温暖，手环上了荣久箫的腰，一声喟叹，紧紧拥抱。

荣久箫察觉了她的动作，手臂不觉更加用力了，恨不能将她就这么融到骨血里。

时间似乎就这样停顿在这个空间里，美好无比。

“我帮你擦药。”手指划过他眉间伤口，“你看看你，还和人打架，这张脸明天怎么出去见人。你是 HKK 的总裁，明天让员工瞧见多影响你的个人形象。”

她的语气有了不自觉的嗔怪，似乎，很久没看到她这样了。荣久箫的思绪飘向了远方，那时的他们没有烦恼，没有对立和仇恨。

“久箫，荣久箫！”见他走神，梁乔笙不禁叫道。

他侧头轻咳两声，答道：“今日在公司门口和陆远乔打架，你以为公司那些员工不知道吗？怕是早就传遍了。”

“你还好意思说。”梁乔笙反射性地伸手掐他的脸，却又顿住了。

这是她以往的习惯动作，那时候，只要荣久箫一惹到她，她就把他的脸颊恶作剧般扯得发红。可是，那时候是如此亲密，而现在……梁乔笙心里一凉，手便不自觉地想要放下来。

转而听到荣久箫轻声道：“也不知道我是为了谁打架，谁叫他吻你，你这个‘红杏出墙的女人’。”

“啊……”一声痛呼。

梁乔笙双手一左一右掐起荣久箫的脸颊，做咬牙切齿状：“麻烦荣总回头翻查一下字典，去搞懂‘红杏出墙’这四个字到底是什么意思。”

她顿了顿，直视荣久箫，眼眸晶莹剔透，直把人的心都瞪酥软了。梁乔笙想，忘掉那一切吧，现在的他们可以维持这种关系，是对过去错误和失去的一种回报。

“阿笙，不是的……”荣久箫急忙解释。现下的关系维持良好，他不想因一时无意的话语给破坏掉。

梁乔笙站起身，顺手拿起抱枕，狠狠朝他的身上砸去：“荣久箫，你自己擦药吧！”梁乔笙走开了。

他不禁抱了抱枕头，埋首在其中。他想，就这样吧。没有那些是非恩怨，让他和她享受一下这片刻的宁静，就这么一段时间就好。

梁乔笙在煎鸡蛋，平底锅里黄灿灿的鸡蛋勾得人食欲大动，也让梁乔笙的心情越发好。

荣久箫来到厨房门口，便看到了梁乔笙在流理台前忙碌的模样。

她穿着棉质拖鞋，系着粉色的围裙，不经意地撩开耳边发丝，让他心意大动，眉梢眼角都是漫开的止不住的笑意，心里一片宁静温和。

窗外的阳光透过玻璃洒到了梁乔笙的发上，光晕跳跃，面容美得惑人，像是虚幻一般。

荣久箫倚在门口静静地看着梁乔笙，眼神十分专注，仿似只要自己稍有异动，那忙碌的人就会消失。

心里，一点点的怕，一点点的犹疑。

梁乔笙将鸡蛋盛进餐盘，不经意侧头便看到了倚在厨房门口的荣久箫，自然一笑，轻声开口道："早餐喝牛奶吧！"

牛奶？不，他最讨厌喝牛奶了。

荣久箫反射性地皱起眉头，正想开口拒绝，却见梁乔笙歪头，颇有几分玩笑姿态。

"怎么？不吃我做的早餐？"要知道她可是专门让用人休假，来亲手做这顿早餐。她想，荣久箫会喜欢的，因为以前他就如此喜欢她做的饭菜。

"当然不是。"荣久箫摇头，回答得迅速有力。

"嗯，那就好，鸡蛋吐司加牛奶。"梁乔笙说着，拿起一杯牛奶放到荣久箫的手中。

餐桌上的二人正式吃早餐，期间偶有话题，气氛其乐融融。

荣久箫眼光溜到梁乔笙的红唇上，他看着她轻咬一口吐司，细嚼慢咽，忽有一丝隐忍之意闪过。

"怎么了？"梁乔笙察觉到了他的不悦，不禁有些疑惑。

"以后不准其他人吻你。"荣久箫冷哼道。

梁乔笙明白他在气什么，有些尴尬地轻咳两声。

"你是有夫之妇。"荣久箫仿似不甘一般，复又说道。

梁乔笙正想开口，却听得电话响了，荣久箫的手机显示：顾西贝。

她轻笑，看向荣久箫："有妇之夫，您的情人来电话了。"

手机铃声打破了这个早晨的温馨和谐。

梁乔笙一手捏着吐司，嬉笑开口："这么早就打电话，荣总裁，您这女朋友可真够心急的。"

荣久箫浑然不在意那固执作响的电话铃声，而是专注地盯着梁乔笙脸上的神情。她神色一如平常，仿佛刚才的讽刺是真的玩笑话。

"你不在意？"荣久箫问得异常认真。

梁乔笙抽纸巾擦了擦嘴，看向荣久箫："我的答案重要吗？"

话音一落下，电话铃声也跟着戛然而止。气氛顿时安静了下来，隐隐有些焦灼。

阳光透过云层，碎金一样的光芒，初春的早晨，青草的香气让人欲罢不能。

梁乔笙到 HKK 大楼下，整理了一下头发，下车。刚走两步，就听到一声叫喊。

"梁乔笙，你来这里做什么？"

梁乔笙听到这声熟悉的尖锐话语，并未理会，只是径自往大门里走去。

"梁乔笙，你到这里做干什么？"顾西贝气冲冲地走来，妆容精致，但表情有些扭曲。

昨天满心期待地等荣久箫，期待有一个圆满的约会，却是枯等到半夜……到了早上好不容易打通他的电话，却没有人接。

这算是梁乔笙的示威吧！心情真是糟糕透了。除了糟糕，还有……害怕。荣久箫和梁乔笙，是和好了吗？

不，不行，不能让他们在一起。如果他们和好了，她怎么办？还有……还有那件事，如果荣久箫得知了真相，那她……顾西贝想到这里，心痛到发麻。一刻都不能待在家里，她要马上见到荣久箫。一路飞驰，到了 HKK，就看到梁乔笙，心情又惊又怒。

顾西贝一边给林曼姿打电话，一边想上前拦住梁乔笙。

匆匆而来的陆决然看到顾西贝来者不善的模样，伸手挡下了她。

她转头冲陆决然怒吼："给我滚开。"

陆决然眉头未皱，面容平静地看着顾西贝，言语平和："梁董很忙。"言下之意——没空理你。

"梁董？"顾西贝声音拔高，眼里满是嘲讽，"她是哪门子的梁董，一个鸠占鹊巢的杀人凶手，还好意思给自己安个梁董的名头。"

眼看梁乔笙要走远了，她有些急了，转头狠狠打开陆决然的手臂："你个走狗，给我滚开。"

梁乔笙闻声，停下了脚步，身形微顿，转身朝着顾西贝笔直地走来。

顾西贝扬起下巴，对着陆决然显露出几许骄傲，仿佛在说：你看，你拦我也没有用，她自己都走过来了。

"梁乔笙……"她喊出梁乔笙的名字，正想说些什么，却被梁乔笙打断了。

"道歉。"淡淡的两个字，眉梢带出冷意。

"什么？"顾西贝皱起眉头，有些不敢相信自己的耳朵。

"我说，道歉。"梁乔笙又往前走了两步，直直逼向顾西贝。

顾西贝不自觉地后退两步，心想凭什么要退这两步，气势上就弱了一大截。

她瞧着梁乔笙那清冷的眼神，不禁怒从心起："我道什么歉，梁乔笙你搞错没有？"

梁乔笙再次严肃道："向陆决然道歉。"

顾西贝一愣，看向站在一侧静默不语的陆决然，梁乔笙要她向这个人道歉？

她不禁失笑：“梁乔笙，你没毛病吧，让我顾西贝跟一个下属，一个走狗道歉？！”

梁乔笙听着她鄙夷的口气，没有多言，只是转头走进大门，不一会儿又走了出来，手里端着一杯水。哗啦一声，泼向顾西贝。“没家教。”梁乔笙冷冷地吐出三个字。

顾西贝被梁乔笙突如其来的举动惊呆了，待水珠从脸上滴落，钻进了脖子，带了一丝凉意，这才明白过来发生了什么。

“啊——”一声尖叫，顾西贝气得浑身都在发抖。

“梁乔笙，你凭什么这么对我！”顾西贝发疯般朝着梁乔笙怒吼。

梁乔笙唇角微微勾起：“我怎么对你了？”

顾西贝瞪大双眼，不可置信地看着梁乔笙。她想要说些什么，可看到对方那双晶莹剔透的眼眸，却什么都说不出来。那双眼清澈无比，似乎什么都知道，什么都洞悉。

僵持间，林曼姿到了。

“西贝，你这是怎么了？”林曼姿挎着PRADA最新款包，摆着略微丰腴的身姿走到顾西贝面前，看她那身狼狈，不禁有些诧异。

顾西贝一看到林曼姿，所有的委屈涌上心头，眼眶中忍了许久的泪顿时滚落出来。

“林姨，梁乔笙她……她泼我水。”

“什么？”林曼姿有些诧异。

她转头看向梁乔笙，看着她那副冷清的模样，又想到那次在会议室里遭受的驱赶，仿似所有的愤怒与耻辱之怒有了发泄出口。一抬手，一巴掌打在梁乔笙的脸颊上。

“梁乔笙，你太过分了。顾西贝可是你顾伯伯的心头肉，你这是要做什么？我看你是完全不把我放在眼里了。”林曼姿看着被打得侧到一旁的梁乔笙，心里闪过一阵快意。

“梁董。”陆决然脚步微动，想要上前，却被梁乔笙用眼神制止了。

“怎么着？我打你，你还不服气，是不是？”林曼姿鲜红的唇一开一合，说着刺耳的话语。

“你在 HKK 是有股份，是了不起。可是你别忘了，你已经嫁给我们久箫了，久箫是我的儿子，你是我儿媳妇。我是你的长辈，我的规矩你必须得遵守；若是你受不了，你就立马给我滚出荣家。”

梁乔笙眼眸微垂，睫毛遮盖了眼里所有的翻涌情绪，她暗暗吸一口气，伸手将凌乱的发丝捋至耳后：“您说得对。”

话音落下，便听到一阵脚步声传来，荣久箫和一众人从拐角出来。

“阿笙，在这里做什么？”

我不伤害你，因为我足够善良

在某种意义上，林曼姿还是有些惧怕荣久箫的。她对这个儿子，不能接近，也无法接近。若不是太过清楚两人的血缘，她几乎都要以为荣久箫不是她亲生的了。

因为，太不像。

从小时起，荣久箫就有着不属于同龄人的成熟，他从不吵闹，也从不耍小性子发脾气。那双纯黑的眼睛，就这么看着你，仿佛就能看透你，包括你不为人知的丑恶。

她每次一看到荣久箫的眼睛，就觉得似乎有一双手攥紧了她的心脏，让她连呼吸都是困难的。甚至有段时间，她还接连做噩梦。

就这么一年一年过，直到梁乔笙来到了家里。想到这里，林曼姿瞪着梁乔笙的眼都忍得生疼。

她不明白，为什么自己的亲生儿子，不跟她亲近，却非要跟一个外人亲近呢。她儿子，必须要门当户对的千金才配得起，梁乔笙根本没有任何的资格。

爱情，那是个什么东西？

那一年，荣久箫经历了那场灾难，匆匆被送出了国，她的心总算是定了下来。出国了好，至少离这个来历不明的女人远一点。可谁能想到，自己丈夫临死前还立下这样的遗嘱，简直不可理喻。

她为荣家操劳了一生，难不成还比不上一个外来的女人吗？不，她坚决不相信，一定是这个女人篡改了遗嘱。

“在这里干什么？”荣久箫带着一众人走向梁乔笙。

林曼姿瞪了梁乔笙一眼，转头便笑着看向荣久箫：“没什么，不过就是遇到了聊天而已。”

荣久箫看向林曼姿，眼神淡淡，没有任何情绪：“聊天去休息室聊，站在这里干什么。”

林曼姿点头：“你说得对。”瞥眼看荣久箫身后的秘书跟助理，话音一转，问道，“儿子，你这是准备去哪里？”

“准备去视察一下 HKK 旗下的新闻产业。”荣久箫平静开口。

他侧头看向梁乔笙，正想说些什么，却被一阵啜泣声打断。

“久箫哥……”顾西贝带着哭腔开口轻声唤道。

看她狼狈的样子，荣久箫微微皱起眉头：“你这是怎么回事？”

顾西贝心底暗喜，当下抹了把眼泪，一副欲说还休的模样：“没……没什么。”

“你说吧，林姨和久箫哥都在这里，都给你撑着腰呢，你怕什么。”林曼姿看着前厅里越聚越多的人，眼里划过一丝喜意。

顾西贝怯怯地看了一眼梁乔笙，虽没说什么，但那一眼足以让人“脑补”很多事情了。顿时，旁观的人看梁乔笙的眼神都变了。

“到底怎么了？”荣久箫微微有些不耐。

“都是我的错。”顾西贝哽咽着开口，“我说了乔笙的下属两句，她太生气了，就……就泼了我水。”避重就轻，不过如此。

而梁乔笙，根本不想反驳。因为，信你的人始终会信你，不信你的人任由你怎么翻腾，也是徒劳。

下属？荣久箫从顾西贝的话语中抓到这个关键词，他看向站在梁乔笙身后谦恭的陆决然。这个男人总是这副模样，奴颜屈膝，表面上让人感觉他是服从你的，可细思量，才会明白，他并不是服从你。他服从的，只有梁乔笙。真是讨厌的……忠诚。

一个男人对一个女人的忠诚，能单纯吗？一想到这个男人在他离开的七年一直陪在梁乔笙的身边，他的心里就无名气闷。

荣久箫看陆决然的眼神瞬间变了又变，声音冷凝，带着质问的味道：“为了一个下属对顾西贝这样，梁乔笙，你是越活越回去了吗？”

梁乔笙心里一阵泛酸，说不清楚是怒还是伤，点点不是滋味。难道我们前段时间的冰释相处还不够信任对方吗？她暗吸一口气，调整了心绪，瞟一眼顾西贝，淡淡开口：“陆决然是我的私人特助，顾小姐侮辱了我的特助，等同于侮辱我。希望荣总搞清楚事实再说话。”

荣久箫被她毫不留情的态度震慑住，也激怒了内心。明明……明明只要她说两句软话，说两句像顾西贝那样的软话就可以了。可是她却非要用这样的态度，这样的语气，仿佛跟他是不共戴天的仇人，明明他合该是她世上最亲密的人，是她的丈夫。

顾西贝瞧见荣久箫那深刻的眼神，眼眸如墨玉，底处暗藏着不明的情意，心里顿时一慌，急忙出声以引荣久箫的注意：“久箫，请你相信我，我没有侮辱乔笙。”

梁乔笙心里冷笑，看顾西贝在那里自演自唱，一丝嘲讽从眼底划过。

荣久箫看梁乔笙不动声色，狭长凤眸微微眯起，潋滟幽光，面容带着一丝冷意：“梁乔笙，给顾西贝道歉。”

他的话语中带着不容置疑的语气，眼睛直直地盯着梁乔笙，似乎锁定了她，不给她任何逃离的味道，带着压迫与威胁。

梁乔笙脸上的冷静终于有了些许碎裂，她转头看荣久箫。这算什么？她以为，荣久箫再如何顾及顾西贝，都不会如此为难她的。更遑论，她认为荣久箫是喜欢她的。

“荣总，麻烦您再说一遍，我刚刚没有听清楚您说的意思。”梁乔笙抑制住心中起伏的情绪，声音平稳。

两人对视间，空间似乎分割了开来，一瞬间众人只觉压力陡升，让人惊惧。

眼眸与眼眸的对视，不是缠绵，却是如同厮杀。

梁乔笙此刻是真的被激起了怒火，除却她在 HKK 的头衔，她不过是个寻常女子。她以为，跟荣久箫应当是渐入佳境，心里还存有些许满足。却未曾想，一切不过是她自作多情。他心中偏向的，还是顾西贝。

荣久箫听到梁乔笙的问话，下意识又看向她身后的陆决然，心里的痛犹如在被人狠狠撕扯。能不能由此推断，他们爱情的不稳定因素不只有陆远乔。

“道歉。”冷硬的两个字，语调下沉。

眼见气氛越来越僵持，陆决然突然上前，来到顾西贝面前。

“荣总，是我的错，是我惹顾小姐生气了，我给顾小姐赔不是。”说完，便弯腰鞠躬，虔诚无比的姿态。

“顾小姐，对不起，让您受惊了。”陆决然的行为如此之快，快得让人根本来不及阻止。等到大家都反应过来时，他已做完了这一系列动作，话语亦说得滴水不漏。

顾西贝心里一阵恨，如果这个时候她不顺着这阶梯往下走，那就真的是不识好歹了。

转瞬，急忙装作委屈地摇头："没事的，没关系。"

事情到这里也是该告一段落了，可是荣久箫跟梁乔笙并不这么想。他们之间的感情羁绊都来自身边的人，以前是，现在也是。

荣久箫此刻恨极了陆决然，他对梁乔笙的维护太明显了。还有在他空白缺失的七年，陆决然如同一个骑士，一直跟着她。更何况，还来路不明。

他通过各种渠道去查陆决然的资料，却无任何有价值的发现。似乎有人刻意抹去了关于陆决然的一切，这让他在警惕之余越发讨厌他。

一个陆远乔已经很让人厌恶了，还来一个陆决然，真是让人郁卒至极。

梁乔笙侧头看向陆决然，皱眉，心里有几许不乐意。她是不希望自己的人受到任何委屈的。可是理智告诉她，没有比陆决然这种更快速更有效的处理方法了，毕竟这是在大庭广众之下，她与荣久箫这样僵持，根本没有什么好处，还会对 HKK 造成不良影响。

荣久箫的眼光一直追随着梁乔笙，她这一侧头，便看到她右脸上的微肿。

"你的脸是怎么回事？"一步上前，荣久箫扣住她的手腕，语气带着几分严厉。

方才那些冷漠与疏离顷刻间消失不见，仅剩眼底的关心与担忧，还有那暗藏的狠戾。

梁乔笙微微退了一步，那是拒绝的范围。

"久箫哥。"顾西贝抑制住心里的嫉恨，在一旁怯怯开口。

荣久箫没有看她，也没有顾及其他人，拉起梁乔笙走向电梯，直扯得梁乔笙几步踉跄。

“荣久箫，你干什么？”梁乔笙低低惊呼。

一众人站在原地面面相觑，荣久箫的秘书急忙追上去问：“荣总，这视察……”

荣久箫转头扔下一句：“帮我挪到明天。”

狭小密闭的空间里，只有两人彼此交错的气息。

“不是要去视察吗？为什么要推到明天？”梁乔笙有些不赞同地看着荣久箫。

对方并不回话，只是揽着她的肩膀，让她不得动弹，强硬的无可挣脱的姿态。

“荣久箫，你到底要做什么？”梁乔笙越发疑惑。

“她打的吧！”不是疑问句，是陈述句。

梁乔笙并不出声，她呆呆地看着近在咫尺的荣久箫。心，再一次不知不觉陷了进去。

“被打了都不知道还手吗？”荣久箫看着她红肿的脸，终是心疼。

梁乔笙勾唇，无声地笑：“你这是让我去打你母亲吗？”

荣久箫沉声：“如果退让使你受到伤害，我宁愿你进攻。”

梁乔笙心里一颤，有些不敢置信地看着荣久箫，良久没有说话。

落地窗外，蓝天白云，几许风浅浅流过，宁静祥和。荣久箫手指轻轻抚过梁乔笙的脸颊，那红肿让他觉得刺眼。

“疼吗？”荣久箫轻声开口问道。

梁乔笙摇头，荣久箫猛然抱紧她。

“久箫？”梁乔笙一声低呼。

他的劲道很大，箍得她手臂生疼。他抱着她，带着深沉的心疼：“以后离她远点。”

“嗯？”梁乔笙抬头看着他，手抚上被打的右脸，“就因为这个？

你心疼？”

荣久箫面容冷肃，斩钉截铁地说：“心疼。”

梁乔笙没想过他会回答。猛然间，胸腔处胀得生疼，仿似河水奔涌，荆棘开花，心脏扑通扑通，似要跳出胸腔，激动得难以自持。原来，他也是会心疼的。

心里忽然一阵窃喜，窃喜一个巴掌换这一句心疼，值得了。

“阿笙，答应我，以后离她远一点。”荣久箫重复说。

梁乔笙心情颇好地笑了：“她是我名义上的婆婆，她要是来找我，我还能赶她走不成。”

梁乔笙虽不怕林曼姿，却也不能直面去对抗她。不论林曼姿对她做了什么，她也只能暗自忍受。只要她一天是荣久箫的妻子，那林曼姿，她就一天不能动。那是她丈夫的母亲，如果无法忍耐，那她跟荣久箫本就岌岌可危的关系，越发动荡了。

荣久箫抚着梁乔笙的头顶，柔软发丝从他指间穿过，他低下了头，薄唇轻轻吻上了她的头顶：“阿笙，我们好好的，不要闹了。”

梁乔笙眼眸微垂，遮掩住了百态思绪：“我一直没有闹，闹的是其他人。”

荣久箫抚着她发丝的手一顿：“没有顾西贝，以前没有，现在没有，以后更不会有。我和顾西贝，什么都没有。”

梁乔笙双手紧紧地环抱眼前人：“好，久箫，我们不闹了，再也不闹了。”你说的我都信，只要是你说的，即使是欺骗，我也信。

无奈的伤害，变成沉醉的爱情

阴沉了好多天的天气难得有了放晴，一切似乎都随着这个绽放的晴空变得温暖。

“荣久箫，放开。”一声低斥，响在略显安静的办公室里。

“阿笙，不许走。”荣久箫坐在椅子上，眼里充斥着不满。

梁乔笙无奈地叹了口气：“久箫，我的办公室在楼下。我来HKK是工作的，总不能一直和你待在一起，不像话。”

“谁敢乱说。”荣久箫手腕微一用劲，便将梁乔笙拉回原位。

“久箫……”梁乔笙挣扎。

荣久箫紧紧箍住她的腰身：“不准动，再动你就要负责了。”

梁乔笙听懂了这句话是什么意思，脸微红。她小心地侧头，轻声开口：“久箫，今天大家都看到我进了大楼，不出去露面，跟你窝在一个办公室里像什么话啊！……”

话还没说完，耳朵被荣久箫咬了一口。“你咬我做什么？”她不禁有些气急败坏地质问。

荣久箫恨恨开口：“你说我咬你干什么？”看着她那双莹莹水眸，俯头便吻了上去。一阵纠缠，气息娇喘。

“好了，快放开我，我真得走了。”梁乔笙拍拍荣久箫的肩膀，带着无奈。

荣久箫皱眉：“我想喝鱼片粥。”

“这……”梁乔笙有些语塞，为什么突然间想要喝粥。

“我饿了，你作为妻子应该负责填饱丈夫的肚子。”荣久箫在她的脖颈间轻轻蹭了蹭，闷声开口。

“我要吃南舍小馆的鱼片粥。”荣久箫开口又说道。

梁乔笙轻轻吁了口气，最终还是妥协了：“好吧，我去买。”

驱车来到南舍小馆，推开门，便看到了陆远乔。不是他的位置太显眼，而是他坐在那里，这世上的光都会被吸引到那里去。

山巅清雪，遗世独立。美丽，却又高不可攀。

陆远乔身穿双排扣的休闲西装，纯白的色泽，却不感突兀。他似乎天生适合这样的颜色，流畅柔韧的腰身线条收得恰到好处，精致而又奢华。他们自从上次咖啡店谈话后，一直没有再联络，因为她还是能明白他对自己的用心的。

“远乔，是梁乔笙。”与陆远乔同坐的林若仪笑着出声，仿佛遇到朋友般熟稔。

陆远乔的眸光掠过梁乔笙，仿佛毫不在意，连停顿都没有，如同在看一个路人甲一般。

“不是要走吗？”他开口道。

林若仪暗挑眉，看一眼梁乔笙，便顺从地起身：“嗯，走吧。”

两人起身，陆远乔眼眸微闪，随即，抬手揽住林若仪的肩膀，看向梁乔笙。

“梁乔笙，怎么一个人来这里？不过……你现在应该很忙吧！怎么还能那么悠闲呢？”陆远乔的眉梢微微挑起，声音缓慢而又低哑。

梁乔笙看到这副与陌生人说话的疏离模样，心里蓦地一堵，一种说不清道不明的感觉涌上心头。

她面上神色平静，声音如常地回答：“再忙也要吃饭。”

陆远乔一声轻笑：“也对。”说完揽着林若仪从另一侧走去。

梁乔笙从始至终都垂着眼眸，凝神看着眼前的水晶花瓶，似乎对花瓶里那束花看得着迷，陆远乔与她擦身而过的瞬间，带起了一丝微风，耳旁的发丝飘飞，淡淡的玫瑰香气传入她的鼻端，有些醉人，有些迷惑。

只有她自己知道，她的心脏是跳得多么汹涌，浑身都是僵硬的姿态。

一切又安静了下来，气氛变得奇异沉默。梁乔笙咬了咬唇，心里没来由地一阵烦躁。

以前，她的伤口总是在陆远乔的面前摊开，久了也就习惯了。可如今，她和他如此疏离的关系，却觉得心里难受不已。南舍小馆里，以往悦耳的丝竹管弦之声，此刻听来却有些哀伤之意。

“小姐，这是您要的鱼片粥。”服务员将打包好的鱼片粥拿给梁乔笙。

梁乔笙回过神来，暗自叹气，摇摇头，将那些莫名其妙的思绪抛到了脑后，这才提着粥开车回 HKK。

车行驶间，电话响了。梁乔笙戴耳机接起：“陆决然，怎么了？找我有什么事情吗？”

“梁乔笙。”陆决然喊了一声她的名字，显得郑重其事。

梁乔笙微微挑眉，有些不明所以：“怎么了？”印象中，陆决然从来没有如此凝重地喊她的名字。

“荣久箫召集董事会，要撤掉你的董事长一职。”

呲！轮胎摩擦路面的声响刺耳，急刹的惯性让梁乔笙的身体向前晃了晃。

“不可能，陆决然，你定是搞错了。”稳住心神，梁乔笙强制冷静地反驳。

陆决然在电话那头叹了一口气：“没有，我没有搞错，因为就在刚刚我被 HKK 解雇了。”

“到底怎么回事？荣久箫只是执行总裁，他没有那个权力这么做，也不可能这么做。”梁乔笙心里涌上一阵不安。

陆决然似是在电话那头摇了摇头：“没什么不可能，因为他已经做了，至于权力……”他顿了顿，复又道，“会议上荣久箫拿出了你亲笔签名的致歉信以及百分之十的股份转让书。”

梁乔笙瞳孔骤然紧缩。亲笔签名？思绪瞬间拉远，就在不久前，荣久箫在纸上一笔一画地写“梁乔笙”三个字。他在她耳边低喃，如此深刻，如此清晰。他说：“阿笙，这名字与我真是天生绝配，快，写个我看看。”

在笑闹中，她拿起笔在白纸上郑重地写下漂亮的三个字。

“还有您与陆远乔的亲密照片被放到了会议的 PPT 上，这让董事会对您大为不满，就算有人想帮您说话，也不能主动跳出来了。”还没等梁乔笙在震惊中回过神，陆决然又填补了更为重磅的消息。

“亲密照片？”这一桩接着一桩打得梁乔笙头混沌。

“就是您跟陆远乔在车里亲吻的照片。”陆决然平静地回答。

轰！如同山洪倾泻，火焰坠落，一切情绪纷至沓来，袭上她的心底，让她浑身都不可抑制地颤抖起来。

“久箫，荣久箫，你真是好得很。”

一切都是有预谋的，什么和好，什么以后不再闹，都是屁话，都是谎言。这一切，都是荣久箫为了骗取她的信任，骗取她的签名，为了在 HKK 彻底打击她而用出来的计谋。

她以为，陆远乔在车里强吻了她，他是真的气急了，才会驱车直接撞上来。原来，人家还留了一手，专门拍下了照片，用以让董事会闭嘴。

是的，一个“红杏出墙”的女人，不配做荣家的少夫人，更不配占据董事长的位置。更遑论，还有她亲笔签名的股份转让书。

她真以为，他让她写下名字，是为了显示亲密，却不料佛口蛇心，用心险恶无比。谎言，全都是谎言。

以他之宠，布一个让她神魂颠倒的骗局，真是让她大开了眼界。原来那个男人，早就不是她认识的男人了。是她自己愚蠢，一直自欺欺人。

“呵……”一丝冷笑溢出唇角，似哭非哭。梁乔笙一动不动地坐在驾驶位上，放在方向盘上的手僵硬无比。她直直盯着前方的马路，行色匆匆的路人，川流不息的车辆，还有街口不断变换的红绿灯。

一切都是如此忙碌而又喧嚣，她忽然觉得与这样生动的世界格格不入。车辆行人，高楼大厦，忽然就从她的眼中淡去，目之所及，一片空白。如同心被抽空，连呼吸都是困难的，一呼一吸间扯得胸腔里的心脏生疼。

盯久了，她的眼睛酸涩。梁乔笙以为自己会哭，可是这么长时间却没有一滴眼泪掉下来。

她看了一眼放在一旁的鱼片粥，轻轻吸了一口气，双手用力握住方向盘，脚踩下油门，朝着 HKK 驶去。

到了 HKK 大门口，正想开往停车场，却看到荣久箫揽着一个女人从正门出来。梁乔笙忽然就笑了，那女子是顾西贝。

打开手机，拨出电话，看着不远处的荣久箫接起电话，顺便还给顾西贝做了个噤声的手势：“阿笙，回来了吗？”

梁乔笙听着电话那端温柔的声音，心里只觉天堂与地狱之隔，不过如此了。

清了清嗓子，她平稳着自己的声线：“还没有呢，今天南舍小馆里的人太多，鱼片粥还在煮着呢。”

她看着不远处的顾西贝和荣久箫，话语微顿：“你呢？你现在在哪里？”

荣久箫轻笑了一声：“阿笙，你怎么问这种问题，我当然是在办公室了，不然还能在哪里？”

梁乔笙第一次觉得一个人睁眼说瞎话是那么让人心痛，她似乎都能看到他那上挑的眉，还有那双眼睛里如同猫戏老鼠一般的暗沉与幽深。

“没事，只是随口一问。”梁乔笙几乎用尽了全身力气才平静地说出这句话。

“我等你这碗鱼片粥等得真是辛苦啊！先挂了，你回来的路上注意安全。”荣久箫带着笑意说完后挂断了电话。

梁乔笙听着电话里传来的嘟嘟嘟声响，看着不远处顾西贝挽着荣久箫的手臂，两人亲密无间的姿态，似乎在说些什么。蓦地，眼里的景象就模糊了。

该如何说，感谢你的温情，赠我一场空欢喜。我并不伤心你对我权力的阻隔，我伤心的只是你对我感情的谎言。

不过几个小时，阳光至乌云，天堂至地狱，几个来回，自己如同在火里煎熬炙烤后又被放到了冰雪里，冷，冷得彻骨。

梁乔笙觉得自己已经习惯戴上面具，就如此刻，她看着不远处的一男一女从她眼底慢慢走远，她没有歇斯底里，也没有放声大哭。只是，默默地任由泪水浸染眼眸。

无声的哭泣，比嘶喊，更加撕心裂肺。

荣久箫和顾西贝的身影消失，她冷静挂挡，方向盘打死，调转车头朝着另一条路上奔驰而去。

与他们相反的方向，背道而驰，如同越走越远的两人。

一路油门踩到底，漫无目的地沿着马路一直开，车窗大开，凉风凛冽灌入，将她的长发吹得缭乱。眼泪被凉风吹干，被泪水浸过的皮肤一阵紧绷的刺痛。马路上嘈杂的车流与喇叭的声响从大开的窗户钻进来，让梁乔笙头痛欲裂。

她关上车窗，伸手打开广播。音乐响起，一首缠绵悱恻的歌曲如同诉说一个故事一样娓娓道来。

“想走出你控制的领域，却走进你安排的战局；我没有坚强的防备，也没有后路可以退。想逃离你布下的陷阱，却陷入了另一个困境；我没有决定输赢的勇气，也没有逃脱的幸运。”

梁乔笙愣住了，连车速都降了下来。空灵哀婉的女子在唱着，诉说着。

“我像是一颗棋，进退任由你决定；我不是你眼中唯一将领，却是不起眼的小兵。我像是一颗棋子，来去全不由自己；举手无回你从不曾犹豫，我却受控在你手里。”

梁乔笙停了车，身子前倾趴在了方向盘上，耳边一直重复着这几句歌词。我像是一颗棋子，来去全不由自己。是啊，来到荣家由不得自己拒绝，离开荣家现在也不可能。太多的牵绊，让她根本无法抽身离开。

以为终于守得云开见月明，与荣久箫互诉衷肠，温情脉脉，却转头就被骗写下自己的亲笔签名，将自己踢出董事会。踢出就踢出吧，她原本就不在意那些，本来就全是他的，根本用不着他夺。

可是她看到了他与顾西贝的亲密。明明他说过，他没有顾西贝，从来就没有。可是转眼，就推翻了一切言论。

荣久箫啊，举手无回他从来不曾犹豫，而她却受控在他手里。棋子，她一直就是那颗棋子。以爱为名的战局，进退不得，太不公平。

伤极反笑，她低低的笑声在安静的车里响起，笑自己的愚笨，自己的痴傻。片刻后，歌曲停下，而她起身，关掉了广播。

打开车门，提着那份已经冷掉的鱼片粥，缓缓下了车。

手机铃声响起，是荣久箫。此时此刻，看到来电显示是他的名字，竟然有种说不出的讽刺感觉。手机扔在座位上，任由它一直响。

关上车门的同时，也关上了自己混乱的心绪。

走了几步，看到垃圾桶，她走过去，看一眼手上的鱼片粥，放手。

嘭，一声闷响，鱼片粥坠到了垃圾桶里。

再见，鱼片粥。

再见，愚蠢的梁乔笙。

再见，愚蠢的爱情。

第五章

生如夏花

在爱情里，谁束缚了谁

扔掉鱼片粥，梁乔笙似乎轻松了许多，她观察周围的环境，神态有些茫然，居然是医院门口，她无神地走着，在一个拐角处突然被人拉进了一条安静的走廊。

她连呼喊的时间都没有，就被捂着嘴巴给拖到了一个僻静的角落。谁？梁乔笙想要挣扎，而身后的人仅用一只手就制住了她乱动的双手，灼热的气息喷在她的后颈。

男人的声音带着一丝沙哑缓缓响起："梁乔笙，我听说了。"

陆远乔！梁乔笙眼底划过一丝惊异，甩开他的手，转身扬起手就要给他一巴掌。

陆远乔不闪不避，那双眼如同静湖，依旧温润又平静，包容一切。他就这么看着梁乔笙，似乎将自己全然敞开，那眼里的包容如同浩瀚星空一般，让你沉溺其中，无法自拔。

梁乔笙心里一颤，挥出去的手也不自禁偏向一旁，无力地打到了他的肩膀上。

一声轻轻闷响，手掌与衣服相触的声音。

半晌后，她才抬头看向陆远乔："你在这里干什么？"

陆远乔并不正面回答她的问题，只是握住她的肩膀，轻声问道："阿笙，你舍不得，是不是？你终究是舍不得打我的，是不是？"

"你在说什么，我听不懂。"梁乔笙微微侧头，逃避那双似有魔力的眼眸。

“阿笙，到我身边来。”陆远乔猛然抱紧了她，那力道勒得她身体发疼，“阿笙，荣久箫不要你，我要你。”

“听不懂你在说什么，你快放开我。”梁乔笙皱眉头，低声怒斥。

陆远乔闻言将她抱得更紧了：“梁乔笙，我都知道了，你被荣久箫从 HKK 董事会赶出来了，现在给你的职位只是挂个名号而已。换言之，他已经把你架空了。”

梁乔笙停止了挣扎：“陆远乔，你是怎么知道的？”

她这个当事人得知这件事情也不过才半个小时，陆远乔又是怎么知道的？他的消息未免也太快了些。

安静的走廊，两人的身影映在了白色的墙壁上，走廊的尽头有一扇打开的窗，窗户上挂着白色的纱帘，一切都是如此静谧。午后的阳光随着风撩起纱帘，浅浅金芒，将两人的影子拉长。

“陆远乔，你先把我放开。”梁乔笙从最初的惊讶里回过神来，再次挣扎着想要离开陆远乔的怀抱。

陆远乔轻轻拍了拍她的背：“阿笙，你别激动，我放开就是了。”

梁乔笙抬头，看到陆远乔眼里的担忧与温情，他高挺的鼻梁在脸上投下阴影，额前的发丝细碎而又柔软，一切似乎都有了蔷薇的香气。

“陆决然是你的表哥。”一句话似是疑惑又似是醒悟。

梁乔笙看着陆远乔，眼底有些疑惑，又有些不得其解。他是这样优秀，不管是得天独厚的容貌，还是与生俱来的身家背景，如此完美，一个如同画中走出来的、带着中世纪优雅情调的贵公子，为何对她有此执着。

“为什么喜欢我？为什么要我呢？”近乎低喃，带着困惑。

陆远乔听到了她的自言自语，伸手想要抚上她的脸颊，却突然停住。梁乔笙的脸贴近他的胸口，乖巧得如同一只小兔子。

这是第一次，她如此单纯地靠近他，让他失了反应，也失了任何言语。心脏不可控制地跳动得越发猛烈，他顿在半空的手缓缓放到她的头上，轻轻抚着她的发丝，美好的触感，让心涨满。

“陆远乔，以后不要再来找我了。”

风，轻轻的，声音，轻轻的。走廊尽头的窗户上，白色的纱帘肆意飞舞着，搅碎了点点光晕。在这最缱绻美好的时刻，若花红唇却吐出这世上最残酷的语言。明明如此贴近的距离，此刻却仿若隔着千山万里不复相见。

陆远乔的手僵在了她的柔软发丝上，闭眼又张开。

“梁乔笙，我真的想把你的胸膛剖开来看看，你的心到底是什么做的？石头吗？”他微微低头，在她的耳旁用亲昵的姿态说出这样心痛的一句话。

“不知道。”梁乔笙依旧贴在他的胸口，神色异常平静。

亲近的姿态，最后的告别，这温暖，她再感受片刻，便永远远离。

陆远乔一把拉开梁乔笙，与她眼神相触，带着逼人的气息：“梁乔笙，荣久箫到底有什么好？他为你付出过什么？值得你这样念念不忘，值得你这样犯……”声音从低到高，从温和到愤怒，又在最高处戛然而止。

“犯贱是吗？”梁乔笙平静地开口。

陆远乔盯着她无法再开口，冲动是魔鬼，冲动之下所说的话语亦是无法收回的。

“那你呢？”梁乔笙忽然笑了。

“你又为我付出过什么？”

一句问话，却让陆远乔心里冰凉。他握着她肩膀的手指劲道渐大，她却眉头也不皱一下。

“陆远乔，你口口声声问荣久箫为我付出过什么，这有关系吗？我就是犯贱，这有关系吗？”梁乔笙高挑着眉眼，冷艳而又带着讥诮。

“我的心是不是石头做的，我不知道。我只知道，我的心里有一个人，他叫荣久箫。从我十四岁认识他起，他的名字就刻在了我的心上，这么多年，已经与我的心脏融为一体了。他如果不在了，那我的心脏恐怕也不会跳了。”梁乔笙伸手按到自己的左胸口，一字一顿地开口，“我就是犯贱了，可是我梁乔笙一辈子就对这么一个人犯贱了，不可以吗？”

爱他，已经是一种习惯了。要把这习惯改变，不遍体鳞伤血肉模糊又怎么行呢？可是她现在，还没有血肉模糊，还能痛并快乐着。一点点温柔，一点点安逸，就能让她背负着前行，直到灵魂尽头。

“陆远乔，你不是我的谁，所以请你以后不要再自作多情了。”梁乔笙的声音冷酷无情，她在掐断陆远乔心中存在的喜欢，毫不留情地，掐断。

陆远乔那瑰丽的眼眸在那一瞬变得幽暗，深沉得令人害怕。所有温和尽数消退，放肆褪去温柔的外壳，露出了掠夺的本性。褐色的瞳孔弥漫出危险，半晌静默后，陆远乔一把将梁乔笙转身推到了墙上。如果温柔无用，那就只有强夺了。

梁乔笙的背部被狠狠撞到了墙上，痛意升腾，眼前一阵发晕，还没反应过来，唇瓣便传来了灼热的气息。他强势地，不容拒绝地，吻上了她。充满了掠夺，再不掩藏。

她咬紧牙关，挣扎着，心里瞬间升腾出屈辱与恨意。

陆远乔一手钳住她的下巴抬高，让她被迫承受着他的吻，末了，他咬了她的唇瓣，让她痛呼一声。只一刻，攻城略地，勾起她丁香小舌。

梁乔笙只觉头一阵发晕，无法呼吸，鼻尖萦绕着的都是他的味道，那是一种蔷薇的香气，迷惑人心。

忽觉肚腹处一阵绞痛，让她连站立都无法做到，薄汗从额头沁出，痛苦无比。铁锈味浓重，那是血腥的味道。一瞬间，整个狭小的拥抱空间都是那浓重的血腥味，陆远乔全身僵硬了起来。

鲜血顺着梁乔笙的大腿内侧流下，触目惊心。

“梁乔笙！”陆远乔的眼眸里有着暴风雨在凝聚，声音里都有了阴森的味道。

梁乔笙的肚子一阵阵地抽痛，连说话的力气都没有了，止不住地喘息。

她觉得陆远乔的眼神有些不对，可究竟为什么不对她却一时没有理清楚，痛感让她的感官变得迟钝，连带着大脑里的思绪都有迷糊……

记忆拉远，那是一个星空还很美丽的夏天。

“梁乔笙，我只想问你一句话。你真的跟他……”想要问出口的话艰难地卡在喉咙里，嘴唇微微张开，颤抖，却是怎么也无法说出那些字眼。

“嗯，对。”倚在窗边的女孩，声音清脆。

她的长发乌黑如水墨，掩住她的半边脸颊。柔软的绒毯盖着她的腿，腿上正翻开着一本书，窗外的风一吹，书页哗啦啦响动。

“梁乔笙，你知道你在说什么吗？”站在门口的人，唇角还有未散的瘀青，额头上包着纱布，手上吊着石膏，衣衫凌乱，略显狼狈落拓。

他的眼，只能看到那躺在窗边软榻上的女孩，连眨一眼都舍不得。双腿却站在门外，无法迈动。几步的距离，却恍若隔世。

荣久箫，从来都是天之骄子，却在此时此刻第一次尝到心痛的滋味。跳一下，那疼痛便传遍全身。

“梁乔笙，你知道你在说什么吗？”再次重复，语气缓慢，带着不可置信。

“我知道。”梁乔笙唇角微抿，一丝微笑。她并未抬头看他，只是盯着面前翻开的书籍。

“荣久箫，我需要钱，很多很多钱。而你的父亲，能给我。”女孩的声音温柔无比，但是那话语却让荣久箫如坠冰窖。

“梁乔笙，你说谎。”荣久箫放在身体一侧的手，紧握成拳，他咬牙切齿，“你要钱跟我说就是，何必要找他。”

“荣久箫。”梁乔笙截断他的话，抬头浅笑，窗外的光晕镀上她那美丽的脸颊显得有些虚幻，仿佛下一刻她就会消失不见。

“事实就是这样，不管你说什么，也改变不了这个事实。也改变不了我做了你父亲女人这个事实。”

“梁乔笙！”一声怒吼，带着野兽濒临绝境的疯狂。我们明明对生活有规划的，可是为什么你轻而易举地否掉一切？

“嘶——”一声痛呼，荣久箫抬起右手抚着自己的额头，或许是吼声过大，让他受过伤的头部一震眩晕，身体无力地靠在门框上。

梁乔笙看着他，心一紧，起身想过去，却在看到自己的手时，顿住了自己的身形。不能动，不能再接近。

荣久箫调整自己，等到晕眩过去，他抬眼清晰地看到坐在软榻上的女孩一动也未动。

他张口想说什么，可发现什么也说不出。能说什么？他能说：我死里逃生想见的第一个人就是你？他能说：我被绑架了，在濒临死亡之际发现最想做的事情就是，玫瑰铺就道路，给你一个盛大的婚礼……他想说的太多太多了，可是现在却一句话也说不出口。

上帝怎么能在他死里逃生后又送他如此刻骨铭心的礼物？他不明白，只有几天时间，为何梁乔笙突然变成了荣向南的女人。他不相信旁人的话，他只想听梁乔笙自己说。

可是，结果还是一样，让人绝望。

手掌缓缓从脖子上扯出一根黑色细绳，下面缀着一颗子弹样式的吊坠，他握紧那颗吊坠，猛地扯断。无声地断裂，仿佛有一把剑将自己的心也斩得四分五裂。

猛然一把扔向梁乔笙，寂静的房间里，一声落地之响，清晰无比，金属子弹吊坠在纯白色的地板上滚了几个圈。

“梁乔笙，你会后悔的。”狭长凤眸里充斥着黑暗的浪潮，不停翻涌，如同绝望的黑夜里，压抑着的疯狂攀爬的藤蔓，长出了尖锐的刺，刺伤别人，也刺伤自己。

话音落下，荣久箫转身离开。

他的衣摆掠起，带起了弧度的棱角显得冷寂异常，下巴抬起，像孤傲君王，脚步似踩在尖刀上，每走一步，都将自己刺得鲜血淋漓。可是，他不怕。他连梁乔笙都没有了，还会怕流干自己的鲜血么？

梁乔笙看着荣久箫转身离开之际，猛然从榻榻米上跳下来，却因虚弱没有稳住自己的身体，重重地摔在了地上。

她看着在不远处地板上静静躺着的子弹，这颗方才被荣久箫丢弃的子弹，连呼吸都困难了起来。这是她送给他的十八岁生日礼物。可如今，他却还给了她。

往前挪了些许，她伸手想要捡起。双手十指都裹着厚重的纱布，那是她方才将手藏在绒毯里的真相，她不能让荣久箫看到她手上的伤。

她靠近那颗子弹，却始终也无法捡起。厚厚的纱布包裹着十指，让她连这般微小的动作都做不到，好不容易捡起来一点点，叮，又落到了地上。

她单手捡不起来，于是双手捧向那颗子弹，越掉落，越执着。可是那手指上的纱布实在裹得太厚，就连拿一样普通东西都做不到，更遑论捡这样一颗小小的子弹。

捡起，又掉落，捡起，又掉落。每掉落一次，子弹就滚动几圈，她只能跟着子弹艰难地挪动。她太虚弱了，虚弱得连正常行走都做不到。为什么，为什么就连一颗小小的子弹，上帝都不让她捡起来呢？

为什么呢？

肚腹里的疼痛又向她袭来，这是落胎后的后遗症，湿热的液体从她身下渗出，鲜血的铁锈味从空气中传来。

“乔笙，你怎么在地上？”荣向南进到房里，看到梁乔笙此刻的模样，大惊失色，疾步上前扶她。

干净的地板上，鲜血的印记显得恐怖异常，那是她挪行间留下的，刺眼又刺心。

“天哪，傻孩子，你这是在干什么啊！我这是造的什么孽啊！”荣向南跪在地上抱着瘦弱的梁乔笙，酸涩冲上眼眶，眼泪流了出来。

“乔笙，阿笙，你怎么这么傻？你怎么能用这样的理由赶走久箫？”荣向南满是皱纹的眼角此刻没了慈祥之态，满是悲伤。

梁乔笙顺了一口气，干裂的唇轻轻开口：“我不这样说，他会离开我去美国吗？”

荣向南看着她，看着脸色惨白却带着笑意的她，闭眼一阵不忍。

梁乔笙嘴角扯出一丝笑：“可是却连累您了，您不介意吧！”

荣向南闭着眼摇摇头，却是什么话也说不出。

梁乔笙微微侧头，忽又说道：“叔叔，您能帮我把它捡起来吗？我捡了好久，可是一直都捡不起来。”

荣向南顺着她的眸光看向那颗躺在不远处的子弹，再看鲜血浸透衣裙的女孩，终是忍不住，大哭了起来：“乔笙，对不起，对不起，我们荣家对不起你。”

对不起吗？可是，我想要的不是对不起，我就想要你帮我捡起那颗子弹。那颗子弹，算是荣久箫还给她又留给她的唯一的东西了呢。

VIP病房里，没有难闻的福尔马林或其他消毒水的味道，空间宁静而又温馨，床头柜上的花瓶里还放着两枝百合，香气清雅。

梁乔笙躺在病床上，脸色有些苍白，乌黑的发如墨铺洒，在那洁白的床单上有了几分让人惊艳的气息。她此刻仿佛睡得极不安稳，眼睫毛微微颤动，如同陷入梦魇。

陆远乔坐在沙发上，眼眸直直看着梁乔笙，情绪晦暗不明。他该庆幸他们方才就在医院里吗？所以才这么方便。

病房外，有小护士在窃窃私语："天哪，我要是有那么棒的男朋友就好了。"

"就是啊，女朋友来例假都那么紧张，长得又那么好看……"

陆远乔方才焦灼而又愤怒的心此刻却是平静无澜，原来不是他想的那样。

他不知道看了梁乔笙多久，仿佛要将她的脸庞刻到自己的心里去，哦，不对，其实早就刻在心里了。

不管是隐隐的恨，还是浓烈的爱。这么多年，只有这么一个女人能在自己心里留下痕迹。

缓缓起身，手指轻轻抚向梁乔笙的脸庞，肌肤细腻得连毛孔都看不到，指尖轻触，微微颤抖。

手指的凉意让本就不安稳的梁乔笙醒了过来，一睁眼便看到那极致绚烂的眼神。眼里一片茫然，片刻后才是恢复了清醒。

原来方才是在做梦吗？那么久远的事情，她居然都梦到了。

陆远乔收回手，神色也变得冷凝，仿若刚才的温和只是错觉："你醒了。"

梁乔笙的嘴唇因为干涸有些许的裂纹，无色而又苍白。她定定地看了眼陆远乔，便想起身。

"别动。"陆远乔制止了她，"医生说你要多休息，你的身体健康指数糟透了。"

"我知道了，你走吧。"

陆远乔冷凝的眼眸瞬间如光熄灭："梁乔笙，你不用如此迫不及待地赶我走。"说完转身大步离开，顺手带上了门，愤恨地，重重的声响。

看着他转身离开的背影，又听到关门的声响，梁乔笙闭上了眼。

陆远乔，我真的不能再靠近你了。因为，你太温暖，温暖得让我已经有些沉沦了。

巡房的护士关掉了灯，病房里顿时暗了下去，只有月光隐隐透进纱窗，折射出一地的斑驳树影。沙沙沙，那是夜风过耳的声音，偶尔有脚步从走廊间传来，然后整个世界便再无声响。仿佛寂静得只剩下她一个人。

"叮铃铃……"在这种情境下，电话的声音才会异常突兀而刺耳。

就连梁乔笙自己都觉得这个电话太突兀了，究竟会是谁这么晚了还找她，是陆决然吗？难道他担心她，所以打个电话问候一下吗？

没多想便接起电话，却不料电话那端传来清冷的声音，一如那人清冷的模样。

"阿笙，你这买鱼片粥怎么买得夜不归宿了呢？难不成迷路了？"

此刻的他，却是带着笑意，如同玩笑般的语气，在电话那端对着梁乔笙温柔地询问调笑。

"没有，我在这个城市还不会迷路。"她尽力稳住自己，呼吸轻浅，带着拒绝的味道。

电话那端的人顿了顿，随即开口问："你怎么了？"

梁乔笙几乎想冷笑出声。怎么了？难道他以为在他骗了她后，还能与她安然相对吗？

"阿笙，你是不是误会什么了？"荣久箫的语调虽然冷硬，却也有着温柔。

"没有。"梁乔笙否定。

不能与他争吵，只是将她踢出董事会而已，不影响什么。反正她存在的价值就是让荣久箫好好掌握HKK，只要完成荣向南的嘱托，她就能解脱了。她再次在心里这样安慰自己。

“我今天陪一个朋友，就不回去了。”她转念说道。

荣久箫静默了片刻：“梁乔笙，你只有说谎的时候声音才会变得特别轻，语调才会控制在同一个声调上。”

刹那间就被戳穿真相让梁乔笙有几欲摔掉电话的冲动，这算什么？是对她的一种安慰还是讽刺？荣久箫带着怒气道：“你到底在哪里？”

“医院。”梁乔笙顺口回答。听着电话里传来忙音，她有些苦笑。难不成，荣久箫还会跑过来吗？

推开病房门打开灯，便看到半倚在床上的梁乔笙；因为灯光刺眼，她用手背遮了遮。

“你……”太过惊愕让她有些说不出话。

“阿笙，你不是在陪着朋友吗？怎么变成自己躺在床上了？”荣久箫径自走到床前，居高临下地看着她，那双狭长的凤眸里，潋滟的光泽叫人无法呼吸。

荣久箫很生气，但看到脸色苍白的女人时，又化为了心疼。

“什么情况？”荣久箫言简意赅。

梁乔笙有些尴尬：“没什么。”

“梁乔笙，我不想再问第二次。”他的话语虽是如此，可眉眼间却没有表现出任何不耐。

“生理期。”梁乔笙低声说，耳垂微红。

荣久箫看她半晌，便出了病房。片刻后，他手里端着冒热气的汤进来。

“快喝了。”他在下达不容拒绝的命令。

梁乔笙接过，才发现是一杯红糖水。刹那间，心里无数情绪掠过，仿若蜻蜓点水一般，将那如湖水一般的内心，点起了圈圈涟漪。似乎，他没有那么可恶了。

“不舒服怎么不给我打电话？”荣久箫坐在床边，将梁乔笙抱进怀里，“阿笙？”

梁乔笙喝完糖水，似在解释：“不是什么大问题，没必要打扰你。”

“那阿笙你觉得什么才是大问题？”荣久箫声音平静，听到了她话语间的隐忍。

梁乔笙心里想，在“濒临死亡”时，或许也不会告诉他吧……

荣久箫接过她手中的杯子，低头轻轻一吻，浅尝辄止。

“嗯，真甜。”他舔了舔唇，似笑非笑地看着梁乔笙，眼如星辰，熠熠生辉。

梁乔笙微愣。这代表什么？是再一次和好？维持这种若即若离的关系，真的好累，付出，并不期望得到一定的回报，但是心真的好累。

“阿笙，你是不是在生气？”荣久箫放下杯子，调整了坐姿，面对面看着梁乔笙，轻声问道。

梁乔笙看着他的眼眸映出小小的自己，摇了摇头：“没有。”她没有任何立场生气，本来，他与她在 HKK 就是对立的。

“梁乔笙，你相不相信我？”荣久箫的手指抚过她的脸颊，喊出的名字也带着严肃与认真。

“我相不相信重要吗？”梁乔笙反问道。

荣久箫顿了顿，轻笑出声：“阿笙，今天的事情陆决然肯定都跟你说了吧，那么，你要不要听听我的解释呢？”

“关于 HKK 替换董事这个事，其实是在……”

“你不用向我解释。”梁乔笙打断了他的话。

荣久箫低头亲吻着她的发丝：“真的？乔笙，请相信我，我不会伤害你的。”

“你根本不需要向我解释。”她的声音又冷又硬，仿佛尖锐的冰刺。

荣久箫猛然起身，一把将她拉起来禁锢在怀中：“梁乔笙，你冷静点。”

“我很冷静。”梁乔笙的声音拔高，抬头对视间，却抑制不住眼里的愤恨。

荣久箫咬牙说道：“你想一想，我如果真的要害你，怎么可能只转走你 10% 的股份，我今天这么做只是为了平衡股东的心理而已。”

他说罢后又亲了亲她的额头，抱着她在耳边呢喃：“阿笙，别生气，我不会害你的，答应我，别生气了，我保证以后再做什么绝对不瞒着你了。”

“嗯。”良久后，梁乔笙才轻声回应。

不可否认，她那悬着的心此时落了下去，那愤恨的情绪也慢慢缓了下来。依偎在荣久箫肩颈处，那温暖亲密的感觉让她舒适地闭上了眼。他的身上有淡淡的薄荷香气，这香气让她有些着迷，亦有些沉醉。

“我父亲的遗嘱上不是说了，只有当你怀孕时，才可以将你手上的股份全部转给我。”荣久箫说到这里，凤眸微暗，随即星光渐亮。

“阿笙，我们生个孩子吧！”他忽然笑了起来，仿佛已经看到那小小的宝贝在向他微笑招手，只要这么一想，心里就火热得如同滚烫的岩浆。

梁乔笙蓦然睁开眼，随即脸上一阵发烫。

“放心，不是现在。阿笙，我还没有这么饥渴。”他一语双关地说，让梁乔笙羞窘地低下头。

“久箫，我想回家。”梁乔笙突然开口道。

“还好吗？还能走吧！”荣久箫半揽地抱着她，有些担心。

梁乔笙不禁失笑：“我只是生理期，不是断手断脚。”

荣久箫却不理她，起身将她打横抱起来。

车子开回荣宅时，梁乔笙已经睡着。一天之内发生太多变化，她已身心疲惫。荣久箫将她抱回床上，脱掉她的鞋与外套并帮她盖好被子。

因身体不适，梁乔笙睡得不甚安稳，时不时地皱下眉，一张脸苍白无力。最终，荣久箫还是睡在她身边，长臂一伸将她揽进怀里。

谁许我，一世从容

由于体虚和之前受到的刺激，梁乔笙的生理期异常不好过，整个人明显脆弱，只能卧床休息。

“阿笙，醒醒。”荣久箫隔着被子轻拍梁乔笙，“快起来把糖水喝了。”

荣久箫一手托着她，将白瓷小碗端起来。

看到荣久箫，梁乔笙心里有种说不出的情绪翻涌：“久箫。”

“嗯？”荣久箫关心地说，“既然醒了就快点喝完。”

糖水喝完，荣久箫点点头，亲了亲梁乔笙的额头，这种亲昵与以往不同，带着一种让人心动的安抚。

梁乔笙享受着 10% 股份换来的温柔甜蜜，越发觉得自己困顿了……

“来，这个你抱着，会舒服许多。”荣久箫将热水袋放在她的小腹处。

这番举动，让梁乔笙的脑海里似有春风拂过，百花盛开，馥郁芳香尽数袭来之感。有时候，让女人感动的，只是一个细节而已。

荣久箫做完这些想起身离开，却被梁乔笙拦住。

“不要走。”她伸手扯住了他的衣服。

荣久箫定定地看着她，上床伸手揽过梁乔笙：“还疼？”

梁乔笙摇摇头：“不疼了。”

荣久箫轻抚她的背：“以后少喝凉的东西，我不在的几年，你都没有照顾好自己。”

“对不起。”梁乔笙小声说，带着心痛。

他一个人在美国七年，她又何尝不心痛。一片静谧中，小巧的台灯散发着温暖的光晕，光线微暗，勾勒出那张刀削斧刻般俊逸的脸庞。

他听到了她这一声对不起。

多年一人漂泊他乡，将她的名字刻于骨血，深藏那不甘与怨恨。辛苦的不是怨，也不是恨，而是无法驱散的孤独，如同入了骨髓的孤独。尤其每年大家都欢庆的节日，譬如合家欢的圣诞，又譬如春节。他都是一个人，坐在壁炉旁。一口一口，喝着最烈的酒，醉到天明。

此时此刻，多年以后的现在。原以为，他心绪会翻涌，会起伏变化，却不想，什么都没有。是的，什么都没有。他心中的情绪没有翻起一点波澜，只有平静与温暖。就这么静静地抱着她，为她煮一碗糖水，似乎人生就圆满了。

恨，原为深爱。

荣久箫想到这里，那浓烈的感情尽数掩盖在那平静之下。他将梁乔笙抱入怀中，手掌轻轻抚摸着她的发丝。

“肚子还疼吗？”一声轻问，却是揭过了那个话题。

梁乔笙微微摇头：“好多了。”

她穿着宽松的棉质睡衣，许是这几日烦恼之事颇多，让她有些形销骨立。黑白条纹的睡衣穿在她的身上更显得有些松垮，一个不经意的动作，衣领微微下滑，露出了精致的锁骨。

那白皙的颈项间一根黑色的细绳引起了荣久箫的注意。他伸手将它从梁乔笙的颈项里轻轻勾了出来，一颗子弹吊坠晃动，在暗沉的灯光下反射着金属的光泽。

“这是……”荣久箫的心蓦地一震。这分明是梁乔笙送给他的十八岁生日礼物，而后又被他丢掉的那个。

梁乔笙心里有些许紧张，生怕荣久箫会出现愤懑怨恨的情绪，毕竟当年，这是被他狠狠扔掉的。

岂料，荣久箫径自从她后颈处取下它。

“久箫？”梁乔笙疑惑地转头看向他。

荣久箫将吊坠拿在手上，黑色的细绳与他修长的手指形成了鲜明的对比。

“这是你送我的。”言下之意——这东西该归我。荣久箫握紧了它。

“可是……”你不都是扔了吗？

“给我，就是我的了。”荣久箫复述一遍。

梁乔笙眼眶有些发热。这是不是代表，他要回了她的礼物，也要回了她呢？

“我保证，再也不把它弄丢了。”荣久箫俯首，在梁乔笙的耳旁轻轻说。

他的承诺融解了梁乔笙多年来心中所有的疼痛和委屈。

夜风轻拂，一切都是这么平静。

安静的卧室里，梁乔笙沉沉睡去，她像是一只猫儿一般，柔软地贴在荣久箫的怀抱里，寻找着温暖，乖顺无比。

荣久箫轻轻地将她的头移到枕头上，身体自发蜷成了一团，发丝轻散，遮了她脸颊，几分柔弱安静。

荣久箫为她盖好毯子，俯身轻轻落下一吻，下床走至窗前。

窗外的月色如玉，几许暗香浮动，微风吹得树枝轻轻晃动。荣久箫看向窗外不远处的小树林，眼眸深沉，丝丝寒意沁了出来。夜风从窗隙溜了进来，轻轻撩起一旁的窗帘，也撩起了他的发丝。月光映射下，那切割得精致华美的黑曜石闪烁着斑驳陆离的光芒，和着他墨黑如玉的眼神，倒是添了几分神秘，也添了几分戾气。

“看着干什么？快吃。”荣久箫将粥端上桌，勺子递到了梁乔笙的手中。

梁乔笙眨眼。“你做的？”语气有着不可置信。

“嗯。”简单的一个字，眸中带着笑意。

梁乔笙看着碗里的粥，之前的一切换来这一瞬温存。真的，让人舍不得丢弃。

梁乔笙瞟向角落的座钟：“你不去公司？”

荣久箫翻看着报纸头也不抬地回答：“今日不用去公司，下午刚好在附近有个展会。”

“哦。”梁乔笙点了点头。

荣久箫瞟她一眼：“你这些时日，可一直都处于旷工的状态。”

“咳咳……”梁乔笙垂眸遮掩住自己所有的思绪。她不去公司，自是想让他有更多的机会。

他们两个现在算是一个愿打，一个愿挨吧！人与人之间是不是都是这样？不经意之间就相互利用了。梁乔笙悄悄看了一眼荣久箫，这样的男人其实是不会被谁利用的。

“荣久箫，我们中午吃什么？”她站在荣久箫的书桌前，歪着头问道。

我们？荣久箫握着钢笔的手顿了顿，要拉近两个人的距离，第一步就是从我和你变成我们。他抬头看向她，恍然间觉得她恢复到了以前的模样，以前才来荣宅时在他身边当小跟班时的模样。

“走吧，去超市。”他拿起外套，朝着梁乔笙说道。

“啊？”梁乔笙还没回过神来。

“不买食材怎么做？”荣久箫伸手拉过梁乔笙便出了门。他拉着她的手，心里笑道，为了增进彼此信任，放下之前所有的芥蒂，他专门让用人延长了假期。

“啊，荣先生，好巧啊！居然能在这里遇到你。”一个长相清秀的女子跑到荣久箫面前。

但她的注意力首先盯在梁乔笙身上，眼里有着诧异，不过片刻就平复下去。

荣久箫显然没把对方记心上，迈开脚步就要走。

“荣先生，我是甜甜的经纪人周安娜，上次我们见过面的。”周安娜在娱乐圈这个大染缸染了多年，自是个精明的人，看到荣久箫有走开的趋势，立马报出甜甜的名字。

“有事？”荣久箫毫不在意地开口，带着一股子冷意。

“荣先生，我们家甜甜最近出了点事情，可她是个倔脾气，硬是不找其他人帮忙，所以……”

“说重点。”荣久箫有些不耐。

“她怀孕了。”

在超市的“偶遇”，荣久箫清楚地明白周安娜的来意，他并没有多说什么；看向梁乔笙，也没有过多的惊讶，只是从容地盯着周安娜，似在思考什么。

周安娜有些局促，仿佛梁乔笙能看透她的一切。看来外界的传言不真实，他们二人的关系不只是表面联姻而已。周安娜的目的达到了，她只是带给荣久箫这个消息，然后再找机会跟他谈判。

提着一大袋战利品，两个人到了停车场，梁乔笙拉开副驾驶的门，却被荣久箫制止了。

“坐后面。”略微不快的语调让梁乔笙的身形顿了顿，她皱眉，最后还是依照荣久箫的话坐到了后面。

车子在街道上穿梭，车窗两旁的景色不断倒退，街口的红绿灯有节奏地变换着，一切都显得井井有条。

梁乔笙一手撑着脑袋，眼睛看着荣久箫，从她现在这个角度看过去，只能看到他的侧脸，很完美很刚毅的侧脸，如雕刻一般，没有一丝累赘。增一分太过戾气，减一分又太过阴柔，就这么恰到好处，如一朵永远被攀折不下的高岭之花。

忽然想起以往读书时的景象，荣久箫这个名字，颠倒众生的存在……

荣久箫下车从后座提了东西，说道："副驾驶不安全，以后坐车尽量坐后面。"

"还有，我从来没有在外面乱来过。"冷硬的语调里带着小心翼翼。

梁乔笙看着荣久箫的侧脸，心里像是那湖水波纹，一圈一圈绽开，起初是浅浅涟漪，最后掀起了滔天骇浪。

"听到没？"荣久箫没有得到回话，转头看向梁乔笙。

梁乔笙低着头："嗯，知道了。"

整个荣宅很安静，因为此刻只有他们二人的身影，更显得娴静温馨。

荣久箫脱下外套，随口道："除了以前荣宅的老人，其他用人我都换了。"

"嗯？"梁乔笙惊讶，原来他什么都明白。这样大胆地跟母亲反目，是彻底放下过去，忘记仇恨，重新开始吗？

荣久箫揉了揉她的脑袋："去换衣服吧，不用烦恼那些，我有安排。"

河岸对河流说，我不能留住你的波浪

饭后，两个人正在聊天讨论下午要去参加的展会情况，突然电话响了。

荣久箫看来电，眼眸微沉，最后还是按下了接听键。电话那头的声音又急又喘，梁乔笙离得远，听不到电话里的人在说些什么。只看到荣久箫接听后，脸色越来越沉。

挂了电话，荣久箫看向梁乔笙，神情沉静。

"有事是吗？有事情你去处理吧，不用管我。"梁乔笙摆了摆手，毫不在意的模样。

荣久箫一边穿外套一边嘱咐道："等我回来一起吃晚饭。"

"嗯，好，我等你。"梁乔笙上前帮他理了理衣衫领口，自然的动作，温馨的气息在两人之间流转。

荣久箫亲了她的额头："等我回来。"说罢转身离开。

荣久箫的车子驶出大院，梁乔笙带着笑意的脸庞也缓缓沉下去。

换上衣衫，化了个淡妆，梁乔笙出门。

密闭性非常好的房间里，梁乔笙坐在沙发上。这是一家高级会所，号称保密性最好的高级会所，很多商界人士都喜欢在这里谈生意。当然，白的喜欢，黑的自然也喜欢。

梁乔笙摘下墨镜，看着对面坐着的两个女人。一个是上午才见过的周安娜。坐在她旁边的便是她所带的模特荣甜甜了。

荣甜甜乃新晋名模，号称四国混血，样貌也极具野性热辣，极受人追捧。

“姓荣？”梁乔笙手里捏着一张纸，左边眉梢微挑，问话带着戏谑。

荣甜甜自出道以来仗着有荣久箫为她造势，一路顺风顺水，自然是谁都不放在眼里，乍然见到梁乔笙这样的女子，嫉妒之余，也激发了她的攀比之心。

“怎么？有意见？”荣甜甜冷笑着开口，下巴微微扬起，一头大红的波浪长发倒是有几许热辣风情。

相比起荣甜甜的目中无人，周安娜自是不会。她此刻心里着急，暗恨荣甜甜有眼不识泰山，居然连梁乔笙都不认识。

她端起了经纪人的架子，对荣甜甜呵斥道：“说什么呢？好好说话。”

荣甜甜有些不可思议地看了眼周安娜：“安娜？”

梁乔笙看了一眼周安娜：“安娜小姐，我只是邀请了甜甜，并没有邀请你。”言下之意：你可以闭嘴了。

周安娜看着梁乔笙那不温不火的样子，心里隐隐有些害怕，她咽了咽口水。

“梁小姐，我们家甜甜有些忙，通告都排得满满的，如果您有事就尽快说吧！”周安娜很礼貌地注意着措辞。

“就是，你是谁啊？我还以为是哪个大导演找我呢，百忙之中抽空过来，却看到你这个不认识的女人，真是嫌我时间多呢，知道我分分钟能赚多少钱吗？我的损失你赔得起吗？”荣甜甜的话语像机关枪一样，止都止不住，也让周安娜的脸色更灰白。

周安娜扯了扯荣甜甜的袖子，想阻止她少说两句，谁料她将周安娜的手甩开。

“还有……这位梁小姐，我跟你很熟吗？甜甜这名字也是你叫的？麻烦请叫我荣小姐。”荣甜甜趾高气扬地开口。

梁乔笙右手撑在沙发上，脑袋微侧：“荣小姐？我怕你承受不起呢。”梁乔笙声音轻浅。

荣甜甜腾地一下站起来：“你什么意思？”

“就是你想的那个意思。”梁乔笙看一眼左手上的纸，不屑地念道。

“李甜妞，泉水县人，父母务农，有个不务正业的哥哥，十六岁到了Y市的一家娱乐场所坐台……”

荣甜甜脸色刷地一下白了，起身便想抢对方手上的纸，却被梁乔笙手一扬躲过去了。

“我不知道你在说什么，安娜，我们走。”荣甜甜整了整脸色，转身硬着脖子开口道。

“啧啧，连自己出身都不敢承认的人啊！想想你这一路走来确实也不容易，不过你千不该万不该，给自己改了姓。姓荣？”梁乔笙看了她一眼，猛然话锋一转，“你也配？”

荣甜甜听到这三个字，彻底被点炸了，当下就朝梁乔笙怒吼：“你又算是什么东西？你知道我是谁吗，就在这里张着嘴巴乱说？我告诉你，得罪了我，有的是人收拾你。”

“甜甜，别说了。”周安娜急忙拖住荣甜甜。

梁乔笙坐在沙发上，脚尖微微动了动，红色的高跟鞋靓丽耀眼，在灯光下反射着华丽的流光。

“哦？”一个尾音轻勾，“那我倒要听听是谁要来收拾我？”

荣甜甜双手环胸，居高临下地看着梁乔笙：“知道HKK吗？知道荣久箫这个名字吗？”

周安娜满脸的灰败……

梁乔笙挑眉，看着荣甜甜那副骄傲的模样，扑哧一声笑了出来。

“你笑什么？”荣甜甜冷哼道。

“没什么，只是忽然觉得好笑。”梁乔笙实话实说。

荣甜甜一顿，片刻后也冷笑一声：“我告诉你，不管你是谁？不管你查到什么，没用的，有的是人保我。圈子里的人都知道，我是荣久箫的伴侣。”

“哦？是吗？”梁乔笙微微点头，“听说他有妻子，你若是他的伴侣，那他妻子又算什么？”

荣甜甜眉梢上挑，一副不屑的模样：“他们商家之人，夫妻之间哪有什么感情可言，就是普通联姻而已，背后还不是各有各的生活。他的妻子从来没和他在公开场合出现过，这是大家都知道的事情。”

“是吗？可是我又听说荣久箫跟顾家千金感情颇好啊！”梁乔笙好整以暇地开口。

荣甜甜听到顾家千金，眼神更为不屑了：“顾西贝？她算什么，不过是荣久箫的情人罢了。情人就是拿来玩的，只有我才是荣久箫的终身伴侣。”

梁乔笙点了点头，眼神瞟向一旁已经完全陷入绝望的周安娜，轻声叹了一口气。

“甜甜小姐，听说你怀孕了。”

“请叫我荣小姐。”荣甜甜强调道，眼眸里都是喜意，“当然，我这肚子里可是荣家的孩子，荣久箫早晚会娶我的，这个孩子我们可是盼了许久了。”

梁乔笙看着荣甜甜抚着肚子一脸幸福的模样，眼底冷意再次浮现。她拍手，门外进来几个身着黑衣的男人。

“你要干什么？”荣甜甜有些慌了。

梁乔笙从沙发上缓缓起身：“甜甜小姐，我已经跟你说过了，你不配姓荣。”说完，她挥手示意，两个男人上前一左一右将她架起。

“啊……你们要干什么？”荣甜甜惊慌地开始大喊。

周安娜小声开口道：“梁小姐，甜甜她不懂事……”

“嘘！”梁乔笙打断她。

梁乔笙走到荣甜甜面前，眼睛直直盯着她，笑着开口：“和你说了这么久的话，我还没有自我介绍呢。我姓梁，名乔笙。”

荣甜甜眼里一片茫然，只是不停在挣扎着。

梁乔笙恍然道：“啊，你不知道这个名字，那这个你应该知道，我就是你口中那个和荣久箫联姻的妻子。你口中 HKK 的总裁荣久箫，他是我的丈夫。”

荣甜甜瞳孔骤然紧缩，尖叫着开始挣扎：“啊，你想干什么？你这个恶毒的女人，是不是知道荣久箫不要你了，所以来打我主意。我告诉你，你休想，你别想害我的孩子。”

“嘘！”梁乔笙微微摇头，一脸的不赞同，“真吵，把她的嘴巴封上，不然我话都不能好好说。”

梁乔笙满意地点了点头：“这还差不多，安静多了，我能好好说话了。”

她伸手摸了摸荣甜甜的脸颊，声音轻轻的，带着一种无法诉说的温柔。

“第一，你有病，这病叫幻想症，而且还病得不轻。第二，我们荣家什么都能忍，就是无法忍让有人栽赃嫁祸。”梁乔笙的手移到荣甜甜的肚子上，“这肚子里是不是荣久箫的孩子，恐怕只有天知地知你知我知了，啊，周安娜也知道，唔，说不定咱们家久箫也清楚呢。”

荣甜甜摇着头，眼睛都变得赤红，泪水充斥着双眼。

“打着荣久箫的旗号在外面招摇撞骗，还真是上瘾了。”梁乔笙冷笑一声，“久箫不理你是懒，而我平日也懒得理你，不过这次你倒是吃了豹子胆了，竟然敢让周安娜找到荣久箫面前去，还说你怀孕了。”梁乔笙那精致的脸颊上有了肃杀的味道。

“得到了那么多，总该想到失去的时候是什么模样。”她挥了挥手，示意将荣甜甜带走。

周安娜壮着胆子开口问道：“请问您把甜甜带到哪里去，她……毕竟还怀着孕。”

梁乔笙轻声道：“看来你还是没明白过来，她怀不怀孕可不重要。名模不是应该保持身材吗？”

周安娜的脸更惨白：“梁小姐，你这样是犯法的。”

梁乔笙轻笑：“你想到哪里去了？我又不杀人又不放火，哪来的犯法啊？哦，对了，她这孩子是顾家老太爷的吧！你们也是够本事，居然能让顾老太爷宝刀不老啊！这一脚都快踏进棺材了，居然还能有小儿子！”

“什么顾家老太爷？”周安娜有些不明所指。

梁乔笙走近周安娜，低头轻声道：“我说她怀的是顾家老太爷的孩子，她就是。”

说完转头又走向荣甜甜：“甜甜，你这孩子是不是顾家老太爷的？”她笑着开口，带着询问，又带着引诱。

荣甜甜摇头，呜呜声从封住的嘴巴里传出来。

“不是啊？”梁乔笙有些失望地摇头，“那这孩子就不能要了。”

顿了一会儿，她继续说道：“流产这种事情其实你一闭眼就过去了，未成形的孩子，医生会用器具将之搅烂再引出来的。”

荣甜甜的眼泪又从眼眶里滚了出来，一直拼命地摇头。

“那现在，你说，你的孩子是不是顾家老太爷的？”梁乔笙笑着再次问。

这次荣甜甜拼命点头，那美丽的波浪卷发此刻散乱地遮盖住脸，妆容都花了，狼狈不已。

梁乔笙满意地点点头，伸手揭下她嘴巴上的胶布。

“甜甜啊，你想想，你这肚子里的是顾老太爷的骨肉，顾老太爷年纪大了，作为这老来子，随随便便也能争个股份啊，到时候你母凭子贵，有什么不好啊！你奋斗了这么多年，不就是想人上人吗？”她的声音柔柔的，仿佛在讲一个睡前故事，可故事的内容却让周安娜瞪大了双目。

这女人……这女人太可怕了。她在引诱，引诱荣甜甜去顾家。可是明知是火坑，荣甜甜会跳吗？跳，必须跳。对于荣甜甜来说，这是飞上枝头的绝好机会。

她在这个大染缸里浸淫多年，不就是想要这样的机会吗？起初一直仗着荣久箫那点浅薄的关系，在娱乐圈里如履薄冰。本以为怀孕，铤而走险一下，说不定荣久箫能看向她，可现下梁乔笙却给了她一个更好的机会。

“你这宝宝，可是顾家的小幺儿呢。”梁乔笙看着荣甜甜，笑容温柔。

她拿出纸巾，递给荣甜甜：“擦擦眼泪，这可是好事儿，哭什么。”

荣甜甜接过纸巾擦干净，整理了一下头发：“对，我肚子里的就是顾家的小幺儿。”

梁乔笙满意地点了点头：“嗯，这才对。”她示意保镖退出去。

“我跟顾老太爷……”荣甜甜双手搅在一起，有些吞吐。

梁乔笙拍了拍她的手，带着安抚的笑意：“好好养胎，到时候该怎么做，我会告诉你的。”

“真的能让我进顾家？”荣甜甜抓紧梁乔笙的手，不自觉地用力。这可是她的机会，也是她一生中唯一一次机会了。

手上传来的痛意让梁乔笙皱眉：“不要紧张，我既然说可以，那就是可以。”

“可是我这并不是……”荣甜甜有些焦灼，仿若有满汉全席在眼前，可是她却吃不上的感觉。

梁乔笙轻笑：“放心，你一定会是的。记住了，你这肚子里只能是顾老太爷的孩子，以后不要说这些话了。”她顿了顿，继续道，“想要骗过其他人，首先就要骗过自己，这你可明白？”

荣甜甜眼神一凛：“明白了。”

“回去好好养胎吧，工作可以放下了，毕竟这演艺圈三教九流指不定就出现什么消息了，有些消息出现的时候不能过早，你可明白？”梁乔笙轻声嘱咐说。

荣甜甜点了点头：“明白了。”

周安娜搀扶着荣甜甜走进电梯，她脚下一软跌坐在地上。

“甜甜。”周安娜一声惊呼。

荣甜甜喘着大气，摆摆手：“没事没事。”

周安娜扶着她起来，这才看到荣甜甜的额头全是汗。“甜甜，要不我们回家去吧，离开这里。只要回了家，谁都不能威胁你了。”周安娜心有余悸地开口。

荣甜甜平缓气息，盯着电梯楼层按键缓缓开口：“不是威胁，梁乔笙给我的，是机会。”

梁乔笙认为她此刻就像是一条挣扎在浅滩的鱼，水不够，却又刚好能让她苟延残喘，死又不想死，可是活着，又那么艰难。

生活，生出来，活下去。如此简单的释义，可是却又艰难地穷尽了毕生精力。

梁乔笙给陆决然打了电话，嘱咐他一些事情，然后就等一切水到渠成。她想得很简单，只要能给顾家造成一点麻烦，给顾豪造成一点麻烦，那么林曼姿这个和顾豪关系匪浅的人，怕是也会焦头烂额吧。

她回家不久，荣久箫的车子也进了院子。

梁乔笙穿着棉质睡衣从浴室出来，看到荣久箫坐在沙发上，外套已经褪去，只穿一件简单的 Armani 白衬衫，线条里藏着奢华，低调而又迷人。袖口卷起，胸前的纽扣解开两颗，一副闲适姿态。

他看着梁乔笙走出来，拍了拍身旁沙发："阿笙，来，坐过来。"

梁乔笙理了理有些凌乱的头发，坐到旁边，有些疑惑地看向荣久箫，"怎么了？"

荣久箫从一旁的外套里掏出一个丝绒盒子，打开，一声清灵传出。

梁乔笙好奇地抬头看去，原来是一串风铃，很简洁的款式，淡紫色略微透明的半球形玻璃，说不出的好看，挂上窗子，微风一拂，发出悦耳的叮叮声响。

"好看吗？"荣久箫侧头，逆光浅浅，脸庞俊美，声音在一刹那间和着那风铃声，仿佛能将你带入到梦里。

温柔乡，沉醉长眠。

一个明丽清爽的早上，梁乔笙站在窗子前伸懒腰，突然听到门口传来喧哗的声音。

"荣久箫，久箫，你出来，你出来……呜呜……"顾西贝的声音尖锐无比，带着哭腔。

"外面闹什么？"荣久箫从厨房走出来问。

梁乔笙耸耸肩。"不知道，貌似是你的情人找上门了。"回答时神情没有丝毫的变化，如此淡定平稳甚至带着调侃的口气，让荣久箫瞬间眯起了眼。两人前后往大院走去。

"荣太太，顾小姐她执意要进来，我们没拦住……"宅子里的保安有些慌张地跑进院子看向梁乔笙。跟他一路拉扯进来的还有哭得花容失色的顾西贝。

梁乔笙轻轻点了点头："没关系，我知道了。"

保安离开，顾西贝一路踉跄跑到荣久箫面前："久箫哥，你也帮帮西贝，帮帮我啊！"她抱向荣久箫，但荣久箫刻意向后退了一步。

"什么事情？"荣久箫不客气地问道。

顾西贝欲开口，忽又想到什么，转头看向梁乔笙，狠狠道："请离开，我跟久箫哥有事说，你站在这里做什么。"

荣久箫还未及阻止，却看到梁乔笙点了点头，缓缓走过他们身旁。

"请自便，不要拘束。"声音浅淡，带着冷漠，微笑着离开。

"你要说什么快说，不要浪费时间。"因着心底的气愤，荣久箫说话也失了耐性。

顾西贝一惊，红着眼开口："是爷爷，爷爷他老糊涂了，非要把遗嘱改了，将财产分给小野种一份。"

顾家老爷子？荣久箫一阵疑惑，不过面上却不动声色，静静听着顾西贝讲。

"荣甜甜那个不知道被多少男人睡过的破鞋，居然说肚子里的孩子是爷爷的，爷爷现在对那女人好得很……"

荣甜甜？荣久箫听到这个名字，陷入沉思……事情怎么演变成这样了？荣甜甜跟顾老爷子什么时候扯上关系的？……

微风拂过，窗旁的小圆木桌上，白瓷的花瓶，腰身线条柔美。一束玫瑰花赋予了它更为靓丽的色彩，花瓣上隐隐露珠闪动，香气隐约。挂在窗上的风铃轻声脆响。

米白色的沙发上，顾西贝抽噎哭泣着，好不狼狈。

"久箫哥，你说我该怎么办啊？爷爷他真的是太糊涂了，怎么能信那女人的话呢？谁知道她肚子里的孩子是谁的？怎么就讹上我们家了呢？久箫哥，爷爷他最喜欢你了，你跟我去劝劝他吧！”顾西贝一边说着抬起头，眼里带着希冀看向荣久箫。

荣久箫并未立刻回话，他只是静静看着她。商人重利，且从不做亏本生意。在商人眼里，任何事情甚至包括任何人，都是可以用利益来衡量的。而荣久箫，从来都是个合格的商人。

“顾家的家事，我不便参与。”荣久箫的语调没有一丝起伏，轻描淡地写将回答抛了出来。

顾西贝讶异，没想到荣久箫会拒绝。

“久箫哥，要是爷爷真的将遗嘱改了，我……我就会受影响了。到时候你跟我……”她欲言又止，脸上突然有了一抹娇羞之意。

那话语里暗含的意思人人都听得懂。梁乔笙从书房出来刚好听到。背靠着墙，她无声地叹气，转头看向大厅……

顾西贝坐在沙发上，抬头满脸信任地看着荣久箫。而荣久箫站在她面前，面容俊朗，凝神分析她的话。两个人似乎很和谐，也有一种默契。

七年，整整七年。

荣久箫和顾西贝在一起生活了七年，异国他乡的地方，两人彼此扶持生活了七年。这是一个多么让人心痛的数字，仿佛一直在提醒着她，这个差距有多大。

七年，一个在两人之间划开鸿沟的数字。咫尺之近，又天涯之远。

荣久箫看着顾西贝，最终叹了口气。他一直把她当作妹妹，毕竟她也在异国他乡陪了他七年，又是当年绑架案救他的恩人，他却是做不到无视她的请求。“只此一次。”

“久箫哥，你是答应了吗？真好，我就知道你不会不管我的。”顾西贝突然提高的音调让梁乔笙回过了神。

方才的愣神，她没有听到他们谈话的内容，不过看来这短短几分钟，荣久箫便已从方才的冷然变成了欣然答应，答应前往顾家。

“久箫哥，那风铃真好看，声音也好听，能送给我吗？”许是解决了心头之事，顾西贝已然没有了方才的悲伤，她看着窗边挂着的风铃，语调里都带着欢欣。

梁乔笙听到，心蓦地一紧，有种憋闷从心头升至喉头处。凭什么？明明那是他亲手系上去的，明明那是给她的……

梁乔笙不知道荣久箫会不会给顾西贝。褪去外壳，她的柔软脆弱连她自己都有些鄙夷。

“久箫哥，能吗？能吗？”顾西贝站起来，朝着风铃走去，带着理所当然的姿态。

荣久箫眼角瞥向拐角处，看到梁乔笙的身影，这让他的唇角隐隐有了笑意。

就在顾西贝伸手触碰风铃时，荣久箫出声阻止了她：“你先回去吧！我下午再去看望顾爷爷。”

顾西贝伸到半空的手一顿，她转头看向荣久箫：“可是风铃……”她有些踟蹰。

“让司机送你回去吧！”荣久箫径直走出门吩咐司机。

顾西贝走后，梁乔笙松了一口气。她靠在墙上，听着风铃在安静房间里的悦耳回响，心里莫名一阵满足和感动。

忽然，一片阴影罩到她的头顶。“啊——”一声惊呼，脚已然离地。

荣久箫将她拦腰抱起，眼睛里带着笑意：“看我抓到什么？”声音里带着调侃。

他抱着她，望着她，仰望的姿态，眼里满满都是她。她的发丝垂下扫过他的脸颊，她的双手撑在他的双肩上，四目相对，气氛美好得让人沉醉。

“看我是不是抓到了一个偷听的小贼。”荣久箫继续调侃道。

梁乔笙不自然地侧了侧头：“我没有偷听，我……我只是路过。”

“阿笙，你脸红了。”荣久箫继续说道。

“我没有。”梁乔笙立马反驳，“快放我下来。”

“不放。”荣久箫的手臂略微加了点劲道，让她的身躯与他贴得更紧了。

她身上带着淡淡的香气。“阿笙，你身上真香。”

梁乔笙顿时浑身都有些僵硬了。“久箫，你放开……”

“不放。”许是感受到了梁乔笙的身体变化，荣久箫看着她，“阿笙，你在紧张？”

“我没有。”梁乔笙反驳回答。

“风铃是我专门买给你的，不会送给其他人。”荣久箫正色道。

梁乔笙眼里有一丝嘲讽：“顾西贝可不是其他人。”

荣久箫一顿：“阿笙，我可不可以理解为你在吃醋？”

梁乔笙垂下眼眸，声音喃喃：“没有。”

荣久箫似乎终于想和她谈谈顾西贝了，谈谈这个一直让他们两个产生隔阂的人，谈谈这个一直长在梁乔笙心中如刺的人。

“梁乔笙，我的妻子只有你一个。”他抱着她，墨色眼眸盯着她，深沉无比。

“顾西贝她是我的……”荣久箫顿了顿，然后才缓缓说道，“恩人。”

“恩人？”梁乔笙皱起了眉头，有些许疑惑。

顾西贝何时成了荣久箫的恩人，她怎么不知道呢？这种被排除在外的感觉真不好。

荣久箫点点头，放下她，捧着她的脸亲了一下，带着一种自然而然的熟稔。

荣久箫牵着她走到沙发旁：“来，坐下，我慢慢跟你讲。”

梁乔笙依着他，带着满心疑惑坐下来，她有直觉，似乎会听到一件让她意想不到的事情。

“你说顾西贝是你的恩人？”她心有不安地先问。

荣久箫点头：“嗯。”他拿杯水放到梁乔笙的手上，似乎做好了准备说一个曲折离奇的故事。

“七年前的某天，我遭到了绑架。”荣久箫做了这样一个故事开端。

梁乔笙心里猛地一颤，手中的杯子差点没有拿稳，杯子里的水溅出了些许。

荣久箫只以为她在惊讶，这种类似慌张的举动是正常的，却不知梁乔笙心中已经翻起了滔天巨浪。

“我被人绑架后，是顾西贝找到我，拖延了绑匪，让我赢得了被救的机会，而她自己却受了很重的伤，在医院差点就没命了……”

接下来，荣久箫说些什么，梁乔笙似乎都听不到了。她脑子里一片空白，就这么看着面前的荣久箫，看着他的薄唇一张一合，脑子里晕眩无比。

别说了，不要再说了。不是这样的，不是这样的。

手里的杯子被她越握越紧，手指骨节凸起，同时传来丝丝隐痛。与荣久箫相敬如宾的日子，她以为自己的手指以后都不会再疼，因为心里的疼痛已除。她抖着唇想说些什么，却看到荣久箫一脸的微笑。

“顾西贝她是我的救命恩人，这么多年，我也一直只把她当作救命恩人。”

“所以……”梁乔笙有些艰难地开口，喉咙干涩地发疼，“所以她让你做什么，你就做什么是吗？”

荣久箫愣了愣：“理论上来说，是的。毕竟，我欠了她一条命。”

“是顾西贝亲口说的，她救了你的命？”梁乔笙忍住心中的悲怆，开口问道。

荣久箫摸了摸她的发丝，带着笑意：“阿笙你怎么会问这么奇怪的问题呢？”

呵，奇怪的问题。梁乔笙看着荣久箫，浑身的血液似乎都在逆流，让身体的温度都变得冰凉。什么救命恩人，什么顾西贝。这么多年居然是顾西贝在鸠占鹊巢，居然是她在乘虚而入。明明拖延绑匪的是她，差点在医院一命呜呼的是她。怎么可能是顾西贝呢？

一定是哪里出错了，一定是。

"阿笙，你怎么了？"荣久箫蹲在梁乔笙的面前，看着她苍白的脸颊有些疑惑。

梁乔笙吸了一口气，闭了闭眼。一定要说清楚，至少不能让荣久箫一直有这么错误的认知，不能再让顾西贝予取予求。

"久箫，我跟你说，西贝她并不是……"话还没说完，仿佛是老天在示意，荣久箫的手机铃声响了。

荣久箫看手机上的来电，向梁乔笙露出一个抱歉的微笑，接起电话："喂，怎么了？"声音平和。

"久箫哥，你快来啊！爷爷他……他真的是发疯了。竟然要把我的卧室给那个荣甜甜睡，我不要，我不要。"

安静的空间，电话里的声音异常清晰，让一旁的梁乔笙听了个清楚。

荣久箫看了一眼梁乔笙随即一声轻应："好，我马上过来。"

梁乔笙看着他挂断电话，手掌无意识地揪着沙发边缘，牙齿都咬得有些酸……

荣久箫挂了电话后，看向梁乔笙："嗯？刚刚你想跟我说什么？西贝不是什么？"

梁乔笙坐在沙发上，绞着沙发的手指生疼。荣久箫连续三个疑问，三个疑惑的尾音，那么轻轻地勾起。那么轻，又那么重。却生生让她再也说不出话来。

荣久箫看着梁乔笙，眼眸里带着笑意："怎么了？我脸上有什么吗？

一直看着我。”

梁乔笙纵使心里已经翻滚无数，面上却是不动声色。人，越绝望，越冷静。

她有些干涩地回答着荣久箫：“没，只是忽然明白你为什么对顾西贝这么谦让了。”

她心里刺痛着，就像心底有个小人，突然坠到了深渊，再也爬不起来。荣久箫摸了摸她的头，转身便向着卧室走去。

梁乔笙看着他的背影，理智已然凌驾在情感之上时，她是再努力都说不出口了。能说什么？说他认错人了，顾西贝不是你的救命恩人，我才是。

说完了，然后呢？一只南美洲亚马孙河流域热带雨林中的蝴蝶，偶尔扇动几下翅膀，可以在两周以后引起美国德克萨斯州的一场龙卷风。这是蝴蝶效应。如同她一旦将这些话说出口，引起的后果。究竟会引起什么后果她不知道，可是一定不是她愿意看到的。仿佛她一旦说出了口，曝这些年的坚持就成了一个笑话。而荣向南与她当年苦苦隐瞒的事情就会出来，不可以，不能让他知道。

荣久箫，是这么骄傲的一个人。至于顾西贝……梁乔笙微微眯了眯眼，她一定会搞清楚，顾西贝到底是如何鸠占鹊巢的。

“阿笙，还在发呆呢，快换衣服，我们待会儿一起去顾家。”荣久箫的声音从卧室里侧身探出，笑着开口道。

梁乔笙轻轻吁了一口气，起身开始打点自己。上身着掐腰小西服，一步窄裙，头发简单地挽起，整个人看上去清丽干净。

荣久箫伸手给了她一个拥抱，在她耳边轻声说道：“真好看。”这一个情不自禁的带着温情的拥抱，让梁乔笙的眼里又泛着笑意。心想，希望这不是个错误的决定。

她寻求破茧成蝶的道路

顾家的老太爷喜欢茶花，所以满院尽是，姹紫嫣红的，倒是显得十分生机勃勃。

荣久箫携梁乔笙下了车，穿着中山装的管家便上前来。

微微躬身，谦卑而又恭谨的姿态。“荣少爷，您来啦。”熟稔的语调，带着亲昵，却又不失礼貌。

一个在顾家待了三十年的老管家，名字也冠上了顾家的姓，叫作顾山。他也算得上顾老太爷的心腹了，顾家的小辈也要给几分薄面。

顾山领他们往内院里走且语气有些凝重地说：“让少爷您见笑了，小姐不懂事，顾家的家事都非要掺和上您，真是惭愧。”

顾山是最清楚自家老爷心态的，这自家老爷可是一直把荣久箫当作孙女婿的，所以才会不遗余力地让顾西贝去折腾。

他在前面带着路，也不知是有意还是无意，直接略过了梁乔笙。

顾山将他们带到了大厅前，回头笑得温和，额间的皱纹添了几分老者的慈祥。

“少爷，到了。您请进去吧，老太爷也正等着您呢。”说完后，他不着痕迹地看了眼梁乔笙，眼里带着探究，还有些许遗憾。

顾家的大厅此刻是剑拔弩张的状态，荣久箫和梁乔笙推开门进去，仿佛扰乱了有些紧绷的气氛。抬眼看去，顾家的老太爷和各位叔伯都在，尤其以顾西贝的声音最为大，她站在大厅中央哭得抽抽噎噎，好不委屈。

一见到荣久箫，顾西贝眼里泪带惊喜，立马奔向他：“久箫哥，你总算是来了。”

话音还没落下，顾西贝便看到了一旁的梁乔笙，相较自己眼泪横流，她此刻姿态端庄，气定神闲地站在荣久箫身后。

惊喜的声音戛然而止，随后尖锐拔高：“你怎么在这里？”

大厅里的众人都不约而同地皱眉，未免太失礼貌和教养了。梁乔笙并不答话，只是看着她，眼眸沉静，黑瞳清澈。

荣久箫一把搂过梁乔笙的肩膀，话语干脆：“我跟我太太一起来，有什么不对吗？”

顾西贝眼眶更红了，她有些不可置信地看着荣久箫，抖着唇半天不语。她再看向梁乔笙，眼神停留在了荣久箫揽在梁乔笙肩膀的那只手上。

心里一阵刺痛，随即便是无法抑制的愤怒。抢了她的爱人，抢了她荣太太的位置，现在居然还要踏进她的家门。顾西贝憋住自己眼里的酸痛，深吸了一口气，挺直了脊背：“梁乔笙，这里不欢迎你，请你出去。”

“顾西贝，你的礼仪教养哪里去了？”顾老太爷跺了跺拐杖，有些气急败坏。

“自己去照照镜子，看看你现在成了什么样子。一大清早就搅和得不安宁，现在还让上门的客人看笑话，真是……”顾老太爷直叹气。

“爸，您别生气，我回去一定会好好管教西贝的。”顾豪说完伸手扯过顾西贝，呵斥道：“给我滚回房间去。”明里是在训斥顾西贝，暗着却是护下了她。

顾豪身为顾家长子，娶妻后也只得顾西贝一个女儿，因而格外疼惜。平日里什么要求都答应她，顺着她，恨不能将天上的月亮都摘给她，倒是养成了她这个跋扈骄蛮的性子。

顾西贝红着眼瞪着梁乔笙，听到顾豪的话，心里明白现在不宜纠缠在梁乔笙这件事情上，眼下有更为关键的事情需要解决。

转头，她不依不饶地看着顾豪吼道："我不滚，今天爷爷不把话说清楚我就不滚。"

顾家一众人遂又把注意力放到了顾西贝的身上，说起这事情也荒唐，顾老太爷不知何故，一把年纪了还整出了个风流债，偏偏还被那女人迷恋得很，硬是要把顾氏股份给那女人。

用句俗语说，那简直就是鬼迷了心窍。

大家有心阻止老爷子，可都不想第一个开口说话。正所谓枪打出头鸟，这些嫡系旁支哪个不是成了精的人，自然不会去当这个出头鸟。顾西贝是长孙女，她乐意出头，众人也乐意旁观看戏。

"今天不把那个女人赶出去，我绝对不会消停的。"顾西贝怒瞪顾老爷子，脸上是气愤的嫣红。

"哟，说哪个女人呢？"一个略带沙哑的声音响起，慵懒且自得。

顾家大厅的旋转楼梯处，阳光照射，渲染成了几近鲜红的色调。荣甜甜站立在拐角处，大波浪的长发尽数拂到一侧的肩膀上，微一低头，另一侧锁骨的线条优美得如同振翅欲飞的蝴蝶。

她打了个哈欠，有些漫不经心，似是才睡醒，声音线条温温软软的，好听无比。

环视大厅一圈，不经意看到梁乔笙，脸色微变。垂在一侧的手掌倏然握起，唇齿间都有了一股寒意。若说以往她自信高傲，无惧任何女人，那么从遇到梁乔笙开始，这自信就全部被粉碎了。

"说的就是你。"顾西贝看到她就气不打一处来，毫不客气地反讽道。

荣甜甜稳住心神，从梁乔笙的身上收回目光，装作陌生的神态。伸手又打了个呵欠，仿若对于顾西贝的谩骂浑然不在意，依旧是轻慢的语调："我要是贱女人，你爷爷是什么？贱男人吗？"

顾西贝从小骄横跋扈，可是绝不愚蠢。她知道自己这次做了出头鸟，可不得不继续迎上。在她心里，她不认为爷爷会对她开枪。因为她是唯一一个长在顾老爷子身边的嫡亲孙女。

除了她，没人敢在顾老爷子面前“合理”放肆。

荣甜甜之事真是太过蹊跷，且不说顾老爷子是不是真的老当益壮，一脚都快踏进棺材的人，临了还留了种在外面，退一万步讲，他们这样的家族门阀，私生子虽有，可从未有享受到如此特殊待遇的。

“怎么？我说得不对？”荣甜甜还站在阶梯上，下巴微微抬起，居高临下的姿态。

“好了，别闹了。”顾老爷子中气十足地吼了一声。

他抬头看了一眼荣甜甜，一张老脸有些羞躁。似是在提醒她说话的措辞，但没有明显责备之意。

荣甜甜笑了笑，撩了撩头发，腰肢款摆地走下楼梯，朝着顾老爷子走过去，经过顾西贝身旁时，更是毫不避讳地用肩膀撞了一下。

“你……”顾西贝面对她的无礼轻视更是气急。

荣甜甜走到顾老爷子身旁，抬手给他按摩肩膀：“您老别生气，我刚刚也是气着了。”

顾老爷子闭了闭眼，来自肩膀的舒适放松让他扎疼的脑仁也缓解了些许，他拍了拍荣甜甜的手，安抚的意味甚浓。

“行了，都别在这站着了，有什么事情下午再说。”老爷子一发话，便没给人拒绝的机会，起身就和荣甜甜上了楼，留下脸色青白的顾家众人。

顾西贝眼见爷爷和荣甜甜如此亲昵，心里一阵气愤，咬了咬唇，不禁抬头看向荣久箫，眼里盈满了委屈。

“久箫哥……”她顿了顿，有些愤恨地瞪了一眼梁乔笙，随即小声开口，“我有事情和你说。”

荣久箫对刚刚的一幕并无过多想法，他看一眼身旁的人，她神色很淡然，没有一丝的情绪波动。便转头回答道：“好。”

顾西贝几步上前将荣久箫拉走，亲昵的姿态让旁人都觉万分适宜。

梁乔笙有些怔愣，看着他们的身影走远，心里一片空茫，没有了任何感觉。这是第几次了，仿佛她总是被留下的那个人。

身侧有人用异样的眼光看待她，似在嘲笑。她不怕，一点也不怕。不难过，没感觉，不会伤心。她这样告诉自己，似乎是告诫，又似乎是自我催眠。

“梁小姐，这边请。”顾山的声音在耳边响起。

梁乔笙思绪回笼，心中的刺痛细密蔓延，连骨头都有了痛意。原来，不是不痛而是自我麻木了。她咬了咬舌尖，暗自提醒自己，不可以在外人面前露出软弱一面，徒增笑话。

顾山引领梁乔笙朝会客厅走去，泡了一杯茶，便关门退下了。临走前，顾山又看了一眼梁乔笙，眼里有些许怜悯和可惜，最后化为一声喟叹。

这间会客厅并不大，但却布置得雅致得当，百叶窗拉起了一半，阳光透进来，照着窗台上的一束百合，茶香慢慢飘散，安逸而又温暖。

梁乔笙端起茶杯喝了一口，忽然听到有声音传来。细听，竟然是顾西贝和荣久箫的谈话。她心里泛起一丝凉意。这是刻意安排的吗？

另一侧的荣久箫坐在沙发上，看着顾西贝拿到面前的文件，眼睛里幽深一片。

“久箫哥，这次真的是求求你了，你一定要帮我。”顾西贝有些哽咽，看起来有些焦虑。

“西贝，我已经结婚了。”荣久箫抬头看向顾西贝。

顾西贝泫然欲泣：“可是……可是，如果你不和我联姻，爷爷就不会把嫁妆给我，我以后在顾家就无立足之地。”

荣久箫薄唇微动，正想说话，却被顾西贝急急打断。“一个，就这么一个请求。等到一切稳定，我们各走各路。”

荣久箫摇了摇头，还没说出拒绝的话，就被眼前的举动震撼了。顾西贝膝盖一屈，坚定地跪在他的面前。

顾西贝想，她在这个男人面前已经低到了尘埃里，卑微到连自己的尊严都没有了。这样一想，心底又是一阵屈辱，可那份爱意瞬间又蔓过了这份屈辱。

“久箫哥，求……求求你了。”压低的声音，已然嘶哑，仿佛是雏鸟将死前绝望的鸣叫，却又带着惨烈的生的希望。

荣久箫看着眼前这个女子，她就这么跪在他的面前。从小一起长大的女孩，救过他命的女孩，在异国他乡陪伴了他七年的女孩。此刻，他内心的天平似乎动摇了……

走过时间的彼岸

有些地方的确适合思考，比如大菩提树之于释迦牟尼的佛；又比如现在顾家二楼最左侧这个小小的会客厅里，梁乔笙坐在椅子上，脊背挺得笔直，笔直。

她将手中的茶杯轻轻放回桌上，手腕很稳，力度很轻，杯底触上桌子之时，发出了一声小小的闷响。梁乔笙抿了抿唇，缓缓站起身。她似乎听到荣久箫答应了，又似乎没有，脑子里一片混沌。

等她回过神来时，她已经走出了顾家的大门，徐徐凉风，才陡然惊觉自己在哪里。

“阿笙，怎么出来了？我还在到处找你呢。”荣久箫走到她身旁，眉宇间还有些未散的焦急。

梁乔笙竭力控制住自己的情绪，嘴角牵出一个微笑。“待在里面有些闷热，就想出来透透气。你和顾西贝谈完了吗？”她试探性地问出口，便看到荣久箫的眉头微不可察地皱了一下。

荣久箫抬手揽过了她的肩膀：“没什么好谈的，她就是个小孩儿脾气，说风就是雨。”他的声音很平淡，没有一丝波澜，这让梁乔笙的心微微沉了下去。要不是方才她在隔间里听到他们的对话，或许她会真的以为，他和顾西贝并没有谈什么。

车子驶离顾家，梁乔笙坐在后座，面无表情地看着车窗外的景色。荣久箫如此平淡，到底是因为他觉得和她离婚无所谓，还是和顾西贝结婚无所谓呢？似乎两者都有。

她觉得此刻的自己变成了长在沼泽里的一株藤蔓，本来还可以攀上岸边，可是却因为种种原因，越陷越深，陷到最后，便再也爬不上来。只能永远地住在沼泽里，腐蚀着根，也渐渐腐蚀着心。

“你……今天和顾西贝谈了什么？”终究是没有忍住，问出了口。

方向盘一转，车子拐了个弯，伴随着的还有荣久箫淡淡的声音：“没什么。”

梁乔笙手指握拳放在腿上，一股酸涩从心底升起，眨了眨眼，便不再说话。

他不愿意说，那她亦是听之任之。反正，他们彼此相瞒的事情也不止这一件了。梁乔笙在心里安慰自己。

回家后，荣久箫便一头扎进了书房，直到很晚，才出书房门。

梁乔笙坐在沙发上，看着电视，手指无意识地按着遥控器，不停地换着台。听到脚步的声音，她抬起头：“忙完了？”

荣久箫点点头："一时忘了时间，你该来提醒我的。"

梁乔笙摇摇头："没关系，我去把菜热一下，你先喝口水吧。"她边说边倒了杯温水给他。

荣久箫接过水杯："不用热了，就这样吧。"

梁乔笙不赞同地看了他一眼："你胃不好。"

荣久箫顿了顿，放下杯子，一把抱过她，亲了亲她的额头："原来是心疼我啊！谢谢荣太太。"

明明不是让人脸红心跳的热吻，也不是彼此赤裸的偎依相贴，可一句郑重的"荣太太"让梁乔笙从头到脚都烧了起来。这是一个如此美好的称呼。

月光宁静的夜晚，梁乔笙躺在床上发呆。

"久箫……唔……"话还没出口，唇已被封上。温热的唇相贴，暗香浮动，直教人沉醉，不自禁地便拥得更紧。

温柔是毒，缠绵入骨的毒，尤其是一向冷漠寡淡的人，根本无法拒绝。那样的眼神，紧握的双手，亲昵的交缠，根本只能沉溺。

"阿笙，我们生个孩子吧！"荣久箫轻咬着梁乔笙的耳垂，声音低沉而又好听。

这声音在黑夜里，在这温柔里，灌入了梁乔笙的耳朵，也落到了她的心里。

心脏扑通扑通跳了起来，彼此呼吸交缠，仿若一辈子都会交缠的并蒂莲，也不知是谁关了灯，地板上倾泻了一地的月光。

他的手掌似乎带着火，抚过她的脸颊脖颈，顺着曼妙腰身，灼烫着她的全部。

梁乔笙不经意与他对视，心里一阵震动。他的眼眸幽深若潭，可却又那么亮，似乎盛满了月光，轻轻一眨，月光碎得粼粼，让她看得都舍不得闭上眼。如此迷人的荣久箫，她从未见过。

而这迷人，是她带给他的。

他们彼此拥抱，手掌相贴，吻落下，十指紧扣。她如一尾游到浅滩的鱼，遇到了荣久箫这点稀少的水，抱紧点，再抱紧点，这样就可以呼吸，可以在这世间久点，再久点。

蓦然，他又如一柄妖刀，破开她的身体，带给她疼痛，却又有幸福感。

眼眸微眨，她在泪眼蒙眬中，看到有汗从他的额上划下，看到他眼里满满都是她，星光乍亮。

“阿笙，我爱你。”在她昏睡过去之际，她听到了这一句低喃，梵音般，入耳入心，深刻心底。

客厅里，窗边风铃淅沥清脆的声音，轻轻在夜风里响动，如同从远方传来一般，一切都是如此静谧美好，遮盖了掩藏在暗处的波涛汹涌，颠倒起伏。

白色的墙，白色的桌，一道门帘隔绝。

梁乔笙看着面前身穿白大褂的医生，神情不可置信：“您是说，我怀孕了？”

写着病历单的医生见惯了这样的神情，顿时笑着点头：“是的，怀孕了，六周了，三个月之前尤其注意，尤其禁夫妻生活。”

尽管医生的最后一句话让梁乔笙的脸颊有些微红，可也无法淹没她心底巨大的惊诧，还有些许欣喜。

那欣喜渐渐扩散，最后向像铺天而来的大浪，将她打得忘记了所有。以至于，她忽略了潜藏的那一丝担心。

回到家，给自己热了杯牛奶，脱下外套，低头看自己平坦的小腹。就是这里，已经有了一个小小的生命，不到两个月。

她与荣久箫的骨血，生命的延续，爱的见证。这样细想，眉梢眼角都是笑意，几乎在下一刻，便有种急切，急切得想要荣久箫知道，她的喜悦，他也应该要沾染。

拿起手机，怀着激动与兴奋拨出了那个熟记于心的号码。响了很久却没有人接，梁乔笙看着手机显示未接通的字样，心里想着，或许是在忙吧。

过了半个小时左右，她又打了过去。这次接得很快。

“久箫……”

“喂？”

电话两端同时响起，一个却让自己的兴奋瞬间变凉，一个让自己的声音瞬间拔高。

电话那端传来的声音是顾西贝。

“久箫哥现在很忙，你有什么事情等见到他再说吧。”说完，电话就干脆利落地被挂断了。

梁乔笙听着嘟嘟嘟的忙音，眼里自然流露的喜悦沉了下去。

从上回去了顾宅以后，已经过了三个月，荣久箫偶尔会和顾西贝在一起。两个人相处得同以前一样和谐，也没有给他们之间带来争吵和误会。

最近，她似乎什么都不在意了，没有去调查顾西贝鸠占鹊巢的原因，因为荣久箫与她过着正常夫妻间的生活；而荣久箫始终没有表态会去帮助顾西贝争夺家中的地位。

所以，听到怀孕的消息，她第一个就想跟荣久箫分享，她想，他肯定也会是喜悦的。毕竟，这些日子，他们彼此的信任已经到了一个新的高度。可是这个电话，瞬间将她打回了原形。

她记得，荣久箫出门前还亲了亲她的额头，对她说，HKK 有事情，下午过去母亲那里，处理完就回来。

他所谓的事情，难道是顾西贝吗？顾西贝，这么多年，梁乔笙第一次对这个名字有了厌恶，不，甚至说是痛恨。

这么多年，她一直表现得云淡风轻，伪装成习惯了；到最后，她自己都相信自己是不会嫉妒的，是清冷的。

可是，一切都是她以为。

顾西贝这个名字将她心中本来缓和的伤口，一层一层撕开，再戳烂。她不是圣人，她会疼。疼到最后，她露出了丑陋的那一面。嫉妒，厌恶，甚至是痛恨。

“不。”梁乔笙双手捂住脸颊，在心底唾弃自己。不要这样，这样太难看了，她不能将自己变成丑恶的只会嫉妒的巫婆。对，孩子，还有孩子。

梁乔笙吸一口气，喝了牛奶，缓下心神。

医生说，孕妇的心情对宝宝会有影响，一定要有积极向上的心情，不能有悲观情绪。

她要相信荣久箫，他这些天待她如何，她能感受到的。那满满的快要溢出来的爱意，不是骗人的。

大厅里的钟声敲响，时针指向七点，院子里传来喧闹的声音。

梁乔笙一喜，是荣久箫回来了。正想去门口迎他，电话却响了。

“梁乔笙，快点走，现在快点走，我已经给你订好去法国的机票，机场会有人接你，快走。”是陆远乔的声音。

梁乔笙皱了皱眉头，有些莫名其妙：“你怎么了？无缘无故地说这些。”

陆远乔的声音又快又急：“梁乔笙，你是不是没有看新闻？现在外面的电视报纸铺天盖地的都是荣氏家族指控你杀人，马上就会有人站出来以犯罪嫌疑人的名义控告你，你还在家里干什么？你是真的想进监狱吗？梁乔笙，你他妈是不是傻？”一向温文尔雅的陆远乔头一次爆了粗口，声音大得几乎把电话听筒震爆。

梁乔笙脑子还没反应过来，反驳的话语就脱口而出：“荒唐，都是些八卦消息，你也相信，况且现在是荣氏做主，久箫怎么可能指控我？”

陆远乔有些气急败坏：“你要相信我，快点走，我接到了消息，今晚上就会有人去荣宅带走你。”

梁乔笙更觉是无稽之谈了：“久箫是我丈夫，我怎么可能不相信他，转而相信……”声音戛然而止，如同乐曲从半路拦腰而斩，有悲戚的回响。

“乔笙，阿笙，梁乔笙，怎么了？喂？”陆远乔听着她只说了一半的话，悬着的心此刻更是担忧，不停在那边喊着。

梁乔笙还保持着打电话的姿势，可是眼睛盯着进入大厅的人，却蓦然瞪大。

不可置信，极力反驳，愚人节玩笑？脑子里闪过千种情绪，轮换交替，最后变成了一种无法用言语叙说的空白。

几个穿警服的男子走到她的面前，顾西贝紧随其后，面带笑意轻蔑地看着她，如同一个胜利者般带着炫耀。

“梁小姐，请你跟我们走一趟。”一张国字脸的男人冷硬地说。

梁乔笙经过一系列情绪焦灼后，瞬间冷静了下来。她挂断了陆远乔的电话，拢了拢耳旁的发丝：“稍等，我去穿件衣服。”

顾西贝撇唇一笑：“去吧，毕竟外面在下雨，免得把你冻坏了。哦，对了，走之前把这个签了吧！”

几页纸递到她面前，醒目的几个字——“离婚协议书”，一份代表结束和解脱的协议。

梁乔笙浑身的血液都冻住了，冷意从头至脚，她没有接过那几页纸，只要接过，似乎就是承认了什么。承认荣久箫抛弃了她！承认这三个月，荣久箫都是在做戏！

一切温情都是假的！温柔是假的，对她的爱意也是假的。不，她不相信。那些在眼底的温情和爱意怎么可能是假的？

“怎么？不相信？”顾西贝看出了梁乔笙眼底的情绪，声音颇有几分讽刺。

她一步上前，拉起梁乔笙的手将离婚协议书硬塞给她。

“看清楚，这是荣久箫的亲笔签名，我想你肯定是认得的。”她抬着下巴傲慢地说道。

梁乔笙看着那个签名，嘴唇都在哆嗦。认得，怎么会不认得？都说字如其人，有棱有角的字，彰显了荣久箫本人那杀伐果决的个性。

可如今这杀伐果决，却用到了她的身上。让她连疼的力气都没有。

梁乔笙捏着离婚协议书转身走向自己的卧房，纵使心里情绪翻滚，可是面上却无丝毫端倪显露。

这让顾西贝有些挫败，她摩挲着自己鲜红的指甲，不屑地哼了声：“哼，都要去坐牢了，有什么了不起。”

梁乔笙回到卧室关上门，脑中有无数念头。如何补救？不能被带走？找自己信任的人求救，布局，找律师，她怀着孕就算进去也不会如何等等一系列的想法。可是到最后，她却什么也不想做了。

她想，赌最后一把。

她不相信荣久箫真的会弃她于不顾，她不相信他不爱她，她不相信他舍得。

就算有很多事情错综复杂地横亘在她与荣久箫之间，他和她是相爱的，只要彼此信任，没有任何人能拆开他们。多年前她能为荣久箫豁出性命，没道理现在就不信任他。这么一想，什么都通透了。

回过神来，她发现手上的离婚协议书都被自己捏皱了。不管如何故作淡定，身体的反应却是骗不了人啊！

梁乔笙看着离婚协议书，就这么定定地看着，她以为过了很久，其实才五分钟而已。她拿起桌上的笔，郑重地在协议书的另一侧签下自己的名字：梁乔笙。

乔是南有乔木的乔，笙是鼓瑟笙箫的笙。

她看向与她名字并列着又有些距离的签名：荣久箫。

久是久别重逢的久，箫是鼓瑟笙箫的箫。

名字并排的距离如同他们的现在，明明久别重逢，笙箫却拆分两端，一人一侧，楚河汉界，彼此在这纸上画上了永不交集的痕迹。

她签下这名字，是想给他以退路。

如果……如果……梁乔笙眼眸酸涩，强迫自己想下去。如果他真的对她无情，真的对她没有丝毫的爱意，那么她就放他自由，不管身与心。

于身，她签了离婚协议书，让他自由。于心，从此她将他从心底驱逐出去，永不让之入驻。

拉开抽屉，将离婚协议书放在里面，似乎完成了一种严肃的仪式，然后整装待出发。

穿了外套，打开卧室门，她摸了摸自己的小腹："宝宝，不要怕，妈妈会保护你的。"

顾西贝看着梁乔笙出来，皱着眉头问道："离婚协议书呢？"

梁乔笙瞟了她一眼："离不离婚是我和荣久箫的事情，就算要我签字也要荣久箫亲自来说。"

顾西贝随即冷笑开口："你是不是还对久箫哥抱有什么不切实际的希望？我告诉你梁乔笙，你别做梦了，荣久箫马上就要和我结婚了。哦，对哦，你不知道吧！久箫哥说，他把你关在家里，让你什么消息都接触不到了。我们的婚期就定在下个月，报纸头版头条说的都是这个，啧啧，你真可怜，不过就是久箫哥的跳板而已。"

梁乔笙定定地看着顾西贝，眼眸乌黑如墨，没有一丝情绪。

顾西贝不禁被她这样的眼神看得有些发怵，随即又有些唾弃自己，强撑着嘲讽道："看着我干什么？听不懂我说的话？"

梁乔笙开口，声音清冷：“顾西贝，不知道你第三者当得高不高兴。”

她顿了顿，轻笑：“我不签字，你就一辈子入不了荣家的户籍，一辈子都是不被法律承认的第三者，一辈子都无法当上荣太太！”

“梁乔笙。”顾西贝听到梁乔笙的话，脸变得刷白。

梁乔笙瞟了她一眼，不理她那美丽面孔都崩坏的模样，转头对警察说道：“不是要带我走吗？我们走吧！”

身穿警服的人面面相觑，倒是第一次见到如此淡定的女人。

看守所。

四面暗沉，只有一扇小小的窗。梁乔笙无意识地摸了摸墙壁，这是第几天了呢？算了算，也该有三天了。

看守所和监狱不同，它只是一个对罪犯和重大犯罪嫌疑分子临时羁押的场所，因此环境不会很差，进来的人也不会太绝望。

而她，有筹码。

看守所对于孕妇是不予收押的，所以只要她说出她是孕妇的事实，她就不会被收押。只要出了这个墙，她想做什么就能做什么。她只是，不想说而已。

现在，不想说。她在冒险，在赌。

又过了两天，她的助手兼律师陆决然终于见到了她。

陆决然这个一向冷静的男人在见到她的那一刻竟然红了眼眶。

“这么难过？”梁乔笙调侃。

陆决然背过身去拭了拭眼睛，转身过来又是那个万能的金牌助理了。“乔笙，你现在的情况很不利。”

“怎么说？”

“今天荣家正式对你提起了诉讼，指控你谋杀荣向南，我通过关系从对方律师的嘴里套出了话，据说……”他看了眼梁乔笙，似乎有些难以启齿。

“据说什么？”梁乔笙看着陆决然，示意他说下去。

陆决然闭了闭眼：“据说指控你谋杀的证据，万无一失。”

梁乔笙愣了一秒，随即嗤笑出声：“这真是我至今为止听到过最好笑的笑话了。”

陆决然猛然站起身，握住梁乔笙的肩膀，手掌的劲道很大，捏得梁乔笙直皱眉：“梁乔笙，是真的，你到现在还没搞明白你的情况吗？你是真的危险了，对方证据确凿。”

“那又如何？”梁乔笙依旧冷淡。

“梁乔笙！”陆决然有些恨铁不成钢地看着梁乔笙。

“你要想出来就得翻供，就得提供新的证据，证明自己的清白，你知道你该怎么做的。”

“不行。”梁乔笙声音陡然拔高，言语里充斥着拒绝。

“乔笙，你到底还要不要自己的命了？谋杀罪是要判死刑的。杀人偿命你懂不懂啊！明明……明明不是……荣久箫，你知道荣久箫现在在干什么吗？他和顾西贝天天招摇过市，婚讯传得满天都是，你知道吗？”陆决然目眦欲裂。

“总之怎么都好，就是这样不行。”

“为什么不行？只要你说出真相就可以了，只要你愿意开口，你就什么罪名都没有了。”陆决然真的恨不能敲开她的脑袋，看看里面除了荣久箫还装着什么。

梁乔笙沉默了片刻：“久箫他……会伤心的。”

“跟你的命比起来，他的伤心算个屁啊！”陆决然大吼出声。

“于他人而言可能不算什么，可是于我而言，很重要。”梁乔笙认真地说。

陆决然瞪着梁乔笙，牙根都在发颤。

梁乔笙忽又想起什么，谨慎地说："决然，帮我将梁默送走。现在估计没人有时间盯着他。其他的事，顺其自然。"

"梁乔笙，你真是无可救药。"丢下这句话，陆决然带着愤恨转身大踏步地离开。

梁乔笙看着他的背影，有些自嘲："无可救药吗？是啊，无可救药。"

又过了些日子，她看着陆决然一天比一天焦急，脸色也一天比一天疲倦。她明白，有些事情确实不是赌就可以的。

比如爱，比如希望。她心底原本灼热的火花渐渐变小，最后，终至熄灭。

开庭之日很快到来，她上了法庭，原告方只来了代理律师，她没有看到荣久箫，连一向厌恶她恨不得将她扫地出门的荣母都没有出现。

她一个人戴着手铐站在审判席上，心却飘得很远。律师说什么她听不到，法官说什么，她也听不到。

显而易见，陆决然根本打不赢这场官司，因为当事人根本不配合，不辩驳，只是听之任之。

陆决然盯着梁乔笙，几次想出口的话却在看到她的眼神时都止住了。

她在笑。

梁乔笙在微笑，那是一种释然的笑容。

陆决然忽然什么都明白了。她在还债，还的是荣向南的养育之恩，还的是荣久箫以往的爱意纠葛。

至此过后，两不相欠。

彼岸花开，你已不在

她从看守所转到Y市的监狱了，重刑犯，31号。

隔壁关了个女人，唱京剧，味儿还很正，每日都在唱，唱郎心似铁太匆匆，唱金玉奴，棒打薄情郎。

梁乔笙想，她肯定也是因为男人才进了这暗无天日之地。

女人，果然都是感性动物。甘愿为自己所爱奉献上一切，即使是自由，即使是生命。

“31号，31号……”

有人叫她，她迷糊地睁眼。

她看到了荣久箫，她终于看到了他。

可是他一开口，却是让她哭笑不得。是的，哭笑不得。

她只能轻声说了一句：“有的人不仅眼瞎，心也瞎。”

她想，她放过他了，她放他自由了。

不管这件事有没有转圜的余地，也不管荣久箫有什么谋划，或者说这些是她的期望。就算是她的期望，她也不准备再接受了。

她和荣久箫，从此，再也没有交集了。她要向前走了，再也不回头了。因为太疼了，这条路走得太疼了。

她不要再爱荣久箫了，永远也不要再爱了！

……

梁乔笙看着香喷喷才出炉的蛋挞，眼睛笑成了月亮弯。

“好香啊，我们的梁大厨今天又做了什么？”陆远乔进门，脱掉大衣挂在了玄关的衣架上。

“爸爸。”一个小肉团子光着脚一颠一颠冲进陆远乔的怀里。

“哎哟，我们的小团子真能干，爸爸也亲个。”陆远乔抱起粉嫩可爱的小团子，高兴不已。

梁乔笙无奈地摇摇头：“小团子今天念了你一天。”

“是吗？我看小团子念的不是我，是我口袋里的糖果吧。”陆远乔调侃着说道。

梁乔笙将小团子抱回手上：“你就是溺爱，他那么小怎么能吃糖？来，乖，自己去玩玩具。”

小团子很听话，一双乌黑的眼睛圆溜溜地看着梁乔笙，配上他新剪的西瓜头，说不出的可爱。他亲了亲梁乔笙，便又跑回自己的房间。

电视上说，好孩子都要孝顺，他听妈妈的话就算孝顺了吧。

梁乔笙给陆远乔倒了杯水，端到他手上的时候，才发现有些异常。

“你这脸怎么肿了？跟人打架了？”梁乔笙有些不可置信。

陆远乔顿了顿，随即笑道：“怎么可能，我像是会打架的人吗？”

梁乔笙轻笑一声：“陆远乔，你知道吗？每当你想隐瞒什么的时候，眼睛就会变得很好看，表情也夸张得不得了。”

“呀，都被你看穿了啊！”陆远乔耸耸肩，有些无奈。

“那么你真的是被人打了？谁舍得打你这张脸啊，真是暴殄天物！”梁乔笙做可惜状地摇摇头。

陆远乔叹了口气：“你说是谁啊！”

梁乔笙眨了眨眼：“又是他啊，看来他真的跟你杠上了。”

陆远乔喝了口水：“这都两年了，天天来找我，要不是我了解他，我都怀疑他爱上我了，天天追我追得这么紧。”

“哈哈哈……”这句话把梁乔笙逗笑了。

陆远乔看着梁乔笙灿烂的笑容，借由喝水掩住自己复杂的神情。

她现在应该是幸福的吧，因为天天都笑！

三年，这三年发生了很多事情。

顾家垮台了，顾豪自杀，顾西贝彻底被顾家抛弃……

荣氏HKK的掌舵人正式换成了荣久箫，荣向南的谋杀案也尘埃落定。

这期间，荣母也进了精神疗养院。经专家鉴定为完全限制行为能力的精神病人，暂免于刑罚，民事责任由其监护人承担。谁都不知道荣母为何突然就患了精神病。

荣久箫，单身却有妻。听说他的妻子失踪了，又有人说他的妻子是卷入了内斗不幸殒命了。可是，荣久箫却坚持找他的妻子，几近疯狂。

可是这些，都跟梁乔笙没有关系了。因为她已经有了生命中最重要的人，小团子。

电视里的财经新闻又播到了荣氏HKK，哦，不对，现在不叫荣氏了。因为荣氏所有股份都被荣久箫转到了一个名叫梁乔笙的女人的名下，现在应该叫梁氏了。

梁氏HKK敲响了纳斯达克的钟，敲钟的人凤眸幽深，眉宇坚毅，脸颊有些消瘦，冷峻的气质让在场的人都着了迷。

陆远乔看着梁乔笙每天都必看的财经新闻，眼里有了一些疑惑。

你有没有过这样的感觉，每天看着同一个人的消息，知道他的一切信息，也知道他在疯狂地寻找你，可是你却从不出现。

梁乔笙就是这样。

陆远乔有点不懂了。不是应该彻底隔绝那人的消息才对吗？

电视上，大批新闻媒体采访荣久箫，荣久箫看着镜头，本来冷凝的表情此刻却柔和深情："我想对我的妻子说，我很想你，我在等你回家。"

陆远乔转头看向梁乔笙，却发现她淡定地吃着蛋挞，眉毛都不动一下。

“你不感动？”他都有些感动了，因为每次荣久箫面对镜头都会说这样一句话，以至于广大媒体都听厌烦了。

梁乔笙无谓地答道：“换你一句话听了几百遍，你感动吗？”

陆远乔想了想：“你说得对。”

他又转而问：“你既然不打算回他身边，那你天天留意他的消息干什么？”

梁乔笙咬了一口手中的蛋挞：“你可以认为我是在时时刻刻提醒着自己的愚蠢过去。”

陆远乔第一次觉得有句话说得是正确的——女人心，海底针，黄蜂尾上针上针，毒得不行。

依稀记得，他将梁乔笙从监狱里捞出来，连夜将她送到法国这个小镇，期间有很多荣久箫的消息。比如他有了重度忧郁症，比如他知道了很多真相，七年前绑架的真相，父亲死亡的真相。

那起绑架案，原来是顾豪和荣母共同策划的，目的就是想榨取荣家的钱，可是被梁乔笙破坏了。荣母将计就计，求着荣向南，以不想伤害荣久箫为名，将梁乔笙这个救命恩人做了替换。

让荣久箫带着恨意独自一人在外漂了七年。

七年前的绑架案没有顺利实施，七年后，两个人对重病的荣向南起了杀心，可没想到荣向南早有遗嘱，平白便宜了梁乔笙。

荣母只得不断破坏荣久箫和梁乔笙的关系，将顾豪的女儿拉近荣家，这样他们才能一条心，吞掉荣家的财产。

而荣母不知道，原来这一切梁乔笙都是知道的。

绑架案是荣母对荣久箫隐瞒的小秘密，而她伙同顾豪谋害荣向南，则是她的大秘密。

荣母和顾豪都不知道，荣向南临死之前给梁乔笙打过电话，弥留之际，说了很多很多。原来他早就知道自己妻子的不轨之心，七年前或者更早就知道，可是他爱她，为了这份爱，他只有委屈自己的儿子和自己的养女。

梁乔笙很震撼，震撼于这份爱的同时又感到悲哀。或许她也继承了荣向南这份不顾一切的爱，荣久箫，也让她如此了。

自己的母亲杀害了自己的父亲，这种事情，谁受得了。她不能让荣久箫知道。

可是，荣久箫还是知道了。

陆决然说，是顾西贝知道了父亲的这个秘密，一时受了刺激去喝酒，在酒醉之时说给荣久箫的。还有，还有七年前鸠占鹊巢假装自己是荣久箫救命恩人的秘密。

荣久箫受到的冲击一波接一波，知道了自己曾有个孩子，却被匪徒殴打梁乔笙至流产。他有些疯了。那段时间，荣久箫瘦到如同一具人形骷髅，几乎所有人都以为他得了重病，不久就会死去。

可是，他没有死。半年时间，他以强势狠辣的作风对HKK实施了大换血，大刀阔斧，改成了梁氏。当真是人挡杀人，佛挡杀佛。

“既然你知道荣久箫答应和顾西贝的婚约只是为了保护你的权宜之计，为何你还不原谅他？”陆远乔突然有些同情荣久箫。

没错，事情就是如此滑稽。

荣久箫以为荣母真的掌握了梁乔笙杀人的证据，为了保护梁乔笙，只有答应荣母和顾西贝缔结婚约，暗地里却想办法将梁乔笙救出来。

可是偏偏晚了陆远乔一步，等他赶到的时候，梁乔笙已经坐上了去往异国他乡的飞机。

“因为我在心底承诺过啊！”

“承诺什么？”

“秘密。”梁乔笙笑而不语。

承诺什么，承诺，再也不要爱他了。

陆远乔继续问道：“你不觉得……荣久箫明明以为你是真的杀了他父亲还愿意保护你，这不就足以证明你在他心中的位置了吗？”

梁乔笙白了陆远乔一眼：“这位先生，我记得你在追我，还强行把小团子干爹的称呼变成了爸爸，怎么？你现在想为你的情敌说话吗？”

陆远乔举手做投降状：“好好好，我的不对。我只是……”只是有点同情荣久箫而已。

“叮铃，叮铃。”门铃响起，悦耳无比。

“应该是送牛奶的大叔来了。”梁乔笙起身解下围裙去开门。

门打开，入眼就是一道久违的眼神。那双眼寒冰沉沉，却在看到她的一瞬间，融雪变暖。

四目相对，空气都仿佛静止了，微尘在阳光中转圈，蝴蝶在花上跳舞。

是谁在念——

当你老了，眼眉低垂，灯火昏黄不定。风吹过你的消息，这就是我心里的歌。

当你老了，头发白了，睡意昏沉。

当你老了，走不动了，炉火旁打盹，回忆青春。

多少人曾爱你青春欢畅的时辰，爱慕你的美丽，假意或真心。

只有一个人还爱你虔诚的灵魂，爱你苍老的脸上的皱纹……